CAROL DIAS

Inversos

1ª Edição

2019

Direção Editorial: Roberta Teixeira
Gerente Editorial: Anastacia Cabo
Diagramação: Carol Dias
Arte de Capa: Carol Dias
Revisão: Marta Fagundes

Copyright © Carol Dias, 2019
Copyright © The Gift Box, 2019
Todos os direitos reservados.
Nenhuma parte do conteúdo desse livro poderá ser reproduzida em qualquer meio ou forma – impresso, digital, áudio ou visual – sem a expressa autorização da editora sob penas criminais e ações civis.
Esta é uma obra de ficção. Nomes, personagens, lugares e acontecimentos descritos são produtos da imaginação da autora. Qualquer semelhança com nomes, datas ou acontecimentos reais é mera coincidência.

Este livro segue as regras da Nova Ortografia da Língua Portuguesa.

CIP-BRASIL. CATALOGAÇÃO NA PUBLICAÇÃO
SINDICATO NACIONAL DOS EDITORES DE LIVROS, RJ

D531i

Dias, Carol
    Inversos / Carol Dias. - 1. ed. - Rio de Janeiro : The Gift Box, 2019.
    184 p.

    ISBN 978-65-5048-010-3

    1. Romance brasileiro. I. Título.

19-58766
    CDD: 869.3
    CDU: 82-31(81)

Prólogo

Channing Tatum entrou na sala de musculação. Eu, a pobre garota burra, estava tentando correr na esteira. Não sei o que acontece comigo nos meus sonhos, mas sempre sou meio burrinha. Coisas acontecem como: derrubo meus livros depois de trombar com Henry Cavill, gaguejo quando Chris Hemsworth me pede informação ou me afogo na piscina da casa do Adam Levine. Esse tipo de coisa. Não sei o que aconteceria comigo dessa vez, afinal, Channing Tatum não é qualquer um, mas com toda certeza seria algo humilhante.

Bom, foi mesmo. Eu, como a tola que sou nos sonhos, fiquei encarando o peito malhado/nu dele e escorreguei na esteira. Meu rosto estava prestes a fazer contato com o chão, no maior estilo vídeo-cassetadas, quando ouvi meu telefone tocar e o sonho se dissolveu. Era o toque especial que eu reservei para Carter Manning.

— Que droga, Bruna! Vem aqui agora! — Carter Manning soava furioso.

No minuto seguinte, a ligação havia sido cortada.

Gostaria só de salientar que a autora deste livro suaviza todos os palavrões que eu e meus colegas personagens dizemos. É até bom, porque falamos muitos palavrões. Muitos mesmo. Por exemplo: apenas na frase de Carter já havia dois palavrões, e nós mal começamos a contar a história.

— Oi, Carter! Eu também estou ótima. Claro, posso passar na sua casa. Espere uns vinte minutos, ok? — disse para o telefone mudo.

Passei menos de cinco minutos no chuveiro. Quando ele estava furioso, demorar significa ouvir discursos intermináveis e piadinhas, mas eu não podia sair de pijama. E, mesmo morando nos Estados Unidos há anos, ainda não tinha perdido meus hábitos brasileiros de vários banhos ao dia. No momento em que saí de dentro do banheiro, já estava de short e regata. Calcei meus chinelos e desci até o carro.

Quando me mudei para LA, andava de bicicleta para todo lado porque não tinha carro e o transporte público aqui não é a melhor opção. Só que comecei a trabalhar para Carter e coisas mágicas aconteceram na minha

Inversos

5

vida: ganhei um carro popular, um pequeno apartamento e um iPhone. Atalhos e caminhos menos congestionados na cidade são coisas que eu já domino. Pelo menos isso compensa a dor de cabeça que o homem me dá.

Eu estava tão nervosa com essa situação toda de "vem aqui, Bruna" que saí do carro na porta da garagem dele sem nem calçar os chinelos. Quando senti o chão de ladrilhos queimar a sola do meu pé, voltei correndo e coloquei minhas Havaianas dos Minions. Aí sim, fui até a casa.

Nem precisei abrir a porta.

— O que foi, homem? — perguntei, assim que vi sua cara pálida desesperada na minha frente.

— Veja com seus próprios olhos. — Ele indicou a porta da sala com a cabeça.

O que vi quando cheguei lá deixou meus olhos arregalados.

Primeiro

REI DO CAMAROTE

Estávamos em algum lugar em Chicago.

Onde quer que seja, Carter Manning tem o dom de encontrar as melhores baladas. Os amigos o convidam, os donos das boates ligam pedindo que ele visite (prometendo mundos e fundos), famosos o arrastam... Esse tipo de coisa. Eu nem reclamo mais, porque meu trabalho não é esse. Meu papel aqui é conseguir que ele entre e saia das boates em segurança, seja bem-servido e possa desfrutar de uma boa-noite. Considerando que sou (muito bem) paga para fazer algo que amo, apenas sigo ordens.

Na verdade, chegou um ponto da minha relação de trabalho com o Carter em que eu entendi que se só seguisse as ordens malucas dele seria mais fácil. E eu ainda podia dizer "eu te avisei" quando a merda acontecesse.

A festa de hoje começou tarde. O show dele terminou mais de uma da manhã e após corrermos para todos os lados no pós-show, só entramos na boate depois das três. Amanhã, Carter teria mais um show, e a rotina dele começaria às 10h, com entrevistas e outras coisas, antes que ele comece a realmente se preocupar em fazer o show.

Carter é um idiota em boa parte do tempo, mas realmente gosta do que faz. Tem o dom de ficar acordado até a manhã do dia seguinte e arrasar no palco logo em seguida.

Para você que ainda não entendeu nada, eu sou assistente do músico, compositor e produtor, Carter Manning. A história de como cheguei até aqui é longa e muito pesada para o primeiro capítulo, então vamos falar sobre como foi para Carter conseguir o que tem. O pai dele fundou a ManesCorp, que hoje é administrada pelo irmão dele, o príncipe encantado, bonitão, filantropo, rico, Killian Manning.

Antes que você se anime, Killian é pai de três crianças e está casado com Marina. Os dois estão muito bem juntos, obrigada! Então, aquietem o facho. Ele é um homem de família!

Inversos

Carter era responsável pela M Music, gravadora da ManesCorp. Comecei a trabalhar para ele quando desistiu de brincar de CEO e iniciou sua carreira de músico. Cansado de sentar em um escritório para tomar decisões, ele deixou a gravadora de lado para gravar seu primeiro CD. Sendo comparado ao Justin Timberlake, vendeu horrores e já está trabalhando nas músicas do segundo.

A comparação com Timberlake não tem a ver só com a música deles. Carter Manning é um bonitão também. Sabe cantar, dançar e atuar, além de ter um corpo (e uma cara) de deixar qualquer mulher de queixo caído. Ombros largos, olhos cor de avelã e lábios que formam um biquinho carnudo maravilhoso. Para piorar a situação, quando ele abre a boca, a sensação se multiplica. Por maior que seja um monte de blá, blá, blá que esteja saindo daqueles lábios (e olha que muita bobagem sai dali), você só consegue ouvir a voz melodiosa e ficar hipnotizada.

Tudo bem! Tudo bem! Eu posso ou não ter uma quedinha pelo cara.

Em minha defesa, acho que só existem duas mulheres nesse mundo inteirinho que são imunes ao seu charme: Marina Duarte-Manning, que é casada com o segundo irmão bonitão; e Brenda Manning, esposa do terceiro irmão, Seth. Felizmente, para ele, há uma lista de outras damas por aí babando pela sua beleza e conta bancária.

Quero dizer, felizmente, às vezes. Nos momentos como o atual, em que eu o perco em uma boate, isso não é nada feliz. Mas a gente já volta para a história, deixa só eu terminar de falar sobre o Carter.

Quando me ofereceram a oportunidade de trabalhar com o cara, algumas coisas foram avisadas e eu apenas tive que concordar. Só para você ter uma ideia: ele exigia que sua assistente fosse mulher. Por quê? Ele gosta de lidar com mulheres. Minha teoria é a de que ele acaba usando o charme dele para conseguir o que quer com elas, mas isso não funciona comigo. Por mais gato, lindo e maravilhoso que Carter seja, eu não dou mole para ele não. Tenta passar a perna em mim e leva um tapa nas fuças.

No fim, Carter é uma pessoa fácil de se trabalhar. Até previsível, por vezes. Ele gosta de comer as mesmas coisas, bebe o mesmo tipo de café, toma vinho no jantar e uma "breja" para ficar bêbado (diz que não é forte o suficiente para uísque). No dia seguinte, toma duas aspirinas e já está como novo.

Com o tempo, a gente sabe exatamente o tipo de coisa que o agrada. O que estraga o Carter é a síndrome de Rei do Camarote. Isso mesmo. Lembra? Aquele riquinho que gasta uma fortuna com área VIP, bebidas para os amigos, mulheres etc? É o Carter. Ele pode até ser convidado para as maiores festas e baladas, mas fica todo *Rei do Camarote*, olhando lá de cima para os reles mortais, enquanto está rodeado de mulheres, principalmente as supermodelos. Carter tem uma coisa por mulheres altas e magérrimas – quase o oposto de mim, que tenho estatura mediana, seios e quadril; mas isso não vem ao caso, já que nós não temos nem teremos nada. Nessas situações eu me torno, no caso, aquela que limpa a sujeira. A que se lembra de pagar a conta, arruma táxi para todo mundo, acorda o grupo no dia seguinte... A lista apenas continua.

Ele estava sendo o Rei do Camarote hoje. Passou a noite inteira lá em cima, na área VIP, apenas olhando para todos que estavam na parte de baixo da boate. Quando alguma garota bonita se aproximava, ele flertava e fazia coisas a mais que não quero comentar, porque Carter Manning é de todas. Eu disse acima que ele gosta das supermodelos e não menti, mas elas não são as únicas. Carter Manning não tem nenhum problema em variar os tipos de corpo de vez em sempre. Ele também bebe bastante, conversando com os amigos e os companheiros de banda.

Ah, sim. Um parêntese para falar sobre a banda de Carter.

Só sei o nome de cada um deles porque está no contrato. Pessoas normais os conhecem pelos apelidos. Os garotos já eram uma banda quando começaram a tocar para Carter. Eles estavam sem vocalista e um pouco desestimulados com a indústria musical, depois de perderem sua voz principal para um grupo que estava fazendo mais sucesso que eles. O som que faziam era muito bom e os quatro eram ótimos músicos. Somado a isso, Cougar salvou a vida de Carter uma vez (não me peça para explicar, porque não sei), então eles se tornaram a banda de apoio deles. Os garotos gostavam e Carter estava feliz, porque confiava nos quatro músicos.

Como eu estava dizendo no começo, não é normal saber o nome de nenhum dos quatro. Todos são tratados pelo apelido desde que cheguei na equipe. Kid é baixista e tem esse nome (criança) porque é o mais novo do grupo. Cougar, o tecladista, gosta de mulheres mais velhas. Os americanos costumam chamar assim (puma) as mulheres que gostam de ficar com caras mais novos. No caso do Cougar, se encaixa bem. Bunny (coelho) e Foxy (raposa) são chamados assim porque são iguais a Carter, sempre com muitos relacionamentos aleatórios. Eles são, respectivamente, o guitarrista e o baterista da banda. Como Carter quer colocar mais passos de dança na

Inversos

próxima turnê (e menos dele tocando instrumentos), estamos procurando por mais um guitarrista, mas anda meio complicado. É difícil achar alguém que seja bom músico e se encaixe facilmente numa banda que já está há muito tempo unida. Até sairmos em turnê nós vamos achar, eu tenho fé.

Voltando ao nosso *Rei do Camarote*, Carter não está mais em lugar nenhum. São quatro e meia da manhã e ele me avisou que quer voltar para o hotel e dormir um pouco. Então, desci para pedir um táxi, esperar que o cara estacionasse atrás e concordasse em ficar ali, enquanto Carter descia. Era o fim da festa para as outras pessoas também, então, antes de descer, fui avisando a todos que o chefe iria embora. Claro que isso me atrasou um pouco, ainda mais quando fiquei esperando por mais dois carros para levar a banda e duas pessoas da equipe. Quando voltei para avisar a Carter, ele não estava em lugar nenhum. Falei para as outras pessoas que o táxi delas estava por ali e fui perguntando se alguém tinha visto o bonitão. Ninguém tinha visto.

É claro que eu, vacinada por trabalhar com ele já há dois anos, deveria ter percebido onde ele estava. Como não percebi, fiquei igual uma barata tonta pela boate.

Andar de cima, andar de baixo.

Bar de cima, bar de baixo.

Os outros seis camarotes.

Subi em cima do palco para enxergar a galera na pista.

Os quatro banheiros do andar de baixo.

— Carter, você está aí dentro? — gritei em um deles. — Oi, colega! Pode olhar para mim se tem algum Carter dentro desse banheiro? — pedi a um cara que estava entrando em outro. — Não, eu não quero entrar para olhar com você, engraçadinho.

No fim, aproveitei que o barulho na boate estava alto e xinguei alguns palavrões libertadores. Eu odiava quando ele me fazia de idiota assim. Foi então que eu vi.

Uma garota saiu de um canto escuro da boate. Ela estava com a saia torta e o cabelo uma verdadeira bagunça. Mesmo da distância em que eu estava, foi possível ver uma marca vermelha, bem em cima do decote dela. Então, minha mente estalou e eu sabia exatamente o que Carter Manning estava fazendo, enquanto eu o procurava feito uma tola.

Apenas para confirmar o que eu achava, caminhei até aquele canto escuro, e lá estava o cidadão. Ele aproveitava a câmera frontal do celular para arrumar o cabelo. Uma marca de batom no pescoço, a coisa mais cafona e típica de todas.

Rolando os olhos, caminhei até ele.

— Mano, está para nascer um cara mais previsível do que você — disse, limpando o pescoço dele com uma das mãos. — Só quero entender como dei o mole de não procurar por esse lugar, logo de cara.

— Se você tivesse aparecido minutos antes, teria visto algo que definitivamente não ia gostar. — Ele continuava distraído com o cabelo.

— Da próxima vez, por favor, avise que vai dar uma sumida. — Dei um passo para trás, encarando-o. — Deixei o cara do táxi esperando.

— O que eu posso fazer? Você demorou demais com esse carro e eu não podia esperar.

Que desculpa ridícula.

— Sério, Carter? Vai vir com essa?

— O quê? Eu sou um homem, Bruna. Tenho necessidades e você sabe disso.

Respirei fundo para não virar a mão bem no meio da cara dele. Carter me irrita boa parte do tempo, isso é normal. Zero motivo para me descontrolar e perder meu emprego. Pronto para ir embora, ele se desencostou da parede e guardou o telefone.

— Podemos ir?

— Quem está parada aí feito uma estátua é você — respondeu, enquanto voltava à boate.

Como não queria perdê-lo de vista novamente, eu o segui.

Carter passou o braço pela minha cintura, como gosta de fazer o tempo todo, e nós fomos até onde o táxi estava estacionado. Quando estávamos quase lá, ele me parou e apontou duas meninas a certa distância da gente.

— Quanto tempo você leva para colocar a loira e a ruiva no meu táxi? — Ele beijou minha bochecha e se afastou, dando-me seu sorriso mais safado.

Respirei fundo e fui fazer o papel de pombo-correio com as duas amigas bonitas. Mais nomes para a longa lista daquelas que tive que "levar para o táxi dele". Quando eu disse que trabalhava para o cantor famoso e que ele gostaria de conhecê-las, as reações foram as seguintes:

— Carter Manning? O Carter Manning que estou pensando?

Querendo respirar fundo, rolar os olhos e estrangular as duas, eu apenas concordei:

— Sim, o cantor Carter Manning.

Inversos

Foi o suficiente para que elas concordassem efusivamente.

— Mas, e o James, amiga? — a ruiva perguntou para a loira, segurando em seu braço e parando-a por um minuto.

— O que tem o James? Amanhã a gente ainda estaremos namorando. — Rolei os olhos. Mais um par de chifres em alguém, cortesia do meu chefe. — Hoje, Carter Manning quer ficar comigo. — Eu teria ficado boquiaberta e chocada, mas faço papel de ser pombo-correio desde que fui contratada, então já estou acostumada. — É Carter Manning, amiga — a mocinha afirmou, como se isso justificasse a traição.

Mano do céu! Se ela dissesse Carter Manning mais uma vez, como se ele fosse um *deus*, eu deitaria na rua e deixaria um carro passar bem em cima de mim.

As duas entraram no carro pulando de alegria, diretamente para os braços do meu chefe bonitão. Eu apenas respirei fundo e paguei antecipadamente ao taxista, já que Carter não costuma se atentar a isso quando tem duas moças como essas nos braços. Enquanto via o táxi se afastar e pedia o meu, apenas um pensamento dominava minha mente: *vai chegar o dia em que uma dessas garotas vai aparecer grávida na porta dele.*

Segundo

SAM OU SOPH

— Samantha e Sophie.

— Como você sabe? — A voz de Marina Manning soava preocupada do outro lado da linha.

Manning não. Ela gosta de ser chamada de Duarte-Manning. É, a mulher já estava casada há dois anos, mas eu não conseguia me acostumar com essa coisa de sobrenome com hífen.

— As duas estavam bem falantes antes de todo mundo chegar. E os nomes estavam nos documentos das crianças.

No momento que entrei na sala da casa do Carter, deparei com duas meninas sentadas no sofá, balançando as perninhas por não alcançarem o chão. Samantha e Sophie, dois nomes clichês para as pequenas fofuras. Estavam sentadas na porta do Carter, motivo pelo qual ele me ligou desesperado. Quando os outros chegaram, pedi que elas se sentassem em um canto da sala e estava lá com elas, distraindo-as, enquanto esperava Marina retornar minha ligação.

— Eu quero uma cópia desses documentos assim que você puder. Killian está voltando para casa e quero mostrar a ele. — Ela parecia tão concentrada quanto Marina se tornou desde que se casou. Imagino que ser esposa do CEO de todas as coisas do mundo faça isso com as pessoas. — Espera um minuto, Bruna. — A voz dela começou a ficar abafada e ela voltou a falar em inglês: — Colin, mamãe está um pouco ocupada, querido. O que você quer? — Ouvi uns barulhos fofos de criança. Em seguida, uma voz de homem. — Vai com o papai, meu amor. — Mais barulho de criança. — Oi, Bruna! Colin precisava de atenção, mas Killian acabou de chegar. Agora termine de explicar essa história.

— Foi o que eu disse. Carter acordou, ia sair para uma corrida, então encontrou duas crianças sentadas na porta de casa. Elas disseram que estavam esperando o pai, Carter Manning, acordar, então ele colocou as duas

Inversos   13

para dentro e me ligou.

— Quem está aí mesmo?

Coloquei a cabeça para dentro da sala, involuntariamente, e olhei a bagunça que estava lá dentro.

— Camila está no *tablet*.

Camila Vieira é a representante do escritório de advocacia que cuida da M Music. Extremamente inteligente, a loira tímida e baixinha pode se atrapalhar um pouco para falar por conta de toda a sua vergonha, mas tem sempre as melhores respostas para tudo.

— Aposto que está buscando uma solução brilhante em silêncio.

Nós rimos, porque é exatamente assim que ela é. Permanece em silêncio por um bom tempo, mas quando fala, uma solução extraordinária surge.

— Delilah também, ela está aqui gritando com Jordan.

Ela bufou e eu sabia que estava rolando os olhos, porque gritar com as pessoas parecia ser uma atitude rotineira de Delilah.

Delilah é um mulherão. Uma negra espetacular que deixou meu queixo no chão por tanta beleza no minuto em que entrei nessa equipe. Ela me lembra do jeito do Carter, só que em uma versão feminina e um pouquinho má. Ok! Bem má. Delilah é a assessora de imprensa dele e está sempre com a gente quando ocorre uma crise ou ele precisa dar uma entrevista importante. Mas já vi diversas vezes ela tratando mal as outras pessoas.

Já Jordan, bom, ele é um chato. Sério, daqueles inconvenientes, insuportáveis, que só falam com você quando têm algum interesse oculto. Fisicamente, ele é careca, barbudo e gigante. Enquanto eu meço 1,62m, ele já passou dos 1,90m. Tem dado bons resultados na gravadora e realmente entende de música, mas eu simplesmente não consigo achar o cara isso tudo. Carter, mesmo sendo como é, era muito melhor na direção da gravadora do que ele. Paciência.

— Conte-me uma novidade.

O nível do barraco na sala tinha piorado consideravelmente. Quando olhei lá dentro, Carter estava vermelho de raiva, apenas ouvindo todas as baboseiras que eram despejadas pela boca da dupla infalível, e eu sabia que era hora de intervir ou ele surtaria. As meninas estavam sentadinhas em um canto, olhando assustadas; os lápis de cor que eu tinha arrumado para distraí-las haviam sido esquecidos. Carter era quem realmente me preocupava. Depois de trabalhar por um tempo com o cara, eu sabia só de olhar quando ele estava atingindo o limite.

— Marina, eu preciso ir. A coisa vai ficar bem feia aqui — avisei,

14   **CAROL DIAS**

porque essa era a hora de usar as técnicas de persuasão que aprendi para acalmar os ânimos.

— Ok! Mantenha-me informada — concordei. — E tire uma foto dos documentos para eu ver. Ah, Bruna! — ela gritou, quando eu estava quase desligando.

— Fala, ainda tô aqui.

— Feliz aniversário!

Respirei fundo, agradeci, desliguei o telefone e corri para a sala. Infelizmente, eu não tinha tempo para pensar em *aniversário* agora.

— Isso não é problema dele! — Jordan esbravejou. — Foi abandono de incapaz. Precisamos chamar a polícia!

— Você ficou maluco? — Delilah revidou no mesmo tom de voz. — A gente não pode trazer a polícia aqui. Em vinte minutos toda a imprensa estará na porta da frente. É por isso que eu sempre insisto para você se mudar para uma casa que fique em uma droga de um condomínio e não em uma montanha!

Fui primeiro até os papéis, porque mandá-los para Marina era importante. Fotografei e enviei tudo para ela por e-mail. Agora, Delilah gritava que Carter era um irresponsável e que nunca saberia quem era a mãe, porque dorme com tudo que se move. Como se ela não fosse a cópia dele. Suspeitava até que, em algum momento, ela já tivesse sido uma das conquistas do músico. Não duvidaria, porque eles têm essa intimidade que só quem passou a noite inteira rolando na cama possui.

Jordan insistia para que ele dissesse quem era a mãe. Uma das meninas, ainda não sei diferenciar qual, escondia o rostinho no pescoço da irmã.

— Você não usa camisinha, idiota? — Jordan se alterou.

Em alguns momentos, eles se esquecem quem é verdadeiramente o chefe.

— Ei! Ei! Ei! Vamos devagar — tentei me intrometer e fui completamente ignorada.

— Ok! Vamos ficar calmos. Conheço uma clínica que pode resolver isso para nós. — Por um momento, Delilah parecia ter tudo resolvido. Todos pararam para ouvi-la. — Eu vou ligar agora e eles podem emitir um exame de paternidade negativo. Você fica com as garotas um tempo, dizendo que foi um erro e que estamos procurando pela mãe. Quando encontrarem, a gente está livre. Isso vai ser ótimo para sua imagem, porque você ainda vai sair como a boa pessoa que está tentando encontrar a mãe das meninas. Podemos marcar entrevistas e eu chamo alguns *paparazzi* para

Inversos

fotografarem você saindo com as duas algumas vezes, como um bom pai. Isso vai mostrar você como um cara responsável e as garotas vão achar sexy...

— Pare de vomitar merda, Lila! — Jordan começou. — Se descobrem que a gente falsificou documento, já era a carreira dele. — Fiquei pasma por poucos segundos ao perceber que algo sensato saiu daquela boca. — Vai dar tanta merda. Pare de falar bobagem, viu? A gente vai chamar a polícia e descobrir o paradeiro dessa mulher, porque não é responsabilidade *dele* ficar com criança nenhuma. Ele vai lembrar quem foi a maluca que o convenceu a fazer isso desprotegido.

Deixei os dois discutirem novamente todas as bobagens que estavam julgando corretas e olhei para os outros presentes na sala. Camila continuava no *tablet*, como se nada estivesse acontecendo. Como se Delilah e Jordan não estivessem próximos a jogar coisas um no outro. Como se não houvesse outra pessoa naquela sala além dela. Em seguida, tínhamos Carter. Ainda pálido, olhando para a cidade de Los Angeles pelas imensas janelas que revestiam uma das paredes da sala. Seu pé batia lentamente no chão amadeirado, como se isso e a contemplação fossem trazer todas as respostas. Como se simplesmente não fosse possível uma coisa daquela. Como se aquelas duas menininhas lindas, escondidas no canto da sala, fossem seres de outro planeta que ele não conseguia compreender. E então, tínhamos as crianças, abraçadas uma a outra, o semblante de uma delas demonstrando todo o medo que estavam sentindo com aquela situação fora do comum.

Eu comecei a pensar em como seria a vida daqui para a frente. Não faltava muito para que Carter saísse em turnê. Bem pouco, na verdade. Como a gente faria? Certamente essa coisa com as crianças ainda demoraria algum tempo, não iríamos resolver tudo até maio. E o tanto de entrevistas, apresentação do single, reuniões, premiações, ensaios e compromissos que esse homem tinha? E o tanto de vida noturna que ele tem, gente? O que nós vamos fazer?

— CHEGA! — O grito de Carter me tirou do devaneio. — Chega, vocês dois, caramba! — Até mesmo Camila tinha levantado os olhos do tablet. Com o grito dele, as meninas abriram o berreiro, em um choro assustado. Era de cortar o coração vê-las tão nervosas e eu simplesmente não sabia se acudia as pequenas ou se ficava ao lado de Carter. — Eu não sou obrigado a ouvir tudo o que estão falando, todas as recriminações, toda a lengalenga. As meninas são minhas, olha a cara das duas. Sou eu, se fosse mulher. Posso ser um irresponsável do caramba, mas tenho consciência. Assumo o que faço, não sou um garotinho de dezoito anos. Vocês estão agindo como se ser pai fosse a droga de um crime. Essas meninas *são* minha responsabilidade. Não vai ter exame falso, polícia, nem nada do tipo. A vida é minha e vou fazer como eu quiser. Não se esqueçam de quem paga o salário de vocês.

Era possível ver a veia da testa e do pescoço dele. Nunca vi meu chefe tão furioso como nesse momento. Ele estava prestes a falar mais alguma coisa, mas um grito assustador cortou o ar. Era o berro de uma das meninas, que eu continuava sem saber se era Sam ou Soph. Percebi que era a que buscara apoio na irmã, já que a outra, mesmo com medo, acariciava sua cabeça e apenas olhava tudo ao redor, em um choro silencioso.

Carter olhou para mim com ódio no olhar.

— Faça alguma coisa que preste em vez de ficar só aí olhando, Bruna. Saia daqui com essas crianças e faça-as pararem de chorar.

Ok! Isso foi bem babaca da parte dele. Deveria retrucar, mas aquela veia na testa dele estava me dando muito medo. Eu o faria se desculpar depois. Peguei no colo, a que chorava, e dei a mão para a outra. Equilibrei também os papéis que vieram com elas debaixo do braço e fui para o quarto extra que tinha na casa. Lá, sentei na cama com uma delas aninhada nos meus braços e a outra deitada na minha coxa.

Sam e Soph eram gêmeas idênticas de três anos de idade. As bochechas gordinhas e o nariz arrebitado eram as únicas coisas que pareciam ter herdado da mãe. De Carter, os cabelos castanhos, os olhos cor de avelã, o conjunto da obra. Não dava para negar, de jeito nenhum, que aquelas duas eram filhas de Carter. A semelhança era grande demais.

Quando consegui acalmá-las, a que estava no meu colo resolveu falar.

— Papai ficou chateado?

Sua minúscula voz de menina rivalizava em fofura com Ally, filha do Killian. Eu não sabia se derretia por isso ou pelo "papai".

— Não com vocês, querida. — Acariciei a cabeça dela. — Aquelas pessoas lá na sala estavam dizendo coisas bem ruins e ele ficou nervoso. — Senti a outra esconder o rostinho na minha perna e acariciei o cabelo dela. Precisava fazer alguma coisa para distrair as meninas dos gritos que vinham da sala. — Escutem. Vamos passar muito tempo juntas pelos próximos dias. Que tal se a gente brincasse para conhecer mais uma a outra?

Como num passe de mágica, elas pararam de chorar. Engoliram o choro,

Inversos

17

sentaram calmamente na minha frente e começaram a conversar comigo.

— Qual é o seu nome mesmo? — uma delas perguntou.

— É Bruna, pequena. Agora me digam o de vocês.

— Eu sou a Sam — disse a que chorava e foi consolada pela irmã. — Essa é minha irmã Soph. Ela não gosta de falar.

— Gosto sim — Soph disse com a voz pequenininha. — Gosto de falar com a *Buna*.

As duas não sabiam falar muito sobre o lugar em que viviam. Sabiam que era um prédio alto, um apartamento enorme (mas não tão enorme quanto a casa do papai) e que a mamãe delas também morava lá com o vovô e a vovó. Elas disseram que os avós não gostavam muito delas e que a mamãe estava irritada o tempo inteiro. E que ela pegou o carro do tio D, que era amigo da mamãe, para levar as garotas até lá. Nenhuma das duas sabia o nome do tio D.

— O nome do tio D? É tio D! — disse Sam, achando graça da pergunta.

Boa parte dessas informações veio dela. As duas têm personalidades complementares. Sam é a mais velha, mas parece a mais nova. Soph cuida, fala quando é necessário e se preocupa. Sam fala pelos cotovelos e tem resposta para tudo.

Os gritos pararam e as meninas já estavam reclamando de fome, então saí para fazer algo para comerem. Elas ficaram molinhas depois do almoço e eu as deixei tirarem um cochilo no quarto que estávamos anteriormente. Entrei no terceiro quarto (eram cinco no total), o que eu usava quando precisava dormir na casa de Carter, com os papéis que vieram com elas e comecei a lê-los.

2 de abril de 2016

Carter,

Escrevo essa carta ciente de que vai tentar entrar em contato comigo nos próximos dias. Provavelmente não se lembra de mim, mas eu me lembro muito bem de você. Não sei qual foi o motivo, mas quebrei minha regra de "não camisinha" com você naquele dia. Você ainda não tinha começado sua carreira de músico e eu não sei o que deu em mim. De qualquer jeito, isso não importa agora.

Transamos. Eu engravidei. Tive gêmeas.

Só que eu tenho sonhos, Carter. Nenhum deles envolve ser mãe, cuidar de crianças. Por inúmeros motivos, não posso dar às duas o que elas merecem. Não sou uma boa mãe, minha família não as quer, não posso mantê-las sozinha e nem quero. Tenho esse direito, já que não vivemos mais no século passado. Deixo as duas sob sua custódia, cuide bem delas. Use sua influência para me achar, se quiser. Até conseguir, vou ter tudo o que preciso para provar que não posso criar as duas. São boas meninas, aceite-as. Você será um bom pai.

Cuide delas,
Alice

Só vi Carter entrar no quarto quando ouvi a porta bater. Nas mãos, trazia um *cupcake* com uma vela em cima. Estendeu-o na minha frente para que eu assoprasse a vela e, em seguida, deixou-o sobre a mesinha de cabeceira.

Ele se sentou ao meu lado, parecendo cansado.

— Um: feliz aniversário! Dois: desculpe-me por mais cedo! Você não merecia a grosseria. Três: eu realmente preciso de um conselho agora.

Juntei a papelada e todas as minhas anotações, e coloquei sobre o móvel ao lado da cama. Então, virei-me para ele.

— Não sei se sou a pessoa mais indicada para te aconselhar sobre isso, Carter.

Ele passou um dos braços pelo meu ombro e eu deitei no peito dele. Carter Manning sabe ser carinhoso quando quer.

— Se você não for, Pipoca, aprendiz de Olivia Pope[1], quem vai ser?

Pipoca é uma longa história. Depois eu conto sobre isso.

— Você acha que está preparado para ser pai?

— Óbvio que não. — Carter parecia um pouco frustrado e busquei uma de suas mãos para acalmá-lo. — Não sou meus irmãos, Pipoca. Não sei cuidar de crianças, muito menos de duas meninas. O que vou fazer com elas?

---

1   Olivia Pope é uma personagem da série americana "Scandal".

— Eu estou com você. — Apertei a mão dele. — A gente vai fazer isso funcionar, seja lá o que você decidir.

Se eu estava com medo? Demais. Mas o que eu disse para ele era certo. Com tudo que passamos nesses dois anos em que trabalhamos juntos, tenho certeza de que podemos fazer dar certo. Se ele quiser. Se ajudar. Se não for um babaca.

Tenho fé de que ele não vai ser.

— Estou me sentindo pior por simplesmente ter esquecido o seu aniversário desse jeito. Tinha planos para nós dois hoje. — Ele realmente soava chateado.

— Que planos, exatamente?

— Queria levar você para jantar, como duas pessoas normais. Depois a gente podia voltar para casa e ficar bêbados, porque temos tanta coisa para fazer nos próximos dias que não acho que vamos ter tempo para nos embebedarmos.

— Era um bom plano. — Suspirei, chateada. — Pena que hoje está tudo complicado demais para sequer cogitarmos isso.

— Mas nós vamos comemorar, ouviu? — continuou a falar, olhando nos meus olhos. Parecia decidido. — Eu prometo a você. Quando essa loucura toda com as meninas passar, vou te levar em algum lugar incrível para compensar a assistente maravilhosa que você é. Além de ser, possivelmente, a única pessoa que realmente me entende.

Ah, gente! Anotem esse momento no coração de vocês. Nos caderninhos. Grifem com um marca-texto. Essa é uma das poucas vezes em que nós veremos Carter Manning sendo um amorzinho.

— Eu vou anotar isso e cobrar, ouviu? — Não consegui esconder o sorriso que queria escapar dos meus lábios.

Carter concordou com a cabeça, sem esconder o dele também.

— Pode cobrar.

Terceiro

CHUVA DE PRIMAVERA

Brasileiro está acostumado com chuva torrencial até março. Como diz a canção: *são as águas de março fechando o verão...* Aqui na Califórnia, tempestades são comuns no verão também. Várias são as músicas sobre *"summer rain"*. Por mais que elas aconteçam em outras épocas, ninguém gosta de ver tempestade em plena primavera. Queremos clima ameno e muitas flores, não raios e trovões. Foi o que venderam para a gente em todos os anos de escola. *Na primavera, calmaria; tranquilidade, uma quimera...* O caso é: acho que não tem ninguém mais nervoso com o clima do que a Soph.

As coisas foram bem corridas nos últimos dias. Carter e eu resolvemos cancelar alguns compromissos e empurrar mais para frente, quando estivéssemos mais organizados com as coisas. Ele precisava que eu estivesse com ele e alguém precisava olhar as meninas. Esse alguém, no caso, no momento atual, infelizmente, sou eu. Assistente pessoal na carteira de trabalho, babá de um cantor famoso e duas crianças na vida real.

Eu me mudei temporariamente para o quarto de hóspedes da sua casa. Não que isso fosse um problema para Carter, que tinha um total de quatro quartos de hóspedes. A mansão em que ele mora fica em uma rua tão íngreme que temos o costume de dizer que é uma montanha. De todo o jeito, era um lugar calmo e totalmente residencial.

Com um muro alto, porque ele queria privacidade, a casa tinha dois andares. Em cima, os cinco quartos e um pequeno estúdio para Carter trabalhar em casa, quando queria; embaixo, uma sala enorme, uma cozinha, uma academia. Uma piscina linda, com vista para a cidade de Los Angeles.

Fiz do local minha residência temporária porque as meninas precisavam de atenção o tempo inteiro e Carter não era exatamente um candidato a pai do ano. Ele tinha muito medo de ficar sozinho com as duas e não sabia lidar com elas. Eu estranhava isso, porque o cara era simplesmente muito bom com os sobrinhos. Com as duas bonitinhas, ele fazia questão de

Inversos

que eu estivesse por perto. Como se não bastasse isso, a vida noturna dele precisou continuar. *"Tenho necessidades"*, é o que ele continuava me dizendo.

Sam não se sentiu bem hoje. É o quinto dia das meninas na casa do Carter e nós não saímos daqui para nada, evitando que elas sejam vistas por qualquer um. Ela se queixa de falta de ar e, quando tosse, posso ouvir o peito chiar. Parece uma gripe chegando, porque o nariz começou a escorrer. Eu simplesmente não sei o que fazer. Tenho dois irmãos, a Dani e o Tomás, mas eles nunca tiveram nenhum problema de saúde, graças a Deus. No máximo uma gripe, que resolvemos facilmente. O que não parece ser o caso, porque nenhum deles teve uma gripe com falta de ar. Não parece nada grave, mas é horrível vê-la se queixar.

Esperei Carter chegar para decidirmos juntos o que fazer, mas foi uma grande ilusão minha tentar algo assim, porque ele estava terrivelmente bêbado quando apareceu.

— Não achei que diria isso, mas graças a Deus que você chegou — disse, alto, saindo do quarto das meninas e descendo as escadas para encontrá-lo no andar inferior.

— Oi, Pipoca! — A voz saiu toda enrolada e eu quase não entendi o inglês meio sueco meio dinamarquês de Carter.

— Você está bem?

Um sorriso cafajeste lentamente deslizou em seus lábios, enquanto tropeçava em minha direção.

— Ótimo! Melhor impossível! Um pouco bêbado também, se você não percebeu, então meio que preciso ir para a minha cama apagar até amanhã de manhã. Você cuida da minha ressaca?

— Carter, será que você pode ficar sério por cinco minutos? Sam não está se sentindo bem.

O sorriso cafajeste mudou para debochado, depois para irritado, tudo em questão de segundos.

— Não sou médico, droga! — Bravo, passou ao meu lado direto para o quarto dele.

Fui atrás, para tentar falar sobre Sam, mas sua resposta quando abordei o assunto novamente (enquanto ele tirava os sapatos) foi uma só:

— Já disse que não sou médico. Não posso resolver isso. Você é minha Olivia Pope, Bruna, dá o seu jeito. — Carter caminhou para sua cama e estava prestes a se jogar quando eu o puxei de volta, para evitar que desmaiasse daquele jeito.

Completei a minha noite de babá ajudando o dito cujo a sair de uma roupa que cheirava a álcool, passar pelo chuveiro e cair *vestido* na cama. Eu não deixaria aquele respeitado pai de família dormir nu quando a porta de seu quarto estaria aberta (nunca que Carter teria forças no seu atual estado para levantar e trancar a porta por dentro) e as crianças poderiam entrar a qualquer minuto.

Carter não é de beber muito quando está em turnê. É a época em que ele mais se cuida, mantendo corpo e voz como sua prioridade. Ele até festeja, isso não creio que um dia vá deixar de fazer, mas mantém uma rotina de exercícios de fazer inveja em qualquer um. Como todo mundo, Carter também tem seu "dia lixo", que geralmente se transforma em "período lixo" e acontece durante as pausas da turnê. A minha esperança é que ele acorde um pouco melhor amanhã e que a gente consiga discutir essa questão da Sam. Vê-la se sentindo mal e não fazer nada me faz sentir a pior pessoa do mundo.

Fui até o quarto dela para verificar a temperatura. Felizmente, ela não tinha tido febre, mas eu sabia que esse era um sintoma comum a várias doenças e estava testando, porque era só o que eu sabia fazer. Agora, a temperatura marcou 38,5°C, o que não era alto, mas era febre. Disse a ela para ir ao meu quarto se piorasse. Estava deitando na cama quando minha porta foi aberta novamente.

— Sam? — Ela balançou a cabeça negativamente. — Soph, tudo bem? — Um relâmpago explodiu no céu. A pequena veio correndo na minha direção e subiu na cama.

— Tenho medo. — Sua voz de menina demonstrava que ela estava realmente assustada.

— Medo de quê, amor? — Eu a abracei apertado, deitando a cabecinha dela no meu colo.

— Trovão.

Ótimo!

A cada relâmpago, Soph tremia ainda mais. Assustada, ela se enrolou ao meu corpo e eu estava preocupada com o que faria quando precisasse verificar Sam. Foi impossível dormir, porque eu sabia que ela não relaxaria enquanto aquela tempestade não passasse. Duas horas depois, com a chuva mais leve, a pequena no meu colo caiu no sono. Eu estava cochilando também, então resolvi ver como Sam estava para que pudesse dormir de vez. Comecei a me desvencilhar da criança, mas ela acordou.

Inversos

— Não vai, Buna. — Assim como minha irmã mais nova quando pequena, as meninas tinham dificuldades de pronunciar o 'r' do meu nome.

— Eu não vou, meu amor. Só vou ver sua irmã rapidinho, mas eu volto.

— Não vai. — Ela veio para perto de mim e abraçou minha cintura de novo. — Tenho medo.

Respirei fundo e peguei Sophie no colo. Eu não tinha estrutura para cuidar de duas crianças ao mesmo tempo, não desse jeito. De qualquer forma, eu tinha zero participação no nascimento das duas e estava fazendo muito além da minha função de assistente do Carter. Se eu ficaria a noite inteira acordada, ele teria que dar um jeito também.

Abri a porta do quarto dele fazendo barulho propositadamente. Pelo menos veio sozinho para casa dessa vez.

— Carter?

Sua resposta foi um resmungo de sono. Caminhei até a cama e coloquei Soph no lado vazio, deixando um beijo na testa dela. Imediatamente, a pequena se envolveu no tronco do pai.

— O que houve? — perguntou, ainda um pouco grogue, quando sentiu a menina e seus tentáculos de polvo (também conhecidos como braços) o apertarem.

— Ela tem medo de raios, trovões e afins. Sam não está se sentindo bem. Preciso que você fique com uma, para que eu possa olhar a outra.

— Eu ainda estou bêbado.

Como se isso justificasse o fato de que ele era um bosta como pai.

Pronto, falei.

— Eu não dou a mínima.

Saí do quarto, encostando a porta com mais cuidado do que quando entrei. Então, caminhei para o quarto de Sam. Os olhinhos da pequena se abriram instantaneamente.

— A Soph sumiu. — Sentei na sua cama, acariciando seus cabelos.

— Ela ficou com medo da tempestade e está dormindo com o papai. Como você está, meu amor?

— Minha cabeça dói muito, aqui. — Ela apontou para o meio da testa.

Coloquei a mão em seu pescoço e a senti ainda um pouco quente. O que eu deveria fazer nesse caso?

— Ainda está sentindo falta de ar? — Ela balançou a cabeça, assentindo. — Eu vou levar você para dormir comigo, tudo bem? Assim você estará ao meu lado caso as coisas piorem. — Sam concordou. — Amanhã cedo nós falaremos com seu pai e iremos ao médico.

Samantha se sentou e enrolou os braços no meu pescoço. Puxei-a para cima e prendi suas pernas na minha cintura. Fui com Sam para o meu quarto e nós duas nos deitamos para dormir.

— Papai não gosta muito da gente, não é?

Respirei fundo, preparando-me para uma conversa difícil. Como eu diria: "Claro que não, querida! Seu pai ama vocês", se Carter nunca estava presente, nunca ajudava, nunca ficava com as meninas e continuava saindo noite após noite para se divertir? Elas estavam longe da mãe, com a promessa de uma vida melhor ao lado do pai, mas não posso garantir que estavam tendo uma vida assim tão boa. Não quando precisavam dele, mas só tinham uma falsa babá.

— Seu pai é complicado, meu amor. Eu sei que ele ama você e a sua irmã, porque ele as quer aqui. Ele só não sabe o que fazer com vocês. Não está acostumado a ser pai.

— Eu sinto falta da mamãe.

Acariciei os cabelinhos dela, tentando ficar calma e não xingar Alice Facci.

— Você quer voltar a viver com ela?

Surpreendendo-me, ela negou.

— Aqui é melhor. Você não grita.

A nossa conversa morreu e eu apenas aceitei o sono que vinha para mim. Deixei que o cansaço pela noite puxada me pegasse de jeito, até que eu só acordasse no dia seguinte.

Infelizmente, isso não foi possível. O toque polifônico que eu tinha escolhido era uma clara preguiça de encontrar algo mais agradável para o meu celular, mas ele era alto o suficiente para acordar toda a vizinhança. Enquanto berrava pelo quarto, levantei e pedi a uma Samantha sonolenta para dormir novamente. Meu visor mostrava que Dani estava do outro lado da linha e eu me preocupei, porque ainda era noite do lado de fora.

— Bruna? Papai está aqui.

Dani é minha irmã caçula, aquela que me chamava de Buna. Hoje ela tem dezessete anos e muito mais responsabilidades do que eu gostaria que tivesse nessa idade. Mamãe resolveu que ela e meu irmão Tomás, seu gêmeo, deveriam lutar para conseguir as coisas, porque tinha medo que eles se transformassem nesses jovens mesquinhos que maltratam as pessoas

Inversos

25

por não terem tido limites.

Por ter criado os dois sozinha, desde que nos mudamos para cá, e por Otávio ter encontrado uma namorada mais nova para bancar, ela tem medo de ter falhado conosco. Considerando que:

1) Tomás era um gênio da engenharia no ensino médio, ganhou inúmeros projetos na escola, principalmente na área da robótica, e já recebeu convite para estudar em algumas universidades, como o MIT;

2) Dani é o epítome da criatividade para roupas, customização etc, responsável por todos os figurinos e cenários do clube do teatro da escola, além de ter recebido o convite de três grandes universidades de moda americanas para quando terminasse o ensino médio;

Eu não entendia o medo da minha mãe. Sério! O futuro desses dois estava mais do que traçado. Meus irmãos eram brilhantes, motivo de orgulho para mim. E Otávio Campello tinha feito zero falta para nós, só para constar.

Para compensar, mamãe coloca os dois para trabalhar na sorveteria da família, lá em Santa Bárbara. Diferente das mães normais, que fazem os filhos servir às mesas e trabalhando no caixa, a nossa deixa os dois gerenciarem sozinhos o seu "empreendimento". Eles precisam se preocupar com tudo: contas, pagamento de funcionários, contratações, demissões, fornecedores, abertura e fechamento da loja.

É, minha mãe não é exatamente como as mães normais. Até porque, ela tem um emprego normal, de segunda a sexta. Trabalha em um escritório de contabilidade.

Dani e Tomás me lembravam muito de Sam e Soph. Os dois eram inversos, à sua própria maneira. Soph era a faladeira e Sam a mais calada que cuida. Dani é a faladeira e Tomás é o mais calado que cuida. Soph é a que dá dor de cabeça. Dani também. Tomás é o mais bem-resolvido. Sam também. Dani é a que demonstra seus sentimentos com mais facilidade. Soph também.

Nesse momento, Dani estava fazendo exatamente aqui.

— O Otávio? Mamãe sabe disso? — Saí para a sacada do quarto, que tinha uma vista tão bela da noite de Los Angeles quanto a da área da piscina.

— Ela esperou a gente dormir, então deixou que ele entrasse. Mamãe acha que a gente é trouxa.

— O que eles estão fazendo?

— Tomás está tentando descobrir. A gente não quer fazer barulho nos quartos para ela não perceber que estamos acordados, mas eu acho que eles estão conversando na cozinha. Eu ouvi a porta fechar.

— O que Tomás está fazendo para descobrir? — perguntei, já com medo do meu irmão gênio.

— Ele disse que deixou o Toby na cozinha. Está tentando ligar a câmera, mas parece que a bateria está fraca.

Uma pausa para explicar o Toby.

Dani é alérgica a animais de pelo. Por isso, nós nunca tivemos bichos de estimação. Sempre quisemos, mas tentamos duas vezes e minha irmã teve crises sérias, então tivemos que dar a outras pessoas. Meu irmão, porém, é um gênio, e montou um cachorro robô na feira de ciências da escola, no primeiro ano do ensino médio. Não sabemos exatamente tudo o que ele pode fazer, porque Tomás se recusa a contar todas as funcionalidades dele, para usar isso contra nós.

A câmera, nos dois olhos do bicho, registra imagens e já é de conhecimento da família. Nós batizamos o cachorro de Toby e ele vive pela casa, funcionando com energia solar. Por isso, Toby sai pela manhã para um longo banho de sol, que o ajuda a manter a energia durante todo o dia.

Infelizmente, quando chove as coisas ficam mais complicadas. Tinha chovido o dia inteiro antes que a tempestade caísse, então, provavelmente, Toby não estava completamente carregado.

— Eu não posso ir para casa agora, Dani. As coisas estão complicadas por aqui.

— Eu sei, você está com as filhas do Carter. — E ela não parecia chateada por isso. — Eu quero só te ligar, tá?

— Isso você pode fazer quantas vezes quiser.

— Você estava acordada?

— Sim, uma das meninas não se sente bem.

— O Carter está aí com você? — Nós ficamos em silêncio por alguns minutos antes de rirmos desse absurdo. — Não sei por que eu me engano pensando esse tipo de coisa. Como você está?

— Estou bem, maninha, mas isso não importa. Como você se sente?

— Um pouco nervosa com essa história de ter o papai em casa. Eu tenho medo de acontecer tudo de novo.

Não quis dizer, mas esse também era meu maior medo.

— Não fique nervosa, Dani. Eu quero que você me mantenha informada e me fale se alguma coisa acontecer por aí. Eu dou meu jeito e vou para casa.

— Obrigada! Falar com você sempre me acalma.

— A recíproca é verdadeira, maninha. Qualquer coisa, peça a uma das meninas para dormir com você em casa. E não fique acordada até tão tarde, já são quatro da manhã.

— Eu já vou. Durma também, Bu.

Lembra que Dani, quando criança, não conseguia falar "Bruna", por causa do R? Também não conseguia dizer Bru, o apelido que todos usavam

Inversos

27

para mim. No fim, ela me chamava de "Buna" ou "Bu".

Eu também fiz o favor de inventar um para meus irmãos. Daí surgiu o Más e a Dandan. Idiotas, eu sei, mas a gente se entende.

— Boa noite, Dandan! Dá um beijinho no gêmeo.

Era um sonho, só podia ser. Eu ainda estava na minha cama, dormindo, cansada demais para mover os músculos. Só que mãos calejadas de cordas de guitarra acariciavam as minhas costas, lentamente deslizando para minha barriga.

Minha coberta tinha saído, mas eu podia sentir um corpo quente se moldando ao meu, aquecendo-me. Um beijo no pé da minha orelha. Uma mordida no meu lóbulo direito. Uma trilha de beijos que descia por meu pescoço, meu ombro, a linha da coluna, até encontrar a base das costas, a blusa do pijama levemente levantada. Nenhuma criança ao meu redor.

Eu gemi.

Era um sonho, um sonho muito bom. O som de uma risada profunda, máscula e sonolenta veio junto.

Meus olhos se abriram. Eu estava no mesmo lugar, o mesmo corpo quente atrás de mim, as mesmas mãos que acariciavam minha barriga e subiam, a mesma trilha de beijos que escalava pela minha coluna.

Não era um sonho.

— Bom dia, flor do dia! — A mesma voz de sono. Uma voz sonolenta que eu conhecia muito bem.

Não era um sonho!

— Carter! — Eu me movi, pronta para tirá-lo de perto de mim. Ele moveu o corpo mais para cima do meu, o dele me prendendo de bruços na cama. — Eu deveria processar você por assédio.

Ele fez um som desdenhoso, sua mão agora acariciando meus braços e ombros. Um cheiro de banho tomado recentemente entrando pelo meu nariz. Os beijos mais lentos e provocantes no meu pescoço. Meu corpo traíra estava totalmente relaxado embaixo do dele.

— No minuto em que você me mandar sair daqui e realmente quiser que eu saia, sem essa coisa de "ai, isso é errado", eu vou sair. É só dizer, Pipoca. — *O que há nesses lábios que me arrepia inteira?* — Se quiser mesmo que eu pare, vou parar, mas deixei você na mão ontem e quero te recompensar com o que faço de melhor: beijos, carinhos e uma massagem relaxante. O que você me diz disso?

Respirei fundo. Depois do que o ouvi dizer ontem à noite e do trabalho que tive com suas filhas, eu merecia. O safado estava mesmo me devendo.

— Você não tem acesso livre a todas as áreas do meu corpo. — Deixei claro, porque ele é desses que se aproveita de mim quando dá massagem. — Se eu disser não, é não.

Mesmo de costas para ele, vi seu sorriso.

— Você diz a palavra e eu paro.

Então, Carter Manning me deu a melhor massagem que já tive na vida. E, como num passe de mágica, eu não queria mais dar um tiro nele.

Quarto

DODÓI

Os compromissos da agenda de Carter estavam aumentando nos últimos dias. Eu tinha um monte de coisas para resolver e gostava de fazer isso enquanto corria de manhã. Tomei o café da manhã e dei o de Sam e Soph, já que estávamos sozinhas em casa. Carter foi com Delilah a uma entrevista essa manhã, porque alguém precisava ficar com as crianças. Ela estava acostumada a lidar com as entrevistas, por ser assessora de imprensa, então deixei por conta dela.

A verdade é que nós tínhamos chegado a um ponto na carreira do Carter, nos últimos meses, em que *eu* precisava de uma assessora. O problema é que todas as meninas que contratei para trabalharem comigo acabavam dormindo com ele e tudo desandava. Ou elas achavam que teriam um relacionamento com Carter ou simplesmente não podiam lidar com ele ficando com outras garotas ao mesmo tempo. Ou ficavam grudentas e Carter as mandava embora. As opções de como as coisas poderiam desandar eram muitas. É por isso que até agora não contratamos babá nenhuma. Além de não termos intenção de deixar o *mundo* saber que ele precisava de uma babá para as filhas, eu também sabia que seria um problema encontrar alguém.

De qualquer jeito, agora eu tinha outro foco. Já tinha deixado as meninas na sala com coisas para fazer e uma recomendação de me encontrar na sala de exercícios, caso precisassem de mim. Acreditem, havia uma *sala de exercícios* na mansão de Carter, porque ele tem muita preguiça de sair para malhar. Subi na esteira enquanto atualizava meus aplicativos: o de dieta, o de água e o Google Fit (por onde controlo os meus treinos). Coloquei a esteira para funcionar, enquanto ia organizando minha cabeça com os compromissos de Carter:

- Escolher os figurinos da turnê;
- Escolher o novo guitarrista da banda (marcado para amanhã);
- Reunião sobre a turnê, para definir palco e mais algumas datas;
- Fechar a divulgação do próximo single e alguns dos programas que tínhamos convite para tocar;
- Marcar os próximos ensaios da turnê.

Eu queria estar nesses compromissos, o que era uma droga, porque não tinha ninguém de confiança para deixar as meninas. Esse era o primeiro ponto a discutir com Carter, assim que ele voltasse para casa. O plano era marcar o que fosse possível para amanhã, porque precisava estar com ele na escolha do guitarrista, já que cuido dessa parte das contratações. Então, poderíamos riscar da lista a escolha do guitarrista, a reunião sobre a turnê e a divulgação do novo *single*. Os ensaios, nós marcaríamos quando ele chegasse em casa. Os figurinos eram a parte mais fácil. Eu podia pedir que o estilista dele, que estava desenhando as roupas, trouxesse tudo até aqui. Nós já tivemos uma reunião prévia, em que Carter explicou o conceito do que queria vestir – porque ele decide tudo mesmo sobre a carreira –, restava apenas escolher quais das que estavam prontas ele iria usar.

Assim que meu tempo de esteira terminou, desci para ver como estavam as meninas. Carter estava na sala, sentado no chão ao lado delas, enquanto as duas contavam alguma coisa para ele. A TV estava ligada no mesmo desenho que deixei e as folhas com lápis de cor estavam espalhadas no chão, mas a conversa parecia muito mais interessante. Eu sorri, porque essa era uma visão que adoraria ver com frequência. Carter sendo pai.

Eles me viram, depois de eu estar parada lá por alguns minutos.

— Bruna, o que nós temos para hoje à tarde? — perguntou.

— Nós dois precisamos decidir algumas coisas sobre a turnê. — Ele olhou no relógio do pulso. — Não demora. Por quê?

— Porque as garotas me fizeram um convite realmente irresistível para passarmos a tarde na piscina. Considerando que hoje não está chovendo como ontem, acho que deveríamos atender ao convite. O que você acha?

— Por favor, tia Buna — as duas pediram, as mãos juntinhas, os olhinhos brilhando.

Foi difícil evitar sorrir. Tudo o que eu queria era isso... Que Carter ficasse com as meninas.

— Acho que a gente pode sentar para discutir nossas coisas agora e ficar com a tarde livre.

— Ótimo! Temos um acordo.

— Então, só vou tomar um banho rápido e volto, porque estou pingando de suor.

Foi o que fiz, sem nem esperar para me despedir. Quando voltei, ele ainda estava conversando com elas, na mesma posição.

— Meninas, nós vamos nos sentar ali na cozinha para conversar. Vocês ficam bem aí? — Elas assentiram para a pergunta do pai, voltando para os desenhos. — Vamos. — Ele colocou a mão na base da minha coluna e me guiou.

Nós nos sentamos na bancada da cozinha e abri minha agenda com

Inversos

31

as anotações. Ele concordou em trazermos o estilista para escolher os figurinos. Liguei na mesma hora e marquei para que viesse hoje, no fim da tarde. Combinamos de fazer isso na hora de tirar as meninas da piscina, então eu estaria lá em cima fiscalizando o banho e ele escolheria tudo que fosse necessário. Para amanhã, ele ligou para Foxy e Kid, da banda, para que viessem olhar as meninas. Disse que os dois têm irmãos mais novos e estavam acostumados a tomar conta deles. Então, comecei a ligar para quem precisaria estar na reunião sobre a turnê. Em seguida, conversamos sobre os convites que ele tinha: The Ellen Degeneres Show, The Voice, o programa do Jimmy Fallon e o desfile de uma famosa marca de *lingeries*. Carter aprovou todos, principalmente o último, que era um desfile com todas as modelos da empresa. Nós também escolhemos as datas dos últimos ensaios da turnê. Metade deles seria feito no estúdio que Carter tem em casa. A outra metade seria em um galpão que já está alugado. Estávamos montando o palco lá e só assim teríamos uma ideia de como seria durante a turnê.

Essa era uma bem grande, diferente das duas anteriores. Carter tinha alcançado um sucesso enorme nos últimos anos e dessa vez precisamos marcar shows em arenas. Já tínhamos fechado uma banda de abertura: uns garotos que ele conheceu em uma boate quando começamos a planejar a turnê. Eram pouco conhecidos, mas muito bons e Carter não se importava com a popularidade da outra banda. Queria apenas oferecer um bom show para os seus fãs. Ele também tinha feito Jordan assinar um contrato com os garotos, porque acreditava que a banda seria uma mina de ouro no fim da turnê. Depois disso, nós pedimos a comida e demos a reunião por encerrada.

Tudo correu bem no restante do dia. Comemos com as meninas e Carter estava tendo a melhor interação possível com elas. Passamos a tarde inteira na piscina, brincando e relaxando, o que não poderíamos fazer direito quando a turnê começasse.

A tarde caiu e fui colocar as meninas no banho. Aí tudo desandou. Começou com a tosse de Sam e eu queria me bater por ter deixado uma criança, que ontem estava doente, brincar na piscina. Carter resolveu tudo o que tinha para resolver sobre os figurinos e saiu. Sumiu na noite, me deixando com as meninas e uma Samantha que só piorava. Soph ficou calada, o que era totalmente diferente para ela. Era a dor de cabeça de volta, a febre, a tosse com o peito chiando, o nariz escorrendo. Se já é horrível ficar doente, imagina ver uma criança doente.

Sem saber o que fazer, já depois das onze da noite, liguei para a minha mãe.

— O que você acha que ela tem?

— Não sei, mãe. Não parece ser só uma gripezinha. — Fiz uma pausa, respirando fundo. Essa situação é uma droga. — Ela está sofrendo tanto, tadinha.

— Teve febre? — Mamãe perguntou, segundos depois. Parecia preocupada e eu podia imaginar o vinco em sua testa.

— Sim, medi faz vinte minutos e ela estava com 39°C.

— O que mais ela está sentindo?

— Tem tosse e dor de cabeça. E o nariz dela está escorrendo também.

— Estou tentando pensar em que doenças vocês tinham com esses sintomas, mas os três nunca foram de ficar doentes, no máximo uma gripe. Você precisa levá-la ao médico, filha.

— Eu sei, vou fazer isso, mas não sei se posso ir assim. A assessoria do Carter não quer que divulguemos para ninguém que ele tem duas filhas.

— E onde ele está?

— Saiu, não sei para onde. Estou esperando que volte.

— Carter não tem um médico que geralmente atende em casa?

— Sim, o doutor Perkins. Só que ele é clínico e não pediatra. E já tentei ligar para ele, mas só cai na caixa postal.

— Tente falar com o Carter no telefone, Bruna. Pode não ser nada, mas pode ser algo sério. E insista com o doutor.

— Estou tentando, mamãe, mas acho que deve ser barulhento onde Carter está.

— Esse Carter é um peste. Não sei se o odeio mais como seu chefe ou aquele outro lá que você era assistente.

— Lucas era pior, mãe. Com toda certeza.

— A competição é acirrada. — Ela fez uma pausa e soube que estávamos nós duas pensando em como Lucas era horrível e em todas as ofensas que aguentei dele. Ofensas que Carter nem teve conhecimento ou duvido que ele ainda fosse um artista da M Music. — Você sabe que tem zero dever de cuidar dessas meninas, não sabe? Isso é mais do que ele paga a você.

Respirei fundo, porque não queria voltar a essa discussão com ela.

— Eu sei, mamãe. Agora preciso ir. Não tem nada que eu possa fazer, não é?

— Dê um banho na menina, para ver se a febre abaixa, enquanto essa coisa com o Carter não se resolve. Tenho medo de você dar algum remédio que ela não pode tomar. Depois leva no médico, ok?

— Tá bem, mãe!

Nós desligamos e tentei o Carter outra vez. Ele não atendeu, então fui dar o banho em Sam. Baixou um pouco a temperatura, mas ela continuava com os outros sintomas. Liguei de novo. E outra vez. E outra vez. Nada adiantava e eu já estava ficando cansada de tentar falar com ele, então disquei para Delilah. Ela também não respondeu. A hora passava e não sabia direito o que fazer. Eram três da manhã, mas liguei para a próxima pessoa que eu conhecia com uma experiência enorme em crianças e com quem

Inversos

poderia falar abertamente sobre isso: Marina.

— Sério, mil desculpas pelo horário!

— Não, tudo bem — disse, em tom baixo. Ouvi uma porta correr e ela retornou ao tom normal. — Fala, o que houve?

— Carter e Delilah não atendem o telefone de jeito nenhum — expliquei o que estava acontecendo com a Sam, os sintomas, e como precisava levá-la ao hospital. — Não sei o que fazer, Nina. Não tenho experiência com crianças. Minha mãe disse que eu deveria dar um banho nela para a febre baixar e fiz isso. Só que ela continua com os outros sintomas. — Sentei-me no corredor, ao lado da porta aberta das meninas.

— Leve ao hospital. — O tom dela era urgente. — Mais cedo ou mais tarde, as pessoas vão descobrir sobre isso. Não deixe a menina sofrendo em casa por causa de uma bobagem. Você tentou falar com Carter e Delilah, eles não responderam. Não tem cara de ser mesmo só uma gripe. Vista as duas e leva para o hospital mais próximo. Use os documentos dele para o seguro. Se eles se encrencarem com alguma coisa, ligue para mim que eu e Killian resolvemos.

Respirei fundo, mais aliviada. Marina era mesmo uma pessoa maravilhosa.

— Obrigada, Nina! Eu vou arrumar as meninas agora.

— Mantenha-me informada, Bru. Ligue para mim assim que souber o que é. Ah! Tente o doutor Nathan.

Desligamos e entrei no quarto das duas. Acordei Soph primeiro e pedi que ela se vestisse sozinha. Enquanto isso, vesti Sam. Estava terminando quando ouvi um barulho no andar debaixo.

Quinto

CASALZINHO

O relógio do corredor marcava 3h28min da madrugada. Minha esperança sempre foi a de que Carter chegasse logo para me ajudar com ela, para decidir o que fazer. Eu estava prestes a deixar um bilhete avisando que tinha ido ao hospital, porque essa esperança já tinha ido embora há muito tempo, reforçada pelo incentivo de Marina para ir ao médico.

De verdade, estou tão cansada, tão exausta, que precisava resolver isso logo. Ficar no meu quarto e esperar que ele chegasse era certeza de dormir. Amanhã de manhã nós temos uma lista enorme de compromissos, Foxy e Kid vão ficar com as meninas e deixar para levá-la ao hospital depois vai atrasar tudo. Eu não me importo nem um pouquinho com o que ele irá dizer quando chegar e encontrar a casa vazia, principalmente porque ele nem deve perceber que não tem ninguém em casa. Se chegar bêbado como na outra noite, não vai mesmo se importar.

Fui checar o barulho que tinha ouvido. Desci a escada silenciosamente para ver se era ele — e, se fosse, eu o arrastaria no mesmo momento —, só para ter uma decepção enorme. Era Carter, mas não estava sozinho. As pernas da Delilah estavam enroladas na sua cintura, que a pressionava contra a parede. Minha real esperança era a de que ela não tivesse cedido aos encantos dele, mas não foi o que aconteceu. Se tinha acontecido antes, eles esconderam muito bem de mim.

Dei meia-volta, sabendo que não deveria atrapalhar o "casalzinho". A verdade é que eu queria baixar a rainha Naiara Azevedo que existia dentro de mim e declamar cinquenta reais aqui (exceto as partes em que insinuavam que nós tínhamos um relacionamento), mas eu tinha coisas mais importantes a fazer.

Subi para o quarto, peguei meus documentos, os de Carter e os das meninas. Desci com elas, Sam dormindo no meu colo, Soph segurando minha mão. Ao passar pelos dois, o pescoço de Soph quase torceu para acompanhar o casal.

— Buna, papai e tia Delilah estão namorando?

Acho que os dois ouviram Soph falar, mesmo que ela tivesse sussurrado, porque o som do beijo parou. Ouvi meu nome ser chamado enquanto eu fechava a porta da casa.

— Parece que sim, Soph — respondi, querendo xingar minha inocência.

Carter não atendia o telefone. Delilah não atendia o telefone. Por que será, né?

Levei as duas para o carro e estava amarrando a cadeirinha da Sam quando Carter surgiu.

— O que você está fazendo, Pipoca? Por que as meninas estão no carro? — berrou.

— Onde você pensa que vai, Bruna? Não sabe que não pode sair com elas por aí? — Delilah reclamou.

— Para onde vai levar as duas? Está de madrugada! — gritou de novo, quando entrei no carro e bati a porta.

Com as janelas fechadas, eu não ouvia o que diziam. Delilah batia no vidro do carona e tentava abrir a porta, mas a tranquei por dentro. Carter parou na frente do carro e gesticulava para que eu saísse.

Já de saco cheio dos dois, que agora estavam preocupados com as minhas meninas, baixei o vidro do meu lado.

— Eu vou para o hospital, seus idiotas, porque a Sam está passando mal. Saiam da minha frente!

Delilah parou de bater no vidro e Carter permaneceu na frente do carro, um pouco chocado. Eu dei ré e desviei dele, indo embora com as meninas.

Era só o que me faltava. O casalzinho tendo uma noite de pegação. Provavelmente, estavam os dois juntos na balada, enquanto eu cuidava de duas crianças, uma delas doente; senti-me uma mãe solteira que tinha zero ajuda do pai. Parecia que eu tinha sido traída, mas pior do que a dor de saber que Carter estava com outra mulher, era a de ter sido abandonada. Preocupar-me sozinha com meninas que nem eram minhas.

As coisas iam mudar, Carter poderia anotar isso. Nada ficaria assim a partir dos próximos dias. Segui o conselho de Marina e fui a um hospital de confiança. Era onde atendia o doutor Nathan Perkins, que era muito discreto e atendia Carter todas as vezes que ele ficava doente. Já tinha voado algumas vezes para cuidar dele na turnê. Felizmente, Nathan estava de plantão e pediu que eu fosse até a sala dele. Levei as duas meninas comigo até lá. Já conhecia o caminho, mas ele me esperava no corredor.

Doutor Perkins era uns dez anos mais velho do que eu. Não sei muito sobre sua vida, apenas que é casado, sem filhos. Ele é um homem alto, muito alto, de um sorriso raro e sincero. É clínico geral e está na nossa discagem rápida por nos atender a qualquer momento, até mesmo no meio de uma turnê. Simpático, ele me lembra muito um Obama mais jovem.

— Bruna, fiquei preocupado. Aconteceu algo com Carter? — perguntou, assim que me viu. Logo seu cenho se franziu ao ver duas crianças comigo.

— Com Carter não, doutor, mas eu preciso de ajuda. Liguei algumas vezes no seu celular, mas você não atendeu.

— Claro, entre. — Ele fez sinal para que eu entrasse na sala. — Estive dando suporte na emergência hoje, porque um médico plantonista não pôde vir, então fiquei um pouco afastado do celular. Peço desculpas. — Ele tinha encostado a porta no minuto que batidas ansiosas soaram. Ao abrir novamente, Carter estava do outro lado. — Oh, Carter. Entre. Achei que Bruna estava sozinha.

— Obrigado, Nate! — Eles meio que já eram amigos, fazer o quê? — Bruna, o que houve? O que a Sam tem?

Olhei para Carter com raiva, prestes a fuzilá-lo com os olhos. Nem respondi, só esperei Nathan se sentar no seu lugar, Sam no meu colo, Soph na cadeira ao lado.

— É a Sam. — Apontei para a menina. — Acreditamos que as gêmeas sejam filhas do Carter, então precisei procurá-lo, doutor, por conta da sua discrição. Obrigada por me receber!

— Vocês precisam de um teste de paternidade? É isso? — perguntou, tentando entender.

— Vamos chegar a isso algum dia, mas não hoje. O caso é que ela está se sentindo mal e eu não sabia a quem recorrer. — Então, contei todo o histórico desde que ela começou a se queixar, tudo o que tinha acontecido com ela. Nathan apenas assentiu. — Eu sei que você não é pediatra, mas achei que poderia me ajudar.

— Claro. Vou dar uma olhada na menina. De qualquer forma, minha irmã é pediatra. Se quiser, ela também pode dar a vocês a discrição que a carreira do Carter pede.

Eu poderia me casar com esse homem nesse momento.

Obrigada, Nathan! Está salvando a minha vida.

— Eu adoraria.

— Vamos lá. — Ele se sentou para frente. — Qual de vocês duas é a Sam?

Soph, que permaneceu calada todo esse tempo, apontou para a irmã. Nathan pediu que eu a levasse até a maca. Depois de sentada, ele examinou Sam, auscultando o pulmão. Depois, deu seu parecer.

— Pelos sintomas que você deu, parece uma combinação de doenças. Bronquite, rinite e sinusite. A bronquite deve ser a causa do cansaço, da falta de ar e dessa tosse com chiado no peito. A rinite é o motivo desse nariz escorrendo. E essa dor de cabeça concentrada na região da testa é muito comum da sinusite. — Ele apontou para o local. — Ela também apresenta essa febre leve. Eu vou passar uma injeção para ela, que vai amenizar os

Inversos

37

sintomas, e pedir que você fale com a Kerry Perkins, minha irmã. Assim vocês podem pensar em um tratamento para a Sam. Ela deve aconselhar a homeopatia. Não são muitos os lugares que aceitam esse tipo de tratamento, mas minha irmã teve as três doenças quando menina e nós cuidamos dessa forma, então sei que funciona. Você pode conversar direitinho com ela para tirar todas as suas dúvidas.

Quanta informação.

— Não é nada grave, né, doutor?

— Não, Bruna. É algo chato, principalmente para as crianças, mas fácil de tratar. Pode ficar despreocupada.

Ele não faz ideia de quão aliviada fiquei com isso.

Depois de responder mais algumas das minhas perguntas, ele disse que iria buscar a injeção para Sam. Quando a porta bateu, Carter se virou para mim.

— Nem fale comigo. Daqui estou sentindo o cheio de cerveja e Delilah.

E estava mesmo. O perfume doce, que era um traço forte da feminilidade dela, misturado ao perfume dele e a cerveja. A raiva queria surgir em mim de novo. Não seria nada difícil enfiar a mão na cara dele nesse momento.

— Buna. — Soph chamou, depois de ter levantado e vindo para perto de mim. — Vai ficar tudo bem com a minha irmã?

Então, foquei em dar atenção para as meninas, em vez de Carter. Ele parecia frustrado, mas respeitou meu desejo e ficou quieto. O que já era um verdadeiro milagre. Nathan voltou e aplicou a injeção em Sam, que chorou um pouquinho por causa da agulha grande. Ele tirou dois pirulitos do bolso e nos liberou, deixando o telefone da pediatra comigo.

Saí da sala com Sam no colo e Soph segurando na minha calça, enquanto ouvi Carter pedir a Nathan para tirar algumas dúvidas dele. Ignorei sua presença, porque não dava a mínima para como ele tinha chegado lá. Voltamos para casa e Sam já se sentia muito melhor, o que me confortou um pouco, já que a injeção deveria estar fazendo efeito. Ainda assim, o dia nem tinha amanhecido e as duas estavam caindo de sono, então as mandei para o banho. Carter chegou no meio disso, mas não se intrometeu. Eu o vi aparecer na porta do banheiro e sumir novamente. Quando terminei de colocar as meninas na cama, ele chegou também e beijou a testa das duas, desejando uma boa-noite. Estávamos saindo do quarto, quando ele segurou minha cintura e me levou até o quarto dele.

— Eu vi suas seiscentas ligações — disse, fechando a porta. — Desculpe! Não tenho uma boa justificativa para você e nem acho que é isso o que quer. — Ele parou por um minuto e pude ver a indecisão atrás dos seus olhos. Carter segurou meu rosto entre suas mãos e falou olhando para mim: — Estou te fazendo uma promessa aqui, Bruna. Quero que você entenda o quão sério estou sendo sobre isso. As meninas são prioridade daqui para frente. Não vamos entregá-las ao governo e eu não dou a mínima para o que Delilah ou Jordan vão dizer sobre isso. Vamos mantê-las aqui e amanhã você vai sair com elas para comprar coisas que estejam faltando. Vamos cancelar todos os compromissos que marcamos e fazer apenas o que puder ser feito por Skype. Agora, você vai colocar um pijaminha e dormir. Se alguma coisa acontecer com as meninas, eu vou dar o meu jeito. Errei em deixar tudo nas suas costas e prometo que vou corrigir as coisas daqui pra frente. Possivelmente, vou estragar tudo algumas vezes, então, tenha paciência comigo, tudo bem? Estou aprendendo.

Eu o abracei e me permiti ter esperança. Estava cansada, exausta e precisando de férias, mas tinha plena certeza de que as coisas ficariam ainda mais difíceis de agora em diante, com a turnê e tudo mais. Fiz exatamente o que Carter sugeriu. Fui para o quarto, tomei um banho e caí na cama. Armei o despertador para as oito da manhã, cedo o suficiente para resolver todas as questões do dia. Eu tinha um pressentimento de que ele iria acabar estragando as coisas nos próximos meses, mas fui dormir otimista. Pelo menos dessa vez.

Sexto

QUEBRAMOS A INTERNET

Eu não conseguia encontrar meu celular em lugar *nenhum*. Já tinha olhado por todos os cantos do quarto quando desisti. Saí no corredor, ainda de pijama, na esperança de ter deixado no quarto das meninas antes de dormir. As duas dormiam como anjinhos. Entrei silenciosamente para procurar o meu celular, mas ele não estava em nenhum lugar visível. Desisti, não querendo acordá-las. O próximo passo foi a sala, mas não me lembro de ter deixado por lá.

Antes de sair do corredor, dei uma olhada na hora no relógio do corredor. 10h43min.

Dez horas. Quarenta e três minutos.

Ah, merda! Eu estava *tão*, mas *tão* na merda. Literalmente jogada lá, totalmente ferrada. Passei pela porta do quarto de Carter, que estava aberta e o cômodo vazio.

— Carter! — gritei seu nome, enquanto descia a escada. A seleção do novo guitarrista deveria ter começado há 43 minutos. — Onde você está? Droga, perdi a hora totalmente.

— Na sala! — gritou e fui até lá.

Imediatamente, quis bater nele. Havia uma reunião por videoconferência na sala, onde Delilah e ele assistiam as pessoas fazendo seus testes para guitarrista.

— Esse cara é horrível, Carter — Delilah reclamou.

— Bunny, pode reprovar esse. Dá uns minutos antes de mandar o próximo. — Ele apertou alguns botões no teclado do notebook e se virou para mim. — Bom dia, Pipoca!

Procurei pela câmera que filmava a videoconferência para me esconder, mas não encontrei, então imaginei que ele estivesse usando a do próprio notebook. Fiquei atrás dele. Não me importava que Delilah me visse de pijama, mas os possíveis guitarristas de Carter seriam um problema.

— Um aviso sobre a câmera teria sido útil.

— Bunny está só com o áudio daqui, não tem a imagem. Ou eu não estaria de cueca.

Ah, sim. Só agora notei o tanquinho à mostra e a cueca verde escura que ele usava.

— Bom dia, Carter! Perdi a hora totalmente, não sei onde foi parar meu celular.

Ele pegou algo ao seu lado e me esticou. Era o dito cujo.

— Escondi para você não acordar.

— Mas a gente tinha um monte de coisas para resolver.

— Já resolvi, Pipoca. Senta aqui que ainda temos um monte de gente ruim para ouvir. — Eu me sentei ao lado dele. — Liguei para o Bunny e pedi que ele fosse fazer uma pré-seleção hoje de manhã no meu lugar. Estou ouvindo com a Delilah e separando os que, definitivamente, não queremos na banda, então teremos um número reduzido. Vamos marcar outro encontro com os aprovados nessa fase, eu e você, onde ouviremos todos eles e escolheremos. As reuniões que marcamos para hoje à tarde vamos fazer por videoconferência também. Tentei achar o telefone da galera aí no seu celular, mas não consegui de jeito nenhum. Não sei como você se entende nessa sua bagunça. Depois você liga e pede para trazerem tudo que eu tenho que aprovar aqui para casa. Delilah está preparando um comunicado para a imprensa sobre as crianças, para sair assim que a primeira notícia das meninas se espalhar. Já tem fotos nossas no hospital na internet. Não das meninas comigo, porque elas estavam o tempo inteiro com você, mas podem fazer alguma conexão. Outra coisa que preciso de você é que entre em contato com a doutora Perkins, sobre o tratamento das meninas. Eu quero acompanhar isso de perto, tá? — Apenas assenti. — Eu sei que você não teve tempo de fazer sua corrida de hoje, então que tal você ir lá fazer isso agora, enquanto eu fico nessas audições com o Bunny? Depois você desce para nós resolvermos o restante do nosso dia.

Mano! O que fizeram com o Carter? E quem é esse cara sentado ao meu lado?

— E as meninas?

— Deixei-as dormir até tarde porque estavam cansadas, foram dormir muito tarde. Depois que isso aqui acabar, nós acordamos as duas. Mas, eu já fui checar como a Sam estava e ela me disse que se sentia melhor.

Eu nem reclamei e fui fazer o que ele tinha sugerido. Estava mesmo cansada nos últimos dias, então foi ótimo dormir até mais tarde. Preferia fazer meus exercícios de manhã, para começar bem o dia e colocar a cabeça no lugar, por isso, usaria o tempo que eu tinha para esteira.

Anotei mentalmente todas as coisas que Carter tinha me passado e juntei com tudo o que eu me lembrava de ter que resolver. Quando saí da esteira e passei pelo quarto das meninas, elas estavam sentadinhas na cama da Soph, conversando em voz baixa.

Inversos

— Oi, bonitinhas! — disse, entrando no quarto e sentando na cama, aos pés delas. — Como vocês dormiram?

— Oi, tia Buna! Eu dormi bem — Soph respondeu.

— Eu também, não dói mais.

— Tudo bem, querida. Se doer, você nos avisa. — Levantei da cama. — Agora as duas mocinhas para o banho.

Ajudei-as no banho e vesti-as. Quando voltamos para a sala, mais tarde, deixei-as brincando por perto, enquanto resolvíamos nossas pendências.

— Bunny terminou as audições. Nós temos doze pessoas para ouvir. Ele pediu para que ensaiassem uma das músicas da turnê para tocar no dia, mas não deu uma data. Achei melhor esperar você voltar para marcarmos.

— Por mim, amanhã. Foxy e Kid vão olhar as meninas?

— Vou mandar uma mensagem para perguntar se estão livres. — Ele digitou no celular.

— Já enviei um e-mail para a secretária do Jordan e ela vai mandar um carro trazer os documentos que precisamos olhar na reunião de hoje. A Lana, do marketing, mandou uma apresentação com a estratégia de divulgação que eles sugerem para o *single*.

— Ela estará na reunião hoje?

Eu vi o sorriso safado surgir no rosto do Carter e resolvi ignorar. A história de ele estar com Delilah ainda não tinha descido pela garganta, não queria pensar em um envolvimento com Lana também.

— Sim. Vou mandar a agenda de ensaios para a banda. Também estou com as datas dos ensaios dos dançarinos, eles estão praticamente prontos. Você precisa se juntar a eles para aprender as coreografias.

— Ok! Abre aí que a gente marca na minha agenda.

Estávamos discutindo todas as brechas que ele tinha na agenda e as formas de acrescentar esses ensaios, com algum tempo para ficar com as meninas e os compromissos delas. Ficamos tão compenetrados, que esqueci completamente a presença de Delilah, que ficou quieta – por um milagre – durante todo o tempo que estive ali. Até que:

— Olhem isso!

Era um vídeo de Jordan, e ela imediatamente deu *play*.

— Nós vamos resolver isso na justiça. Uma mulher deixou as crianças na porta da casa com um bilhete que dizia que eram filhas dele. Sabemos que é mentira, não passa de alguém querendo dinheiro, como já aconteceu outras vezes, mas não podemos negar cuidados básicos enquanto resolvemos a situação. O que vocês viram foi uma funcionária de Carter levando uma das crianças, que estava doente, ao médico.

— Então as meninas não são filhas de Carter Manning? — o repórter perguntou.

— De jeito nenhum. É só uma mulher irresponsável em busca de dinheiro. Coloca no seu jornal com todas as letras: Carter Manning não é o pai.

O vídeo terminou, porque ele saiu e deixou a repórter sozinha. Voltei para o meu notebook e abri as redes sociais de Carter. Os comentários sobre as filhas dele estavam em todo lugar. "Carter Manning is daddy" era um *Trending Topic*. "Mannpello is real" também. Mannpello, por sinal, é o nome do *ship* que as fãs do Carter usam para se referir a nós dois como um casal. O Facebook e o Instagram tinham sido invadidos por comentários dos fãs também. Joguei o nome de Carter na busca do Google e diversos sites falavam sobre isso.

— A internet quebrou — informei a eles. — O mundo já sabe.

Comunicação de crise.

As pessoas aprendem isso na faculdade de comunicação e, mesmo se ninguém me dissesse, bastava olhar para a postura que Delilah adotou agora para dizer. Já disse o mulherão que ela é, mas de pé, com o peito estufado e a postura de quem vai acabar com qualquer um que ousar mexer na imagem do Carter, ela começou a dizer o que ia acontecer. Parecia a própria Olivia Pope na minha frente, com aquele olhar compenetrado, dando ordens a todos da Pope & Associated. Dando ordens a quem aparecesse na frente dela, porque Olivia Pope não tem medo de ninguém.

— Vocês podem fazer a reunião de hoje à tarde sem mim, ok? — Nós concordamos. — Vou começar a redigir um comunicado sobre isso. Foi a pior declaração que Jordan poderia dar. Eu tenho algumas sugestões de como vamos lidar com isso, mas já entendi que você quer fazer do seu jeito, Carter, então prefiro ouvi-lo primeiro. Sabe o que quer dizer?

— Não as palavras exatamente, mas vamos desmentir o que ele falou. As meninas são minhas filhas, quem olha para elas vê.

— Você não acha melhor dizermos que não sabemos ao certo sobre a paternidade, mas que estamos cuidando das meninas enquanto as questões judiciais serão resolvidas? — perguntei.

— Eu gosto dessa ideia, Delilah. O que você acha?

— Acho que se adequa ao que nós dois queremos para a sua imagem.

— Ela pegou o computador novamente. — Vou trabalhar na cozinha. Quero preparar um plano de contingência e mostrar a vocês. Compartilhem essa agenda atualizada comigo, ok? — Não esperou que nós respondêssemos e saiu da sala.

Carter sentou para trás no sofá e expirou. Sam e Soph se levantaram e vieram até onde estávamos, sentando uma no colo dele e a outra entre nós.

— Papai. — Soph começou. — Você ficou bravo com a gente?

— Claro que não, princesa Soph! — *Ai, Carter. Desde quando você a cha-*

Inversos

43

ma de princesa Soph? — Por que eu ficaria bravo?

— Porque o moço do vídeo disse que você não é nosso papai — Soph respondeu.

Olha como criança é um bicho inteligente.

— Ele não sabe de nada, filha. — Passou um braço pelos ombros dela, que estava sentada entre nós, e puxou Sam para mais perto. — Não ligo se vocês duas são minhas filhas de sangue ou não. Sempre vou cuidar de vocês como se fossem.

Aqui jaz a menina Bruna. Amada filha e irmã, assistente de Carter Manning. Causa da morte? Não aguentou cenas fofinhas protagonizadas pelo chefe e suas duas filhas.

Eu estava terminando de arrumar a agenda de Carter para os próximos dias quando ele entrou no quarto, estendendo o telefone para mim.

— Killian — sussurrou.

— Olá, senhor Manning! Como vai? — disse, nervosa. Não era comum que *ele*, o chefão todo poderoso, dono de tudo, me ligasse assim.

— Oi, Bruna! Vou bem, obrigado. Quero acreditar que, se você chama minha esposa de Marina ou Nina, mereço o mesmo tratamento. — Seu tom era divertido, mesmo que para me repreender.

— Perdão, senhor Manning! Quer dizer, Killian. Vou me esforçar para chamá-lo assim.

— Obrigado! Carter me disse sobre o que aconteceu com Jordan. — Levantei os olhos para vê-lo encostado no batente da porta do meu quarto, braços cruzados, acompanhando a conversa. — Ele contou que está um pouco incomodado com a forma como ele vem lidando com as coisas na gravadora. Esse pronunciamento descuidado que ele fez piorou a situação, porque ultrapassou alguns limites estabelecidos.

— Realmente, foi inoportuno. Teria sido melhor se tivesse ficado calado.

— Quero pedir que fique de olho nele para mim. Quando tiver um tempo, passe na gravadora para verificar como estão as coisas, como é o clima por lá, o que os funcionários pensam sobre ele... Se encontrar algo digno de nota, por favor, repasse para mim.

— Claro, Killian. — *Yes*, dessa vez eu consegui! — Eu aviso assim que for lá e tiver algo sobre isso.

— Obrigado, Bruna! Pode passar para o meu irmão de novo?

Concordei e entreguei o telefone para Carter. Os dois conversaram por mais uns cinco minutos, então ele guardou o celular no bolso, encostou a porta e veio sentar ao meu lado. Tirou o notebook do meu colo e puxou para o seu.

— No que você está trabalhando? — perguntou.

— Sua agenda. Estava organizando a bagunça que fizemos e montando um cronograma diário.

Carter devolveu o computador para mim.

— Não vou mexer em nada, é melhor. — Ele deitou de lado na cama, ainda olhando para mim. — Quer fazer uma pausa para continuarmos pensando na turnê? Nós entramos naquela reunião e não conseguimos terminar. — Assenti e ele ficou um pouco mais confortável na minha cama.

— Aproveitando que as meninas foram dormir, Carter... O que nós vamos fazer com elas durante a turnê?

— Acha que não vamos conseguir resolver isso antes de sairmos?

Neguei com a cabeça. Era quase impossível conseguirmos, já que ele ainda não havia se decidido sobre o que fazer.

— Tenho certeza de que não. As coisas já estão complicadas agora, com todos os compromissos que eu preciso ir com você, mas não posso porque tenho que olhar as meninas.

— Tudo bem. Podemos contratar uma babá para ficar com as meninas agora, assim você pode trabalhar. Vamos tentar encontrar alguém que esteja disponível para viajar, assim ela pode ir à turnê. E agora que o mundo já sabe sobre as meninas, podemos levá-las para os nossos compromissos.

— Acha que será bom para elas essa exposição?

Ele respirou fundo e olhou para longe, como se não tivesse pensado nisso ainda.

— Ser pai é chato. Tantas decisões para tomar — disse e deitou de costas na cama. Deixei o computador de lado e me deitei também, virando para encará-lo. — Acho que elas não vão conseguir fugir disso, Bruna. — Aproveitou nossa proximidade e passou os braços pela minha cintura, para que eu me deitasse em seu peito. — Sou fotografado se eu for na esquina. Não quero prender as meninas dentro de casa o tempo inteiro, para sempre.

— Eu entendo.

— Não quero que elas fiquem superexpostas também, com entrevistas e essas coisas, mas não vamos escondê-las. — Então, entrelaçou a mão na minha. — Você me ajuda a protegê-las, certo?

Respirei fundo e me segurei para não xingar o safado pelo pedido, porque a resposta era sempre óbvia.

— Proteger você e as meninas é minha prioridade, Carter.

Inversos

Carter

— Você está pronto? — ela me perguntou no camarim, enquanto dobrava a manga da minha camisa social. Beijei sua testa, mesmo que quisesse beijar sua boca, antes de dizer:

— Sim, já decorei toda a história e tudo o que Delilah quer que eu diga.

— Ok! Estou aqui, mas chego lá em um minuto se você precisar. — Terminou de dobrar a manga e deu um passo para trás.

Segui o rapaz da produção até o estúdio onde o programa estava sendo filmado. Era um desses *talk shows* que se parecem exatamente iguais, só muda o apresentador. *A Night With Cameron* era o nome e a audiência era enorme. Era tarde da noite e as meninas deveriam estar dormindo, mas o dever chama. Ainda não tínhamos nenhuma babá para cuidar delas. Hoje elas estavam no estúdio, brincando no camarim. Tinham criado uma amizade com Jeff, meu *stylist*.

— Cameron vai chamar seu nome e sua música vai tocar, então você entra — o rapaz da produção informou, assim que paramos na porta do estúdio.

— Não é a minha primeira vez aqui, rapaz.

— Recebam com gritos histéricos: Carter Manning!

O *single* começou a tocar e eu entrei. Os gritos femininos fizeram meu sorriso mais cafajeste se espalhar pelo rosto. É assim que elas gostam, é assim que eu gosto. Torna tudo mais fácil.

Eu me sentei e nós conversamos sobre trivialidades. Ele queria falar sobre futebol americano e a partida do último fim de semana, como quebra-gelo, e eu estiquei o assunto. Pulamos para a turnê e conversamos sobre alguns dos planos que tínhamos. Ele falou do *single* e das músicas do CD que eu estava divulgando. Antes de fazer a minha apresentação e cantar, ele resolveu pular para o assunto que me trouxe até aqui.

— Não posso deixar você ir embora sem falar do assunto que todos estão comentando, Carter.

— É, nós quebramos a internet — comentei, para o riso de alguns.

— O Twitter foi à loucura com a notícia de que você é pai.

— A verdade é que não sabemos realmente. Se você olhar para as meninas, elas são idênticas a mim e isso é o que nos faz acreditar que eu seja o *pai do ano*.

Uma foto minha com as meninas surgiu no telão do estúdio e, provavelmente, estava na TV das pessoas. Eu fiquei horas sentado no sofá da sala, com as meninas ao meu redor, enquanto Bruna e Delilah tiravam a foto perfeita, com a iluminação perfeita, ângulo perfeito, tudo perfeito. A ideia era mostrar que, sim, eu tinha filhas. Sim, elas viviam comigo. Sim, estávamos felizes. Funcionou, porque os suspiros ecoaram por todo o estúdio.

— Elas são lindas — comentou.

— Sim, elas são. — Não podia tirar meus olhos das duas, do sorriso inocente que carregavam no rosto. Uma emoção inexplicável tomou conta de mim e fiquei feliz de poder dizer que elas eram minhas filhas. Quem diria que Carter Manning adoraria ser pai? — Muito inteligentes também — comentei, tentando voltar ao mundo real e focar na entrevista.

— Qual o nome delas?

Era um furo de reportagem. Combinamos de contar aqui, em troca de maior exposição na emissora.

— Samantha e Sophie, mas gostam de ser chamadas de fada Sam e princesa Soph. — Os apelidos, é claro, foram um bônus para que as mulheres de todo o mundo me achassem ainda mais irresistível.

Mais um suspiro coletivo e o estúdio estava desmaiado. Dessa vez, outra foto do meu Instagram foi mostrada. Nessa, elas brincavam na sala, fantasiadas. Soph usava um vestido e uma coroa; Sam, um *collant* com uma asinha. Diferente da outra, levei dois segundos para tirar essa foto, porque elas brincavam felizes quando peguei o celular e cliquei.

— Uma delas esteve no hospital... É algo grave?

— Foi a Sam, mas não é grave... Ela tem algumas dessas doenças respiratórias que crianças normalmente têm, mas está fazendo tratamento. Segundo a pediatra, nada para nos preocuparmos.

— Cara, essas garotas estão fazendo algo contigo... Você mudou.

Obviamente, não. Eu continuava o mesmo Carter. Só que Delilah me treinou direitinho, cada palavra que eu deveria falar para deixar o coração de cada mulher, no estúdio e em casa, completamente derretido.

— Essas duas pequenas são como polvos, Cameron. Elas vão se infiltrando na sua vida e quando você percebe, não pode mais fugir. Mas, lá no fundo, ainda sou o mesmo Carter... Aquele que mal pode esperar essa turnê começar para subir ao palco e fazer outras coisinhas mais.

Ele fez a chamada para o comercial. Na volta, eu cantaria o *single*. Participação concluída com sucesso.

Inversos

47

Sétimo

TRAIRAGEM

Você, provavelmente, deve achar que eu só faço esteira, mas não é verdade. Minha série na academia de Carter envolvia mais alguns exercícios, mas eu não costumo fazê-los todos os dias. Hoje foi um dos dias em que eu fiz mais do que esteira e, por isso, pressentia que estaria totalmente destruída à noite. Mas tinha uma coisa mais importante para o momento: a missão de Killian. O que dava um bom nome de livro, por sinal. Ou filme de ação.

— Vai mesmo ficar em casa, né? — perguntei ao Carter, assim que passei pela sala.

— Vou, Bruna, fique despreocupada.

— Quando as meninas acordarem...

— Já sei. — Ele me cortou. — Dou café da manhã e fico brincando com elas. Pode ir em paz. Qualquer coisa, eu tenho o telefone da doutora Perkins na agenda do celular e o seu é o último que eu liguei. Nada de ruim vai acontecer.

Tudo isso foi dito em tom de deboche pela minha preocupação. Eu quis dar na cara dele.

— Você não vale nada, Carter! Espero que saiba disso.

Entrei no carro e dirigi até a M Music. Eu tinha uma mesa lá, que usava poucas vezes. Ganhei quando me livrei do Lucas. Esse foi outro *up* na carreira, quando Carter me roubou para ser assistente dele. E, bom, ele pode ser um insuportável na maioria das vezes, mas salvou a minha vida homericamente. Acho que já teria pedido demissão há tempos ou estaria vivendo miseravelmente se ainda trabalhasse com aquele mimado. Mas, enfim, águas passadas. Agora eu trabalho para um mimado diferente.

Minha meta era ficar na gravadora até a hora do almoço. Diferente do imponente prédio que Killian comprou e utilizava em Nova York, a M Music tinha mais a cara de Los Angeles. Era uma construção de dois andares – sem contar o subsolo, onde ficava o estacionamento –, consideravelmente estreita, mas comprida. Havia um hall enorme, logo que você passava pelas portas de vidro da entrada. Uma secretária ficava ali para recepcionar os visitantes, junto de um segurança. À direita, um corredor enorme levava até o final do terreno. Cada uma das salas ali embaixo era para gravação, exceto a primeira, que funcionava como um local de descanso para funcionários e artistas. Nos fundos, havia um pequeno jardim com banquinhos, para que as pessoas pudessem "relaxar um pouco". Muitos dos compositores utilizavam a área para escrever suas canções.

Meu foco hoje era no andar de cima, então subi os degraus da escada do hall para a parte administrativa da gravadora. Logo no começo, havia uma sala bem grande, para quando era necessário reunir a equipe inteira ou receber algum artista. Em seguida, três salinhas menores, para reuniões de grupos pequenos. Ao lado era onde toda a galera trabalhava. Uma única sala para toda a empresa, como nessas em que valorizam a troca de informação entre setores. Era curioso ver tanta coisa acontecendo ao mesmo tempo.

A minha mesa era a única vazia e levei cerca de meia hora entre o andar de baixo e o momento em que coloquei minha bolsa em cima dela, por causa de todas as pessoas que me pararam para trocar uma palavra ou beijinhos.

Eu gostava de acreditar que as pessoas ali gostavam de mim por mim mesma e não por eu ser a escrava do Carter. Duvidava um pouco do sorriso de alguns, porque eles me pareciam muito falsos, mas outros não. Tinha gente ali que eu queria verdadeiramente acreditar que eram boas pessoas.

— Ô, Bruna, desculpa! — Lana levantou da cadeira, depois de uns dez minutos que eu tinha aparecido. Ela é assistente de marketing da gravadora, aquela que Carter esteve interessado e eu preferi ignorar. — Estou a ponto de surtar com a estratégia que estamos montando para o novo álbum do Lucas. — Lana me abraçou e nós duas ficamos conversando, apoiadas na minha mesa.

— Argh, coitada! — disse, um tremor passando pelo meu corpo. — Eu me compadeço de você, sabe disso.

— A sorte da sua vida foi parar de trabalhar para ele.

— Eu sei e dou graças a Deus, todos os dias, por isso. — Sorri. — Como você está? Como vai o seu *boy*?

Um sorriso lento se espalhou pelos lábios dela. Lana, discretamente, levantou a mão e estendeu para mim. Um belo anel prateado reluzia.

— Mano do céu! Ele pediu você em casamento? — Ela assentiu freneticamente. — Ah! — Dei um gritinho, abraçando-a de novo. Eles estavam com problemas de comunicação da última vez que a encontrei e ela achava que ele tinha desanimado do relacionamento. — Estou tão feliz por você, Lana!

— Eu também, Bruna. Foi tudo tão lindo!

— Por favor, vamos almoçar hoje e você me conta tudo?

— Claro! Você fica até depois do almoço?

— Não, vou precisar sair assim que almoçar. Mas dá tempo de sairmos para comer.

Inversos

49

Passamos mais alguns minutos discutindo onde iríamos comer, até que o telefone dela tocou. Era o atual assistente do Lucas, querendo saber sobre o planejamento. Carter tinha escolhido um cara durão, que não tinha nenhum problema em intimidar Lucas, assim que ele me tirou daquela função. Era engraçado que eles tenham se dado *super* bem. Lucas continua insuportável, mas parece ter algum tipo de entendimento com o assistente. O que não era da minha conta, de todo jeito.

Eu a deixei lá e fui até a sala de Jordan. Ele, na verdade, era o único que possuía uma. Por ser o CEO, ninguém reclamava. Havia mais uma no andar, a antiga de Carter, mas ela se mantinha fechada.

Queria passar pela sala do Jordan para que ele me visse ali cedo e depois eu tivesse uma desculpa para voltar até lá. Troquei meia dúzia de palavras com a secretária dele antes de entrar, porque aquela mulher é uma santa.

— Jordan — disse, feliz. A felicidade era falsa, mas ninguém precisava saber.

— Bruna, é bom vê-la por aqui. — Ele levantou e pegou minha mão, apertando-a.

— Vou ficar até o horário do almoço. Tenho algumas coisinhas do Carter para resolver aqui. Se precisar de mim, é só pedir.

— Claro. — Ele me deu um sorriso falso. — O mesmo aqui.

Com a missão concluída, voltei para minha mesa. Trabalhei um pouco por lá, mas dei um pulo no setor financeiro, que era o falso motivo para eu ter ido até ali. Enquanto estava lá, conversando, vi Jordan e a secretária saírem.

Era a minha chance.

— Uma hora e trinta e dois. — Uma garota do departamento de arte gritou para que toda a empresa ouvisse. Todo mundo riu alto e eu a vi escrever algo em um caderno.

— Ok! Estou totalmente por fora. Alguém me explica? — disse para os que estavam perto de mim. Houve um profundo silêncio. — Fala sério, galera. Não é porque eu trabalho para o Carter que vou dedurar alguém. Vocês sabem que ainda sou uma de vocês.

Eu não ia dedurar ninguém para Carter, óbvio. Mas, é claro que *vou* contar o que está acontecendo para Killian, sem citar nomes.

— É que o Jordan passa mais tempo fora do que dentro — explicou um cara do Departamento de Publicidade, que estava por perto. — A gente acha isso um absurdo, porque a maioria de nós trabalha mais de oito horas por dia e ele mal passa três horas dentro da empresa.

— A média da semana passada foram três horas e vinte e sete minutos, na verdade — a garota da Arte disse, após verificar seu caderno.

— Nós amamos trabalhar aqui, de verdade. Ficamos até mais tarde porque gostamos de tudo. Do salário, do trabalho e de ver a gravadora crescer, mas, na boa, esse cara é um absurdo. Quando Carter era o CEO, e ele, apenas o executivo, as coisas fluíam bem melhor aqui dentro. Ele parecia trabalhar mais. Agora, ele sai, não tem executivo para substituir e eu já vi uns dois ou três artistas saírem daqui chateados, por terem que ser atendidos pela secretária, alguém de A&R[2] ou a Monica. — Monica é responsável pelo Departamento de Desenvolvimento do Artista. São eles que cuidam da carreira de quem é contratado pela M Music. — E isso é uma merda para nós, que queremos que essa gravadora cresça cada vez mais.

Quem não quer? Cada funcionário da M Music ganha um dinheiro a mais no fim do ano, de acordo com o crescimento da empresa.

Nós conversamos e percebi algumas coisas: a galera estava começando a ficar insatisfeita com Jordan. Fiz uma anotação mental para conversar com os assistentes de todos os artistas da gravadora. Não era meu papel, mas a gente costuma fazer isso, porque somos aqueles funcionários que não estão dentro da gravadora e fofocam nos corredores. Se eles (ou os seus artistas) estavam insatisfeitos com a forma como Jordan estava lidando, eles me diriam.

Deixei o tempo passar um pouco e voltei para minha mesa. Sentei-me por uns minutos e gritei um "droga" em alto e bom-tom.

— Jordan costuma mesmo demorar quando sai? — perguntei a ninguém em específico.

— Deus sabe quando volta — Lana respondeu da sua mesa.

— Droga! — disse de novo, pegando o celular. Agora começaria minha performance teatral. Abri a agenda e procurei o número de Jayden. Coloquei no ouvido e esperei.

— Bruna, meu amor! — atendeu, soando feliz. — Bom ouvi-la depois de tanto tempo.

— Jordan, você está ocupado agora?

— Ok, não sou Jordan. O que você está aprontando?

Ele estava acostumado. Sempre que eu precisava fingir que estava ao telefone com alguém, ligava para ele. Não nos conhecemos de ontem.

— Eu me esqueci de pegar aqueles documentos com você, da banda do Carter. Deixei para você assinar na semana passada.

— Jordan é aquele cara que manda na gravadora agora, né? Já tinha esquecido.

— Isso, isso mesmo. Preciso disso agora. Você está com eles? Assinou?

— Você sabe que não faço o tipo fofoqueiro e realmente te odeio agora por me deixar curioso com essa ligação.

— Ah, posso ir lá pegar? — Fiz uma pausa. — Obrigada! Sabe onde está?

---

2   O departamento de A&R de uma empresa é o de "Artista e Repertório". Eles são os responsáveis por captar novos artistas e, após contratados, auxiliam em decisões importantes da carreira.

Inversos   51

— Tente na gaveta. Está sempre na gaveta.

Segurei para não rir.

— Ah, ok, na gaveta. — Ele soltou uma risada do outro lado da linha. — Eu vou olhar lá e qualquer coisa te ligo, ok? Obrigada!

— De nada! Depois me liga e me conta essa história.

Despedi-me formalmente e fui até a sala. Carregava comigo alguns papéis para disfarçar na volta. Depois eu conversaria com Jayden.

A porta estava fechada e a encostei novamente quando entrei, porque assim poderia futricar mais do que as gavetas, se precisasse. Eu tinha pressa e, ao mesmo tempo, não podia sair bagunçando tudo. No fim, não foi preciso muito esforço. Comecei pelas três gavetas da mesa e, quando cheguei na segunda, encontrei duas cartas interessantes no fim da pilha.

As duas estampavam a logo da 2Steps Label, uma gravadora rival que eu conhecia muito bem, e estavam endereçadas a ele. Era engraçado que houvesse, efetivamente, cartas com uma proposta detalhada de emprego, quando vivíamos em um mundo onde tudo era resolvido por e-mail e telefone. Não reclamei, porque as cartas eram suficientes. A primeira comprovava que tinham oferecido a ele um emprego. A segunda mostrava que ele tinha aceitado – "será um prazer tê-lo nos representando" – e que prometeu levar dois artistas junto com ele: Lucas e Vince Allen. Quanto a Lucas, eu ficaria muito feliz se ele saísse. Vince, não. Era um bom garoto e se mostrava um artista muito promissor dentro da gravadora.

Ah, Jordan, me aguarde! As coisas não serão tão fáceis para você.

Levou menos de dois minutos para fotografar todas as páginas. Para coroar aquela manhã, fui ao banheiro antes de sair para almoçar. Dinah, do departamento de A&R, me cercou antes que eu saísse de lá.

— Bruna, preciso falar com você sobre uma coisa. Tem um tempo?

Eu disse que sim e nós nos fechamos em uma das salinhas de reunião.

— O que houve? — Sentei-me, mas ela ficou de pé.

— Não sei como falar sobre isso nem se eu deveria falar, mas minha gerente não quer fazer alarde ou entrar em contato com Nova Iorque. Só que, como o pessoal estava conversando, eu amo trabalhar na M Music. É um dos melhores ambientes de trabalho em que estive. Não quero perder nenhum artista por causa de má administração.

— Ok, você está me preocupando.

— Eu sei que o Carter ouve você. Talvez possa falar com ele sobre isso. — Ela respirou fundo. — Nós entramos em contato com alguns artistas recentemente e marcamos reunião. Eles estiveram aqui, mas, em cinco reuniões, Jordan não esteve. Achei estranho, porque os artistas pareciam realmente interessados. Então, três deles anunciaram contrato com outra gravadora, logo em seguida, e um amigo meu disse que ouviu boatos de que os outros dois estão indo para lá também.

Há um palavrão de três palavras que envolve um filho e sua progenitora. Insira aqui, por favor.

— Você sabe qual é a outra gravadora, Dinah?

— A 2Steps Label. — Respirei fundo, bem fundo.

— Ok, Dinah. Eu vou conversar com o Carter assim que voltar para casa.

Antes de sair, tive um agradável almoço com a Lana. Ela é divertida e o noivo tinha feito algo realmente lindo para pedi-la em casamento. Parece que ele tinha se afastado porque estava planejando isso e não queria acabar dando com a língua nos dentes. Infelizmente, durante todo o almoço, eu só conseguia pensar nas cartas que tinha lido e no que Dinah tinha me dito.

Eu ficaria louca se não falasse logo com Killian. Então, no momento em que entrei no carro, pronta para voltar para casa, liguei para ele. A secretária, Jenny, disse que estava em uma reunião e que demoraria bastante tempo. Resolvi espairecer um pouco, porque eu revezava entre criar teorias da conspiração e formas de como pegar o safado. Havia um *shopping* no caminho de casa e decidi parar por lá, porque as meninas estavam precisando de algumas coisas.

Enquanto escolhia algumas roupas novas para elas, liguei para Jayden.

— Finalmente, mulher! Achei que ia me deixar curioso até amanhã.

— Não é para tanto. Escuta, vou te contar tudo e quero uma opinião depois.

— Ok, então conte.

A opinião de Jayden era muito importante para mim, nessa situação, por dois motivos: primeiro, ele é meu melhor amigo; segundo, ele acabou de pedir demissão da 2Steps Label.

Inversos

53

Oitavo

ANA

— Isso! Alguém vai te passar o endereço por e-mail — disse para a babá, com quem eu conversava pelo telefone.

— Às 14h, certo? — a mulher do outro lado confirmou.

— Sim. Nós não vamos demorar muito e você já poderá conhecer as meninas.

— Mal posso esperar. — Ela soava animada e eu estava interessada.

— Bruna! — Jeff, *stylist* de Carter, me chamou do outro lado da sala.

— Eu preciso desligar. Encontro você amanhã.

Nós nos despedimos e fui até o outro lado da sala ver o que estava acontecendo.

— Uma das meninas está chorando e a gente simplesmente não sabe mais o que fazer. Carter pediu para chamá-la.

Como se eu soubesse! Fui com ele até o camarim onde Carter estava se arrumando e as meninas deveriam estar brincando. Nós precisávamos encontrar uma babá *o mais rápido possível*. Contratamos uma empresa para fazer isso para nós há semanas, mas ela não conseguiu dar resultado até agora.

As duas primeiras babás que enviaram *simplesmente* não deram certo, porque estavam ocupadas demais em tietar Carter. Agora, todas passaram por um processo seletivo antes de serem enviadas, o que levou *eras*. E eu, simplesmente, não tinha mais tempo para ficar procurando uma babá. Só precisava de alguém para ontem. Vamos entrar em turnê em quinze *fucking* dias e o que mais me faltava era tempo.

Como se não bastasse toda a correria, estávamos gravando o clipe do próximo *single* de Carter, *Changing Plans*. Ele não planejava começar a trabalhar a divulgação dele nem tão cedo, porque o atual estava sendo um sucesso absurdo, mas não teríamos tempo de parar durante a turnê, então estávamos adiantando essa parte. Essa música era a que dava nome ao CD e à turnê. *Changing Plans Summer Tour*. Em breve, *World Tour*.

Eram sessenta e seis shows, cinquenta e quatro cidades, cinquenta e dois funcionários e mais de um milhão e oitocentos mil fãs que passariam pelos locais. Todos os ingressos vendidos. Parar não era uma opção para

Carter. Talvez em julho, quando ele teria uma semana de folga, mas gostaríamos de estar preparados para lançar o clipe novo a qualquer momento.

Sem contar que *Changing Plans* tinha tudo para ser a música do verão nos Estados Unidos. Aquela que todas as garotas da Califórnia ouviriam com as capotas dos seus conversíveis abaixadas e que tocaria em todas as baladinhas do país. Os melhores DJs fariam remixes da canção. Carter só precisava esperar o momento certo para lançar e ter mais um hit.

Ele ainda precisaria gravar as cenas fora do estúdio, essa semana. Hoje era dia daquelas em que ele aparece cantando a música, dentro do estúdio mesmo.

Cheguei ao camarim onde as meninas ficaram e um milhão de pessoas da produção estava ali, parecendo não saber o que fazer com duas meninas de três anos de idade. Carter tentava conversar com Soph, que tinha lágrimas nos olhos, enquanto Sam chorava escandalosamente no colo dele. Estava molhando toda a jaqueta que ele teria que usar no clipe, mas Carter parecia não se importar.

— O que houve? — questionei, ajoelhando ao lado dele e de Soph.

— Eu não sei — respondeu, em voz baixa. — Saí do camarim por dois minutos para atender uma ligação e me chamaram porque Sam estava assim.

— Soph, você sabe o que houve? — Ela permaneceu em silêncio, então encarou as três mil pessoas que estavam na sala. Entendi. — Gente, por favor, esvaziem a sala para nós. — E era tão bom dizer isso nos Estados Unidos, onde ninguém se sentia ofendido. No Brasil, vários corações estariam partidos agora. — As meninas precisam de um pouco de privacidade.

— Lentamente, todas as pessoas foram saindo. Quando éramos os únicos lá, eu passei o trinco na porta e voltei a me ajoelhar. — Fale com a gente, princesa Soph.

— A moça gritou com a Sam porque ela queria mostrar o desenho para o papai — disse baixinho, aparentando medo.

— Que moça, Soph? — Carter perguntou, visivelmente nervoso.

— Ela escondeu o desenho e mandou calar a boca. — Seus olhinhos brilhavam com as lágrimas que ela firmemente segurava.

— Você lembra quem foi a moça que disse isso?

Quando conseguimos acalmar as meninas e encontramos o desenho, pedimos que elas ficassem ali no camarim. Dissemos que pediríamos para o Jeff ficar com elas, já que as duas gostavam dele. Assim que ele veio, nós saímos. Encostamos a porta devagar e Carter mudou a expressão imediatamente.

— Eu vou falar com ela sobre o que aconteceu, ok? — Eu me adiantei. — Dois minutos.

— Não, Bruna! Eu falo. — Bufando, ele saiu para onde estava acontecendo a gravação. — Eu quero todo mundo reunido aqui. Agora! — gritou

Inversos

55

bem alto e todos começaram a se virar e dar atenção. O *"agora"* certamente tinha sido ouvido por todo o local, tamanha a raiva que continha.

Fui buscar as poucas pessoas espalhadas pelo corredor e dei um sinal para ele quando todos estavam presentes.

— Só vou falar uma vez, então ouçam! — Todos tinham os olhos fixos nele, nervosos. — Para os desavisados, eu tenho duas filhas. Não importa o que as outras pessoas digam. Elas são minhas filhas e são crianças. Exijo que sejam tratadas como as duas princesas que são. Não quero que se dirijam a elas com grosseria. Não quero ter que consolar as duas porque alguém não soube falar direito com elas. Se minhas filhas precisam falar comigo, não importa quão bobo seja o assunto, vocês vão trazê-las para mim. A menos que eu esteja fazendo algo extremamente importante; nesse caso, vocês falam calmamente para elas que estou ocupado, mas que virei em seguida. Esse é o primeiro e único aviso, para que entendam que Samantha e Sophie são *prioridade*. — E ele praticamente soletrou prioridade. — Quem ousar tratar mal as duas pequenas, está fora dessa equipe. Estamos conversados?

Eita! Olha o climão.

Depois disso, Carter ordenou que voltássemos ao trabalho.

Logo que começou a gravar mais uma parte do vídeo, meu celular vibrou. Era um e-mail de Killian.

> De: Killian Manning
> Para: Bruna Campello
>
> Bruna, bom dia!
> Algum posicionamento sobre a situação com Jordan?
> Aguardo seu feedback.
>
> Att,
> Killian Manning

Killian Manning: a definição de sucinto.

Merda! Era lá que eu estava. Na merda.

Claro que eu tinha um *feedback* e um posicionamento sobre a situação com Jordan. Eu só não queria dá-lo agora, incompleto. E a culpa de eu estar atrasando era toda, repito, *toda* de Jayden.

Aproveitei que as coisas estavam indo bem na gravação, ninguém precisava de mim naquele momento, e liguei para ele.

— Jay, o que você tem para mim?

— Bom dia para você também, *cariño* — respondeu, preguiçoso, carregando o sotaque que herdou dos pais latinos.

— *Cariño* é o caramba, Jayden! Você está me enrolando há semanas.

— Bruna, querida, eu acabei de acordar. Dá um desconto, porque sou só um pobre homem vivendo do seguro-desemprego.

— Pobre homem é o caramba, Jayden! — Baixei a minha Olivia Pope interior, pronta para solucionar esse problema, custe o que custar. E queria fazer isso logo. — Essa situação é grave, você sabe disso. Se não puder me ajudar, é só falar. Eu me viro.

— Calma, caramba! — *A gente sabe que ele não falou caramba, né?* — Poxa, eu dependo de alguém lá de dentro para me passar informações. — *Nem "poxa", né?*

— E quando essa pessoa vai passar as informações para você?

— Espero que logo.

— Eu também — cortei-o. — Se a M Music for por água abaixo, a culpa pode ser nossa.

— A M Music não vai por água abaixo porque tem um babaca como CEO.

— Ela não vai porque a gente não vai deixar, mas você sabe que aquele babaca está roubando todos os artistas da gravadora — revidei.

— E eles são muito burros se aceitarem. Você sabe o porquê saí de lá.

— *Jay, migo, preciso tanto da sua ajuda. Sério* — disse, enquanto pegava uma cestinha na loja.

— *Se você disser de uma vez o que é, eu vou ajudar.*

— *Eu descobri que o CEO da M Music é um crápula. Está estragando tudo dentro da empresa, além de ter uma proposta para trabalhar na 2Steps Label e levar alguns artistas com ele.*

— *Trabalhar na 2Steps?* — Ele parecia ultrajado com a ideia e eu entendia o motivo. — *O que esse cara tem na cabeça?*

— *Eu me pergunto a mesma coisa. Você sempre disse o quanto essa gravadora é uma bosta.*

— *E trata os artistas como lixo. Você viu que a menina da girlband anunciou carreira solo com a 2Steps? Ela tem um contrato de merda em que pode sair da banda, mas não pode sair da gravadora. Acho que as meninas não terminaram a banda ainda porque de nada adianta, se vão ter que lidar com as mesmas pessoas de merda.*

— *Nem me fala, estou com muita raiva dessa história da girlband. Elas são óti-*

mas e acho que cairiam perfeitamente na M Music. O contrato delas é tão ruim assim?

— É. Elas só podem sair em 2018 ou pagam uma multa astronômica. Só que não têm dinheiro para pagar a multa porque, por mais que estejam fazendo um sucesso absurdo, os lucros do primeiro CD só serão pagos no final do ano. Estão vivendo da renda do EP e de propaganda.

— Isso é um absurdo! Não consigo me conformar. — Vi um vestidinho absurdamente fofo, lilás. Tinha um verdinho que era parecido e muito lindo também, então coloquei os dois na cestinha. — Por que será que as pessoas se metem nesses contratos ridículos, Jay?

— É o sonho, Bru. Alguém promete mundos e fundos para realizar o seu sonho e, bom, você simplesmente vai. — Concordei com ele. Brincar com o sonho das pessoas era algo que empresa nenhuma deveria fazer. É desumano. — Mas me conta, o que você quer de opinião minha.

— Achei umas cartas na gaveta do escritório; uma falando sobre a proposta de emprego, a outra dando as boas-vindas a ele e confirmando que levaria dois dos nossos artistas para lá.

— Diz que o Lucas é um deles.

Eu ri, mas não deveria.

— Acho que não desejo a 2Steps nem para ele.

— O cara é um babaca. Merece uma gravadora assim. Eu só não entendo por que alguém que tem um contrato maravilhoso como o da M Music trocaria pelo da 2Steps. — Ele respirou fundo.

— Nem eu, Jayden. Melhor contrato da vida.

— Pois é. Agora escuta. Eu acho que posso te ajudar com isso.

— Argh! Eu odeio essa gravadora. É por isso que preciso tanto dessas informações. Não quero deixar Vince ir para essa merda, Jayden.

— Ashton realmente não merece, é um garoto muito bonzinho. — Ele respirou fundo e pensou por alguns minutos. Podia vê-lo coçando a cabeça do outro lado da linha. — Eu vou dar um gás nisso esses dias, arrumar um jeito. No máximo semana que vem vou te encontrar aí na Califórnia.

— Estou megaenrolada com a turnê, Jay. Preciso disso o mais rápido possível. A gente cai na estrada no dia dezoito. Consegue vir antes disso?

— Claro. Hoje é dia três, até dia dez eu apareço. Seu chefe está te pressionando?

— Um pouco. Ele parece um pouco preocupado com a demora.

— Diga ao Killian que você achou algumas coisas estranhas, mas quer ter algo mais concreto.

— Eu espero que isso sirva.

— Vai servir.

Nós nos despedimos e voltei para a gravação.

No fim da tarde, fomos para o prédio da M Music selecionar os guitarristas. Eram doze, mas Carter passou outro pente-fino e restaram três caras e duas garotas.

Levamos as pequenas de volta para casa, Foxy e Kid já estavam por lá. Surpreendentemente, eles eram os melhores babás que nós conseguimos até agora. As meninas tinham uma imersão em filmes infantis toda vez que eles cuidavam delas. Não os de princesas, mas Toy Story, Monstros S.A. e outros tantos. Eles diziam que sabiam que as meninas eram duas princesinhas, mas que faziam questão de que elas estivessem preparadas para o mundo. Por isso, nada de contos de fadas enquanto elas estivessem com o tio Foxy e o tio Kid.

Bunny estava lá na gravadora assim que chegamos e quatro dos candidatos estavam presentes. Concordamos em só dar o nosso parecer no dia seguinte, porque queríamos entrar em um acordo. Ana, a candidata que ainda não tinha chegado, não apareceu. Conversamos quando todos saíram e o veredicto ficou para o primeiro rapaz que se apresentou. Não sabíamos se ele se encaixaria na vida de turnê, mas era o melhor guitarrista entre todos. Bunny tinha gostado e ele me soou simpático. Carter deu a opinião final.

Decididos, saímos para o hall da gravadora. Os rapazes se reuniriam agora na casa de Carter para ensaiar. Na próxima semana, já queríamos que o novo guitarrista estivesse junto.

— Você é de capricórnio, né? Só pode ser capricorniana, miga! A própria Elsa de Frozen que colocaram na recepção da gravadora. Nunca vi ninguém mais sem coração! Se eles ainda estão aí dentro, por que não podem me receber?

— Senhorita, já expliquei que eles já terminaram as audições.

— Não terminaram não, porque eu não estava aqui. E já expliquei os três mil motivos pelos quais não pude chegar no horário. Esse seu coração de gelo não se compadeceu pela minha história muito real e muito triste.

— Ana! — Bunny falou, chamando a atenção da moça. Era uma loira curvilínea, com uma case de guitarra cheia de *strass,* aos seus pés. Ela usava um vestido preto e uma jaqueta de couro por cima, uma bota maravilhosa nos pés, salto grosso e alto. — Você está atrasada.

— Agora sim apareceu o cara que eu queria ver! — disse, deixando a mocinha da recepção na hora e vindo em nossa direção. — Ah, meu Deus! Mannpello está aqui! Gente, por favor, eu sei que vocês estão indo embora,

Inversos

sei que vocês têm um milhão de coisas para fazer agora, mas pensem no maior erro que vocês já cometeram na vida — disse tudo isso de forma afobada, sem parar para respirar. Deu a nós cerca de meio segundo para pensar no maior erro que cometemos na nossa vida e, sinceramente, não tive tempo para sequer considerar alguma coisa. — Pois é, esse é ainda pior. Nada vai superar isso, nada. Sair por aquela porta sem permitir que eu toque uma música para vocês será, sem dúvida, o maior erro de suas vidas.

Carter me encarou e eu sabia que ele queria saber quanto tempo nós tínhamos.

— Você marcou em vinte minutos com os meninos — respondi a ele.

— Você tem exatamente sessenta segundos para me impressionar.

Não precisou de tudo isso. Bunny trouxe um violão para ela, porque não teríamos tempo de ligar a guitarra nos equipamentos. Então ela surpreendeu todo mundo com a melhor versão acústica do atual *single* do Carter que nós já ouvimos na vida. Melhor do que o próprio Carter tocando.

Levou mais de sessenta segundos, porque ninguém conseguiu pará-la. Um silêncio perpetuou após o último acorde e Bunny xingou um palavrão por todos nós.

— O que você vai fazer agora? — Carter perguntou a ela.

A verdade é que eu, Carter, Bunny, a menina da recepção e qualquer pessoa que passasse na rua saberia que Ana era melhor do que qualquer um dos guitarristas que apareceram hoje. E não precisava nem ter ouvido os outros competidores.

— Eu tenho um total de zero compromissos nesse momento.

— Ótimo! A gente vai ensaiar. Se você conseguir acompanhar, está dentro.

E foi assim que nós contratamos a louca da Ana para a banda. O melhor de tudo? Descobri, dias depois, que ela é brasileira e se mudou para cá aos dezoito anos. Nada como ter alguém para conversar em português.

Nono

NOVA IORQUE - 1

Quem diria que eu, Bruna Campello, viajaria para Nova Iorque dois dias antes de entrar em turnê, com o tanto de coisa que fica na minha responsabilidade. Eu tenho culpados para nomear, ou melhor, culpado. Jayden.

Fiquei esperando (e enrolando) Killian até agora com essa história do Jordan, mas meu tempo acabou, literalmente. Vince avisou que não vai renovar o contrato com a M Music.

— Sério! Não se preocupe. Elas vão ficar no meu campo de visão o dia inteiro.

Deitado, nada parecia incomodar Carter. Ele me olhava do seu lugar na cama, o peito nu e a coberta fazendo um péssimo trabalho para esconder qualquer coisa. Era tentador, mas sou uma mulher forte. Eu tinha um voo para pegar e a nudez do meu chefe era minha última preocupação.

— Carter, da última vez que te pedi para olhá-las em dia de ensaio, você saiu de casa e deixou as duas dormindo. Sozinhas.

Ele riu, o safado. Sabia que era culpado na história e não escondia isso.

— Dessa vez eu juro que não vou esquecer. Posso prometer de mindinho, se quiser. Até comprei protetores de ouvido para elas poderem ficar em cima do palco comigo.

Ele estendeu o braço para uma sacola ao lado da cama e tirou dois daqueles protetores de ouvido que parecem fones, em um tom de rosa gritante, e de pelos. Parecia daqueles que se usa quando neva e não algo que realmente protegesse de música alta.

— Você é ridículo e eu estou atrasada. Só tome conta delas, tá? — Eu me aproximei e beijei seu rosto em despedida.

Carter, em compensação, puxou-me pela cintura até que eu caísse em cima dele na cama. O grito histérico de susto foi impossível de conter, assim como o palavrão que soltei. Rindo, ele enfiou a cabeça no meu pescoço e fungou.

— Cuide-se, Pipoca! — Beijou minha nuca e me soltou.

Rolando os olhos, levantei do colo dele para sair de casa.

— Você também, Carter.

Inversos

Entrei no táxi, que me esperava na porta da casa dele, e segui em direção ao aeroporto. A viagem duraria apenas um dia e já era muito na minha agenda apertada. Meu voo partiria às 7h, a previsão era que eu chegasse para o almoço nos Hamptons, ficasse a tarde inteira lá e voltasse à noite, para embarcar todo mundo na turnê. Já estava tudo mais do que preparado, mas eu precisaria de bateria máxima no celular para terminar de organizar os últimos detalhes.

Trabalhei um pouco no avião e repassei mentalmente como contaria tudo para Killian. Precisava fazê-lo acreditar no que eu estava dizendo, nas coisas que descobri.

Jayden teve problemas com Selena, que é um problema por si só. Ele é apaixonado por ela desde criança, já que cresceram juntos na Colômbia. Ele veio para cá cursar o Ensino Médio, quando nos conhecemos. Durante a faculdade, mudou-se para Las Vegas, onde dividiu um apartamento com ela. A moça estava tentando uma vida melhor e uma carreira de cantora. Conseguiu um contrato e gravou um EP. Saiu em turnê, porque realmente era boa, mas se perdeu. Era viciada em drogas e bebia compulsivamente. Eu não sabia muito sobre ela, porque Jayden não gosta de falar. A última notícia que tive era de que ela estava em reabilitação. Quem mais perdia em toda história era o pequeno Joey Morrison, filho da Selena.

Jayden me enviou por e-mail, ontem à noite, tudo o que tinha conseguido coletar de informação. Eu tinha lido tudo e estava com meu discurso pronto.

Quando cheguei em Nova Iorque, liguei para Marina, para avisar que estava entrando no táxi. Quem veio abrir a porta para mim foi um garotinho muito fofo.

— Você é a Bruna?

— Sim, sou eu. Você é o Dorian?

Eu sabia que era, porque já tinha visto fotos, mas ele balançou a cabeça em concordância.

— A Nina pediu para receber você. Cadê sua mala? — disse, dando espaço para que eu entrasse.

— Não trouxe mala, querido. Vou embora hoje mesmo.

— Ah... — disse, desanimado. — Tudo bem. Ela está na cozinha. — Então, foi na frente e fez sinal para que eu o seguisse. — Nina, a Bruna está aqui. Agora a gente pode almoçar? — perguntou, logo que chegamos à cozinha.

Marina estava sentada de costas para a porta e se levantou da banqueta. Havia também uma mulher sentada na frente dela.

— Oi, Bru! — ela disse em português e foi bom ouvir seu sotaque carioca. — Dorian, vai chamar sua irmã e seu pai, por favor. — Ele assentiu e saiu da cozinha. Marina veio até mim e me abraçou. — Foi bem de viagem?

— Fui sim, obrigada!

— Estou feliz por finalmente conhecê-la pessoalmente. — Ela se virou para a outra mulher na cozinha. — Essa é a Sara.

Ela estendeu a mão para mim e me deu um sorriso gentil.

— É um prazer conhecer a heroína que lida com Carter Manning todos os dias.

Nós rimos. Eu já tinha me esquecido do quanto as pessoas daquela casa odeiam o meu chefe.

— Ele tem seus momentos — tentei defendê-lo.

— Só você para enxergar esses momentos, Bruna — Marina comentou.

— Deve ser porque ela passa muito tempo com ele — Sara apontou.

— É exatamente isso. Eu procuro focar nos momentos bons.

Dorian voltou à cozinha com uma garotinha um pouco menor que ele. Os dois seguravam as mãos de um pequeno bebê que ainda não deveria ter feito dois anos de idade.

— Mamãe, olha quem veio andando até aqui — Ally, a garotinha, disse.

— Ai, meu Deus do Céu! Eles são tão lindinhos — exclamei, sem conseguir me conter.

— Por falar em crianças lindas, depois você precisa me falar da Sam e da Soph.

Fui formalmente apresentada à Ally e Colin logo em seguida. Entre os três filhos de Killian, eu simplesmente não sabia escolher qual derretia mais meu coração. Eles estavam me esperando para almoçar e eu estava feliz de provar os quitutes de Sara. Por algum motivo que não entendi, era segunda-feira e as crianças estavam em casa. Apenas aceitei.

Killian chegou, logo que todos se sentaram à mesa, e pediu desculpas por estar no telefone. Passou alguns minutos discutindo alguma coisa com alguém que eu desconhecia, antes de Marina discretamente segurar a mão dele. Trocaram um olhar, que deve ter sido aperfeiçoado após algum tempo de relacionamento, e Killian desligou o telefone. Foi uma refeição rápida, como o típico almoço americano, e saí com ele para conversarmos antes mesmo que todos terminassem. Ninguém pareceu se incomodar com isso, então deveria ser normal naquela família.

— Bruna, de verdade, muito obrigado por voar até aqui. Eu sei que você deve estar superatarefada com a turnê.

— Não, tudo bem. Eu precisava falar sobre isso conversando cara a cara mesmo e já dei um jeito de organizar as coisas para ficar ausente hoje.

— Então, vamos lá. — Killian apontou a cadeira em frente à mesa dele para que eu me sentasse. — Fale o que você descobriu.

— Em primeiro lugar, peço desculpas pela demora. Eu descobri isso há algum tempo e temo que tenha demorado demais, porque já perdemos

Inversos

63

alguns artistas no processo.

— Que artistas perdemos? Não estou sabendo.

— Vince avisou que não quer renovar o contrato. Não conseguimos contratar alguns que estavam encaminhados. E acho que sei quem é o responsável por isso.

— Ok! Por favor, explique.

— Eu fui à gravadora em meados de abril. Conversei com os funcionários e eles parecem insatisfeitos com o trabalho de Jordan. Eles têm um caderno onde anotam quantas horas ele fica dentro da empresa todos os dias. Parece que não são muitas. Ele também já perdeu reuniões com alguns artistas, o que pode ter atrapalhado o pessoal do A&R assinar alguns contratos. As meninas fazem o que podem, mas a presença do CEO em grandes contratações é importante, como você sabe. Não ajuda o fato de uma delas já ter visto Jordan marcar reunião com alguns desses artistas fora da empresa. Algumas dessas reuniões saíram na imprensa.

— Mas como isso pode ser ruim? As reuniões podem ter sido feitas fora da empresa, mas isso não importa realmente, se ele estiver tentando trazer os artistas para dentro.

— É ruim quando eles assinam com a 2Steps Label logo em seguida. Principalmente por eu ter encontrado essas duas cartas na gaveta dele. — Estendi um papel onde imprimi as fotos que tirei das cartas e dei um tempo para que Killian lesse.

— É uma proposta de emprego — ele apontou, após ler a primeira folha.

— Leia a segunda carta. A coisa toda piora.

Killian xingou um belo de um palavrão após ler.

— Lucas Méndez e Vince Allen. — Eu apenas assenti. Killian xingou outro palavrão.

No mesmo momento, o celular dele tocou. Killian pediu desculpas, disse que era importante e atendeu. Foi rápido; ele ouviu o que a pessoa do outro lado da linha dizia, respondeu e, em seguida, desligou. Então, fez um sinal para que eu continuasse.

— Meu melhor amigo pediu demissão da 2Steps há poucos meses, porque estava enojado com a forma como tratam os artistas e com os contratos ridículos que eles oferecem. Eu pedi a ajuda dele para encontrar provas. Ele conseguiu o contrato que Vince vai assinar na 2Steps. Parece que estão só esperando o contrato com a gente terminar, por conta da multa rescisória. Estão tentando o contrato com Lucas, mas parece que esse está mais difícil. Ele conseguiu alguns *e-mails* de uma amiga lá de dentro, que também trabalha com A&R. Parece que Jordan vai assumir o setor.

— Ele é o CEO da M Music. Por que iria assinar contrato com outra gravadora para uma função menor?

— Isso não sei dizer, mas A&R é uma das melhores áreas para se trabalhar dentro de qualquer gravadora. — Killian apenas assentiu, querendo que eu continuasse. — Ele também conseguiu isso. — Mexi no celular até colocar o áudio que Jayden me enviou hoje cedo para tocar.

Ouvi o celular dele tocar no momento em que iria dar play. Ele resmungou baixinho e deixou no mudo, então fez sinal para que continuássemos. Eu o fiz.

— Quando você acha que ele começa? — A voz era de uma mulher. Jayden disse que essa é a amiga dele.

— Eu não sei exatamente, mas nós estamos dando esse tempo a você para que se prepare. O seu cargo é o mais alto do setor e, por isso, precisaríamos promovê-la. Infelizmente, não há outro cargo mais alto disponível na gravadora. Sugiro que você comece a procurar outra coisa. — Dessa vez, foi uma voz masculina. Esse era o gerente de RH, pelo que se sabia.

— Eu posso, pelo menos, saber quem vai assumir o meu cargo? É alguém daqui?

— Isso não estou autorizado a revelar. Só estou aqui para dar esse aviso a você, para que tenha tempo de se organizar. Ele está em outra gravadora e trará alguns artistas para nós de forma discreta, então não podemos dizer ainda. — A gravação terminava.

— Ela vai ser demitida para que Jordan tenha uma vaga na empresa? — Killian apontou.

— É, foi o que meu amigo disse. Desculpe, não tenho mais do que isso.

Killian levantou a mão, para que eu parasse de me desculpar.

— É suficiente, Bruna. Vamos trabalhar com isso, ok?

E ficamos horas discutindo. Eu não poderia ajudar muito mais agora, porque a turnê certamente me consumiria, mas prometi que passaria para ele o que Jayden descobrisse e que ficaria com os ouvidos atentos.

A maior reclamação de Killian foi estar cego. Ele não sabia muito bem o que estava acontecendo na M Music, porque Jordan simplesmente não passava nada. Ele tinha os relatórios de vendas etc, que chegavam com regularidade, mas a falta de outra pessoa responsável dentro da gravadora para repassar as informações, deixava Killian refém de Jordan. Com o tanto de coisas que ele precisava fazer nas outras empresas que possuía, não conseguiu acompanhar de perto. E eu imaginava que tinha muita coisa mesmo sobre os ombros dele: bonito como só um Manning pode ser, Killian aparentava cansaço. As olheiras eram fundas, a barba estava por fazer e os ombros pareciam permanentemente curvados. Sem contar o telefone que tocava ininterruptamente.

Peguei o voo de volta para casa às 18h. Quando cheguei à Los Angeles, era mais de onze da noite. Só tive tempo de passar pelo chuveiro e carregar

Inversos   65

minhas malas – e as das meninas – para o carro que nos levaria ao ônibus de turnê. Estava com saudades das minhas princesinhas e fiquei muito feliz por Carter ter ido no banco da frente com o motorista, enquanto as duas pequenas se sentavam uma de cada lado.

— Como estão as minhas mocinhas? — perguntei, enquanto passava meus braços por seus ombros.

— Bem, tia Buna! — Sam me abraçou apertado pela cintura. Ao ver isso, Soph fez o mesmo. — Sentimos falta.

— Eu também senti, meus amores. Papai cuidou de vocês?

Elas assentiram, contentes. Então, Sam franziu o rosto e concluiu:

— Delilah chata. Não gosto dela.

Eu estava tentando acordar Carter há uns cinco minutos completos. Ele sempre foi difícil de acordar, principalmente dentro do ônibus de turnê. Parece que o corpo dele se dava conta de que, ao deitar naquela cama, deveria se sentir o mais confortável possível e descansar, porque a gente não faz muito disso durante a turnê. Geralmente, quando não estava *"praticando exercícios"* com alguma mulher, Carter simplesmente apagava.

Tive ideias quando vi uma garrafa d'água ao pé da cama. Odiava ser drástica a esse ponto, mas era uma conversa importante e eu estava com raiva.

Chamei-o mais uma vez enquanto desenroscava a tampa, mas ele não acordou, então virei um pouquinho no rosto dele.

Carter acordou imediatamente, xingando muito. Sorte que não havia outra cama em cima da dele ou teria batido a cabeça.

— Que foi, inferno?

— Carter Anthony Manning! Você não levou a Sam para a consulta.

— Que consulta, Bruna? Só consigo ver os seus peitos.

Imediatamente, olhei para eles, apenas para confirmar que estavam cobertos.

— Carter! Estou tentando ter uma conversa séria com você.

— Então vista uma roupa! Aparecer aqui com esse seu pijama desbloqueia todos os *firewalls* que coloquei na minha mente para não querer te comer o tempo todo.

Ok! Eu saí da cama com uma regata e uma daquelas cuecas femininas, direto para a cama dele, que ficava ao lado do meu beliche, escondida por uma cortina, mas o assunto aqui era realmente urgente. E eu me lembrei de colocar um sutiã, então Carter precisava se concentrar em outras coisas.

— Vou ignorar sua obsessão por sexo e focar no que é importante. A sua filha perdeu a consulta no médico e você não me avisou. Qual a dificuldade?

— No momento, a minha maior dificuldade é formular uma defesa com seus peitos pulando para fora dessa blusa.

— Carter! — reclamei. — Me respeita, cara!

Ele fechou os olhos e xingou.

— Não adianta! A imagem continua gravada no meu cérebro.

— Você já me viu assim antes. Qual a diferença dessa vez?

— É que eu já tô há muito tempo sem te tocar, a gente mal se encostou desde que você chegou de Nova Iorque, estou em abstinência por causa das meninas, então você invade meu espaço pessoal de manhã. Logo de manhã, quando tenho sérias questões masculinas para resolver. — Ele levantou de onde estava e puxou uma camisa grande de dentro da mala, que ficava embaixo da cama. Então, me vestiu com ela rapidamente. — Pronto! — Piscou os olhos lentamente, focando no meu rosto agora. — A Sam. Perdi a consulta dela. — Seu cérebro estava voltando a funcionar. — Não perdi não. A secretária da doutora Perkins ligou para casa e pediu para remarcar. Eu remarquei.

— E não me disse que era hoje, um dia antes de começarmos uma turnê, quando não estamos mais em Los Angeles.

— Eu sei. Eu me esqueci de avisar. Pipoca, a consulta da Sam é hoje às 14h. Pronto, avisada.

Eu bati nele. Um tapa bem dado na nuca, quando ele virava de volta para a cama. Foi de arder minha mão e o pescoço dele.

— Como você espera que a gente leve essa menina na consulta quando estamos a um dia do seu primeiro show da turnê?

— Pega o jato do Killian e leva.

— Nada disso. Você acha que eu vou sozinha? Nem por um decreto! A filha é sua, Carter Manning, você vai comigo. Ah, se vai.

Carter é uma estrelinha dourada. Com pessoas para solucionar absolutamente todos os problemas que possam aparecer, ele só precisa curtir. É o tipo de pessoa que só vai acordar para a realidade quando levar um belo tapa da vida.

As meninas eram esse belo tapa. A estrelinha dourada estava olhando ao redor e percebendo que a vida não é exatamente o que pensava ser. Ele não é a única coisa brilhante no céu e eu fazia questão de mostrar isso a ele sempre que possível.

Não era eu que deveria me preocupar em levar a filha dele ao médico. Carter não deve pensar que eu vou resolver todos os seus problemas, principalmente os relacionados às crianças. Ele é o pai e não eu. E eu o faria enxergar isso.

Inversos

O safado respirou fundo, pensando. Então, me puxou pela cintura e nos levou para a sua cama.

— Tá bem, eu vou. — Prendeu-me dentro de uma conchinha, entrelaçando as pernas nas minhas. — Agora vamos dormir um pouquinho, porque são sete da manhã e a gente não tem nada para fazer até as 9h.

— Tenho uma cama bem aqui ao lado, posso dormir nela. Considerando que vamos ter que viajar com a Sam hoje, eu deveria me levantar agora.

— Eu sei que você tem uma cama, mas, como eu disse, estou há muito tempo sem te tocar. Motivo pelo qual você não vai levantar daqui para trabalhar. Tudo vai se resolver. Agora — ele deu um beijo suave na minha nuca —, cale a boca e durma.

Prometi para mim mesma que não ia dormir. Ia esperar que ele fizesse isso, então levantaria e iria embora. Só que fechei os olhos por um segundo e foi tudo o que bastou para o sono me envolver também.

Quando fomos chamados para a sala da pediatra, Carter já tinha autografado uns cinco caderninhos. Hospitais são engraçados para essas coisas, mas estávamos na ala da pediatria, onde o público era formado de:

- Crianças de todas as idades, não necessariamente doentes, mas que tinham uma consulta marcada;
- Mães (e alguns pais) que acompanhavam seus filhos;
- Adolescentes que tinham sido obrigados a ir pelos pais, mesmo que a consulta não fosse para eles. E é nesse grupo que mora o perigo.

A maioria das fãs do Carter tem de quinze a trinta anos. Ele faz música para mulheres mais maduras ouvirem e seu show é totalmente focado nesse público. Mulheres além dos 30 se derreteriam facilmente se vissem Carter com seu sorriso safado cantando para elas. Só que é inevitável que as meninas mais jovens, que sonham com o mundo perfeito e o príncipe encantado, se apaixonem por ele também.

Essa relação de fã e ídolo é uma coisa muito engraçada porque a gente fica muito trouxa, principalmente quando somos tão novinhas. A gente acredita que o cara é perfeito, maravilhoso, não faz nada de errado. Que ele é um príncipe e que só basta que te olhe para que tudo na vida mude. Ele vai te amar para sempre, com essa conexão incrível que nós acreditamos ter. Justificamos todas as suas ações.

Só que, na vida real, nosso ídolo é igual a qualquer outro cara. Com dias bons e ruins. Com bafo de manhã e "cecê" depois do show. Ele tem dias em que é um babaca e dias em que é um amorzinho. Se o seu ídolo for o Carter, os dias em que queremos matá-lo são maioria, vale avisar.

Mas a gente se deixa iludir, né. Principalmente se somos adolescentes e o cara canta que vai nos amar, não importa o quê. Nossa forma de vestir, jeito de andar, nosso corpo... Nada disso importa, porque ele vai nos amar acima de qualquer coisa.

Tenho certeza de que essas adolescentes que estiveram no consultório hoje vão contar para todas as amiguinhas da escola a história do dia que viram Carter Manning no hospital.

— Como estão minhas duas garotas favoritas? — a doutora disse, abaixando-se na altura das meninas e conversando com elas.

Kerry Perkins era muito boa com crianças.

Nós já tínhamos ido uma vez ao consultório dela para dar início ao tratamento. A doutora pediu alguns exames e, dessa vez, estávamos ali para levar os resultados. No fim, a doutora Perkins tinha sugerido que fizéssemos os exames em Soph também. Era importante fazer esse tipo de coisa periodicamente, ainda mais no caso das meninas, já que nossa ilustríssima Alice Facci não nos informou sobre possíveis doenças e alergias.

Felizmente, não havia nada de errado com Soph. Sam estava mesmo diagnosticada com rinite, sinusite e bronquite, e nós já estávamos decididos a tratá-la com homeopatia.

— Podemos aproveitar que estamos na Califórnia e que a consulta foi rápida, para dar uma passada no escritório da Camila? Quero falar uma coisa com ela sobre as meninas.

— Claro! Quando o táxi chegar, a gente pede a ele para nos deixar lá.

Foi exatamente o que fizemos. Estávamos com o jatinho de Killian, então não nos atrasaríamos para o embarque, porque ele estava à nossa disposição. O escritório era bem perto do hospital, não levou nem quinze minutos para chegarmos. Camila não esperava por nós, mas rapidamente nos levou a uma das salas de reunião.

— Vocês querem que eu peça a alguém para olhar as meninas enquanto conversamos ou elas podem ficar conosco? — a advogada perguntou a Carter, enquanto abria a porta da sala.

— Elas vão se comportar, fique tranquila. — Ele puxou uma cadeira para cada criança e elas se sentaram. — Papai e tia Bruna vão ter uma conversa de adultos com a tia Camila. Vocês ficam quietinhas aqui?

As duas apenas assentiram e Carter veio para o outro lado da mesa, onde eu estava me sentando com Camila.

— Tudo bem. O que você quer discutir?

Inversos

— Eu sei que ainda não definimos o que fazer com as meninas e que não decidi fazer um teste de paternidade ainda. As coisas andam muito corridas por causa da turnê, mas preciso de um favor seu.

— Claro. Se eu puder ajudar.

— Preciso encontrar a Alice. Não sei o que fazer com as meninas ainda, mas independente da minha decisão, vou precisar falar com ela, uma hora ou outra. Você tem algum *nerd hacker* que possa encontrá-la?

— Eu tenho. — Camila confirmou com a cabeça. — Mas tenho certeza de que não será fácil e encontraremos mais de uma.

— Eu acho que consigo reconhecê-la, se vir uma foto.

Camila concordou e anotou alguma coisa em sua agenda.

— Vou pedir para alguém procurar por ela nos nossos meios. Assim que tiver algo, entro em contato com você.

— Não — Carter negou. — Encontre e guarde os documentos. Não quero que isso influencie a minha cabeça. Quando eu tiver uma decisão, procuro por você de novo.

Isso não faz nenhum sentido.

— Carter, essa sua ideia não faz sentido — eu apontei, porque não conseguiria guardar para mim. — Dar um rosto e um endereço ao nome pode influenciar sua decisão? Como?

— Eu preciso, Bruna — disse, virando-se para mim. — Preciso saber que tenho como entrar em contato com ela quando eu quiser, mas não quero encará-la e ser influenciado antes de tomar a melhor decisão para as meninas.

Escolhi não questionar.

— Considere feito, Carter. É possível que leve horas para encontrarmos, no máximo um dia, então você já tem uma ideia de quando nos procurar. Se algo sair do controle, eu entro em contato.

— Obrigado! — Ele se levantou e esticou a mão para ela. Eu fiz o mesmo. — Entro em contato quando tiver uma decisão.

Pegamos as meninas e fomos embora.

O avião estava prestes a decolar quando veio o aviso por SMS de que havia problemas na turnê: toda a região da arena estava sem luz. Pelo menos, o show era amanhã e não hoje.

Ah, vida! Cada dia um 7x1 diferente.

Décimo

EM TURNÊ - 1

— Candidata a babá, entregue.

Foi o que precisei ouvir para começar a surtar.

Entenda. Eu estava há mais de quatro horas acompanhando a montagem do palco, que está atrasada.

Durante as turnês, eu acumulo mais uma função ao meu currículo: gerente de turnê. Tudo precisa passar por mim, que filtro antes de repassar para o Carter. Preparativos de viagem, pagamentos, todos os problemas... Realmente, qualquer coisa que acontecer. É por isso que preciso de uma babá urgente.

O meu ponto de ouvido funciona o dia inteiro, com coisas que dou atenção ou ignoro. O *"candidata a babá, entregue"* chamou muito a minha atenção, porque a entrevista dela é *comigo* e, obviamente, ela não foi entregue a mim.

— Entregou a babá para quem? — O ponto de ouvido ficou totalmente silencioso. Era sempre assim quando eu falava.

— Hum, a babá está no ônibus do Carter. Ele disse que ela deveria esperar lá.

Eu xinguei. Claro que xinguei! Carter fez o favor de dormir com as últimas três babás que tentei contratar e não podia deixá-lo sozinho com uma candidata, porque ele certamente iria aplicar o teste do sofá.

— Esses dois telões precisam subir mais um pouco, ok? Eu volto em cinco minutos e preciso que estejam no lugar correto. E alguém posicione essas luzes direito, pelo amor de Deus! A gente já repassou isso milhões de vezes. Quero o meu operador de luz aqui quando eu voltar, ouviram?

Saí correndo feito uma louca até o estacionamento da arena. Pessoas me chamaram pelo caminho porque eu, obviamente, tinha coisas mais importantes para fazer, mas não queria perder mais uma babá. A minha fúria só aumentou quando abri a porta do ônibus e ouvi o som dos beijos. E a voz de Carter falando pornografia.

— Carter Anthony Manning! — gritei, antes mesmo de vê-los.

O ônibus de turnê do Carter foi feito especialmente para ele. Logo após subir a escada, entramos na cozinha. Ela é minúscula, porque esta-

Inversos

71

mos em um ônibus. Do lado esquerdo, havia uma pia, uma geladeira e um pequeno armário para as compras. Preso na parede, um micro-ondas. Um balcão minúsculo tinha também um fogão portátil em cima. Em frente, havia um banco confortável com mesa, como aqueles de lanchonete, onde poderíamos tomar nosso café da manhã. Seguindo o corredor, você encontra os famosos beliches, dos dois lados. Na esquerda, fica o meu e o da babá. O do lado direito não era bem um beliche, pois havia só a cama de Carter com bastante espaço em cima. Embaixo da cama dele, era um local onde guardávamos as malas.

Carter não costuma dormir no beliche, mas optou por deixar o quarto para as meninas, então colocamos uma cama confortável para ele no lugar, por mais estreita que ela seja.

Após a cama do Carter havia um microbanheiro, com espaço suficiente para uma privada, uma pia e um boxe. Era incrível como cabia tudo ali dentro. Se formos comparar com o da casa do Carter, que era quase do tamanho da sala do meu apartamento, a coisa fica ainda mais estranha.

A seguir, havia uma área um pouco mais aberta, feita para nós relaxarmos. Ali ficava um sofá e uma esteira, porque tanto eu quanto Carter sentíamos falta de praticar exercícios durante a turnê. Havia uma televisão ali também, com videogame e outras coisas importantes para Carter se distrair. E por último, no fundo do ônibus, havia um microquarto para as meninas. Tinha espaço suficiente apenas para uma cama de casal para as duas, que elas estavam dividindo de bom grado.

Eles estavam na sala. O dito cujo estava abrindo os botões da camisa da moça, uma bela ruiva. Ela, pelo menos, percebeu a minha presença e pareceu envergonhada.

— Carter. — Ela fez sinal para que ele parasse.

— Que foi?

— Você pode sair. — Apontei para o corredor do ônibus. — Agora! — gritei quando a mocinha se manteve feito estátua. Ela se desvencilhou dos braços de polvo de Carter, pegou sua bolsa e saiu. — E feche essa blusa! — Dei um último berro, para descontar minha raiva. — Qual é a droga do seu problema? — Canalizei minha revolta na pessoa que realmente merecia.

— Eu vou adicionar outro cargo à sua carteira de trabalho: empata-foda.

— Será que você pode transar com mulheres que não sejam candidatas a babá das suas filhas e quando não estiver tomando conta delas?

— Eu não estava transando com ela, só dando uns amassos. Precisava fazer um *test drive* antes de contratá-la.

Havia uma camisa pendurada na esteira. Eu a peguei e bati com ela no braço dele.

— *Test drive* é o caramba, Carter! Você não tem que testar nada! Tem que respeitar a droga da pessoa que estou tentando contratar para essa turnê. É por isso que tem tanto homem nessa equipe.

— Mas ela era ruiva, Bruna! Ruiva! Tem noção de quanto tempo faz que eu não como uma ruiva?

— Eu. Não. Quero. Nem. Saber — pontuei cada palavra com uma porrada com a camisa. — Vou dar na sua cara!

— Na cara não, Bruna. — Enchi a mão para bater no braço dele. — Ai! — reclamou. — Mão pesada, Pipoca. Só não bate na cara.

— O pobre do maquiador não merece o trabalho de esconder seus hematomas. — Continuei batendo nele, sem dó nenhuma.

— Para de me bater, droga! — Ele imobilizou meus braços e me prendeu no sofá. Comecei a chutá-lo com vontade e acabei acertando sua virilha. — Ah, Bruna, que merda! — Ele me soltou imediatamente. — Graças a Deus eu já tenho filhas!

— Mas parece que não tem! — Dei mais alguns socos nele. — Estou furiosa com você, Carter! As meninas estão aqui do lado, eu tenho uma turnê para organizar e você não consegue manter as mãos para si mesmo.

— Chega de me bater, Pipoca! Um chute na minha masculinidade não foi suficiente? Parece aquelas drogas de livros que você lê, em que a mocinha conhece o cara e chuta, acidentalmente, a parte mais importante da anatomia masculina.

— Acontece que nesses livros a mocinha descobre que o carinha tem um bom coração, mesmo que seja lá no fundo, e se arrepende. Você. Não. Tem. Um. Bom. Coração — pontuei cada palavra com um belo tapa e Carter se cansou.

— Chega! — Ele pulou do sofá para bem longe de mim. Quase bateu a cabeça na parede. — Peguei a garota. Se você não tivesse aparecido, teria feito muito mais, bem aí nesse sofá onde você está sentada. Pode ficar com raiva de mim, mas você me conhece. Nunca fui diferente disso. O que quer que eu faça?

— Pare de tentar dormir com as babás que eu tentar contratar daqui para frente. Tenha um mínimo de respeito, ok?

— É uma promessa. Não vou tentar seduzir mais nenhuma babá.

— É melhor mesmo. Ou vou contratar uma cinquentona bem parecida com a sua mãe para cuidar das meninas.

— Vamos deixar uma coisa clara: nem eu nem as meninas merecemos uma Monica Manning nessa turnê. Tudo bem?

— Eu também não mereço. Elas só vão se parecer fisicamente, assim você não vai querer dormir com elas.

Respirei fundo, tentando me acalmar. Foi em vão, é claro. Só iria me-

Inversos

73

lhorar quando eu voltasse a focar em outra coisa que não fosse a marca de batom no queixo dele.

— *Palco pronto. Alguém pode pedir para a Bruna vir checar?* — Ouvi alguém dizer no meu ponto.

— Pegue as meninas. O palco ficou pronto, a gente precisa ir olhar.

— Quem vai ficar com elas, já que você mandou a babá embora?

Ah, não acredito! Não acredito que ele me perguntou isso. Com essa cara de pau de "já que você mandou a babá embora". E ele esperava que eu fizesse o quê com uma mulher que vem para uma entrevista de emprego e abre as pernas nos cinco primeiros minutos?

— Você que vai ficar com as meninas, Carter. Vai levá-las para cima e para baixo com você. Se a babá foi mandada embora antes de ser contratada, a culpa é inteiramente sua. Nem o esperma nem o óvulo que se encontraram para que as meninas nascessem são meus. Eles são *seus* e, por isso, você vai dar conta das duas. Eu tenho mais o que fazer. Estou te esperando no palco em cinco minutos.

Fui direto para dentro da arena. Avisei pelo ponto que estava chegando e peguei o celular para ligar para a agência de babás.

— Quero outra. A que vocês mandaram levou cinco minutos para abrir as pernas para o meu chefe.

— Nós realmente não estamos interessados na vida sexual das nossas funcionárias, desde que cumpram com suas tarefas.

— Também não estou interessada na vida sexual dos meus funcionários, mas ela não era nem funcionária ainda. Mande outra. Ou não mande, eu procuro outra agência.

Havia tanta coisa a ser feita, que mal sou capaz de enumerar. Nossa equipe tinha quarenta e oito pessoas, mais a equipe local. Havia tanto a ser fiscalizado... E para ajudar, as fãs já estavam enfileiradas do lado de fora da arena. Precisávamos passar o som com a banda, colocar os fãs para dentro, começar o *meet & great*, colocar o restante dos fãs em cada setor, show de abertura, show principal, tirar os fãs da arena, preparar a equipe para partirmos...

Carter chegou com Sam no colo, que falava sem parar, e Soph, segurando sua mão direita e olhando tudo ao seu redor. Ambas pareciam um pouco perplexas com todas as coisas que estavam vendo. Minha raiva tinha diminuído consideravelmente, após eu ter esfriado a cabeça e visto que o que reclamei tinha sido corrigido na minha ausência.

— Vou processar você por agressão. — Ele colocou as duas meninas no chão e mostrou uma marca de unha no braço.

Olhei bem séria para ele durante uns dois segundos. Dei outro tapa estalado no seu braço, que doeu mais na minha mão do que nele.

— Eu não tenho unha, Carter. Cortei bem curtinha. — Mostrei a ele.

— Isso é da sua ruiva.

— Droga! — disse, ao olhar a minha unha. Em seguida, começou a afagar o local onde eu bati. — Como estão as coisas?

— Acho que está tudo certo. Quero que você veja se gosta antes de começarmos a passar o som.

Com as meninas no chão, Carter começou a andar. Olhava tudo, os mínimos detalhes. O pensamento parecia longe. Quando se voltou para mim, sorria feliz. Beijou minha cabeça demoradamente, segurando meu rosto, em um raro momento de fofura.

— Obrigado, Bruna! — Então ele olhou nos meus olhos. — O que seria da minha carreira se não fosse você?

Argh, Carter! Assim eu não consigo ficar com raiva de você.

Ele disse que estava tudo ok e nos preparamos para iniciar a passagem de som. Esvaziamos a área da plateia, enquanto ele se preparava com os outros músicos. Felizmente, o problema com a falta de energia de ontem foi solucionado em poucas horas. O gerador segurou a arena para que a equipe continuasse trabalhando.

Quando estava tudo pronto, começamos a colocar os fãs para dentro. Enquanto todo mundo entrava, os dançarinos faziam uma última passagem da coreografia inicial, para que pudéssemos verificar as luzes. Tudo começava a tomar corpo e eu estava num misto de nervosismo e emoção. Depois de tanto tempo preparando essa turnê e de todas as dores de cabeça que achei que teria, estava dando certo.

— Tia Buna. — Sam cutucou minha perna. Como essa menina chegou aqui?

— Oi, amor! — Eu me abaixei, ficando na sua altura.

— Fome. — Ela passou os braços pelo meu pescoço.

Ok! Já era hora de um banho e comida. Não conseguiria fazer isso durante o show.

— Estou no ônibus com as filhas do Carter — avisei no ponto de ouvido. — Se precisarem de mim, chamem por aqui. — Virei para Sam. — Vamos achar sua irmã, pequena.

A noite foi uma correria absoluta.

Para ser mais exata, as seis noites seguintes me deixaram quase louca. No fim do primeiro show, havia outra garota da agência de babás. Consegui chegar até ela antes de Carter, então a garota ficou por três dias consecutivos conosco. Foi maravilhoso, porque pude trabalhar sem ter de me preocupar com as garotas e isso me deu mais tempo para me dedicar à turnê. Mas essa maravilha acabou, já que nós descobrimos que ela só estava ali pelo Carter. Ele manteve a promessa de não seduzir mais nenhuma babá. O problema foi que ele esqueceu a porta do banheiro aberta, enquanto tomava banho um dia, e ela achou que era um convite para se juntar a ele.

Soph sentiu vontade de ir ao banheiro e me pediu para levá-la. Sorte a minha que entrei primeiro. Felizmente, ela conseguiu segurar o xixi enquanto eu berrava com o pai dela e a babá.

Quando nós chegamos em Las Vegas para o quarto show da turnê, eu já estava transbordando. Tudo o que queria envolvia colocar a cabeça de Carter dentro da privada e dar descarga, porque as duas outras babás que apareceram também eram fãs ensandecidas dele. A última foi demitida há vinte minutos. Coloquei para correr daqui com as malas dentro de um táxi. O motivo? Eu a encontrei nua na cama do Carter, esperando por ele, quando voltei para o ônibus bem no fim do show. Agora, com as meninas dormindo em segurança no quarto delas, eu desabafava com Marina.

— Não aguento mais! Sei que ele é um astro pop, o próprio Justin Timberlake, mas assim não dá! Por que todas as mulheres da face da Terra estão mais interessadas em ficar nuas para ele do que cuidar de duas meninas? Por quê?! — gritei, exasperada.

— Acredite, estou tão furiosa quanto você. — Ela fez silêncio por alguns segundos. — Quer mandar as meninas aqui para casa? Assim vocês têm algum tempo livre.

— Não, Nina. — E realmente lamentava, porque isso seria maravilhoso. Marina era alguém em quem eu confiava para ficar com elas, com toda certeza. — Elas precisam ficar. Acabaram de conhecer o pai, não vai ser bom ficar longe. E Carter precisa criar um pouquinho de consciência.

— Certo, então vou pensar em alguma coisa que possa te ajudar. Enquanto isso, acalme esse coração, ok?

Nós conversamos por mais alguns minutos, até que ouvi gritarem meu nome enlouquecidamente. Era Carter.

— Que foi?

— Você demitiu a babá? — gritava, furioso.

— Claro que demiti sua namoradinha, Carter Anthony. — Deixei minha raiva me tomar, aumentando o tom de voz.

— Que namoradinha, sua louca! Eu ainda não dormi com ela.

— Claro! Ela chegou hoje nessa droga dessa turnê e já estava nua na sua cama, esperando você voltar — agora eu gritava.

— E você acha que fui eu que mandei?

— Acho! Não sei! Não me importa! Só sei que ela estava na sua cama, cortina aberta, nua, esperando por você.

— E eu lá tenho culpa?

— Não!

— Então, por que você tá gritando comigo? — Eu podia ver a veia do pescoço dele saltando.

— Por que *você* tá gritando comigo? — enfatizei o você.

Carter parou. Ele respirou fundo e eu fiz o mesmo. Deixamos passar uns cinco minutos, enquanto nos encarávamos.

— Você precisa de uma folga. É o quarto show da turnê, ainda temos 62 para fazer. Eu vou ficar com as meninas e você vai me fazer um favor. — Ele se aproximou de mim, rodeando minha cintura com seu braço. — Chame alguém da equipe para ir numa balada com você. A Ana, por exemplo. Ela estava tentando animar o pessoal para ir. A gente tem show amanhã, mas dá tempo de vocês irem, enquanto a galera empacota tudo. Bota um vestido que te deixe mais sexy e ache um cara que não seja um babaca para te comer e ajudar a relaxar.

Mas é o quê?

— Larga de ser idiota, Carter.

— Bota um batom vermelho — continuou, me ignorando. Seu dedo passeou pelo meu lábio inferior. — Essa tua boca já é uma tentação. Pintada de vermelho... Você fica um pecado. — Carter me beijou em seguida.

Minto. Ele me devorou.

E eu juro, não é a primeira vez que Carter me beija, mas fico sem chão em todas elas. A gente só... Se encaixa. E isso é uma droga, porque gostaria de me encaixar com outro cara que não fosse o meu *chefe*, um *babaca* ou um *mulherengo*. Carter é as três coisas ao mesmo tempo e eu simplesmente não vou ser a próxima a deixar essa turnê porque não consegue se controlar perto dele.

— Chega. — Dei um passo para trás. — Eu vou sair. Vou falar com a Ana e a gente vai para uma balada. Só para de me beijar, tá?

Saí do ônibus correndo, sem ter como lidar com o pós-beijo daquele homem. Eu precisava mesmo sair, dançar e me divertir. A parte de encontrar alguém já não tenho tanta certeza, mas certamente sair, dançar e me divertir. Colocar o gosto do beijo de outro homem na minha boca porque, como já falei para vocês, tenho uma queda por ele. Uma queda bem grande. Só que não sou como todas essas babás que apareceram no nosso caminho nas últimas semanas. Meu trabalho é muito mais importante do que sexo.

— Fala, Bru.

Ana estava arrumando os cabelos na sala do ônibus. Desde que nos conhecemos, ela já foi loira, teve as mechas pintadas de azul e verde. Nos últimos dois dias, estava com as pontas cor de rosa. Diferente do ônibus do

Inversos

Carter, o da banda tinha seis beliches de cada lado, uma sala, um banheiro e uma cozinha.

— Eu preciso sair. Vocês estão planejando alguma coisa?

— É isso. É essa atitude de ariana decidida que estou esperando de você desde que te conheci. — Ela bateu palmas, animada. — Os garotos vão me escoltar até uma boate brasileira chamada Havana, chefe. Bunny está de motorista da rodada hoje. O que acha?

— Preciso de quinze minutos para ficar pronta. Podem me esperar?

— Gata, vai tranquila. A gente fica aqui esperando.

O vestido mais sexy que eu tinha trazido para a turnê era, na verdade, um dos meus favoritos. Preto, ele tinha duas alcinhas finas e um bojo redondo que sustentava meus seios. Uma pequena faixa, logo abaixo do busto, era de renda e ele se abria em uma saia rodada. Coloquei um par de saltos vermelhos, que combinaram perfeitamente com o batom que escolhi usar. Carter estava certo nisso: minha boca pintada de vermelho é mesmo sensacional. Ele estava sentado na cama, a cortina aberta, quando eu saí. Tinha um violão na mão e dedilhava uma melodia desconhecida. Dei tchau, mas ele ficou embasbacado demais me olhando para responder qualquer coisa.

Tive um presságio de que aquela seria uma boa-noite quando entrei na boate e *One Dance*, do Drake, estava tocando. Era uma das minhas músicas favoritas no momento e Ana me puxou imediatamente para dançar. Melhorou ainda mais depois que encontrei um moreno muito, muito, muito gato e a DJ anunciou que colocaria algumas músicas do país dela para tocar, já que estávamos em uma boate brasileira.

Larguei o moreno bonito bem na hora que Bang, da Anitta, começou a tocar, depois de beijá-lo incansavelmente, então fui procurar a Ana para dançarmos. Depois de uma sequência de Anitta, Ludmilla e outro MC brasileiro que eu não conhecia, megacansada de tanto rebolar, eu precisava de líquido e fôlego. E foi aí que a noite começou a desandar.

— Pelo amor de Deus! Com quem você deixou a Sam e a Soph? — perguntei, no minuto que cheguei na mesa da banda, para um Carter alegrinho demais, sentado com os outros caras.

Exceto Kid, que já tinha saído com uma mulher.

— Elas estão bem, relaxa! Deixei-as dormindo e pedi para uma *roadie* ir verificá-las com alguma frequência.

— Qual é o seu problema? — gritei, pegando minha bolsa em cima da mesa. — Você deixou duas crianças sozinhas dentro de um ônibus de turnê?!

Eu não estava bêbada o suficiente para ter essa discussão. A maravilhosa DJ tocava *24 Horas por Dia*, da Ludmilla, quando saí da balada querendo chorar, porque eu amava dançar essa música. Queria chorar também, porque Carter é a pior pessoa de todas e não sabe nem dar uma droga de uma folga direito.

Ele tinha que estragar essa noite maravilhosa!

Eu nem senti que ele me seguia, mas quando ia fechar a porta do táxi, que estava estacionado do lado de fora, Carter a segurou e entrou. Então, nós dois fomos discutindo até o estacionamento do ônibus, sobre ele ser um idiota, um absurdo, um babaca, um patrão bosta e merecer um belo soco no meio do rosto.

Décimo Primeiro

EM TURNÊ – 2

— Jayden, se você me mandar "ficar calma, que tudo vai dar certo" mais uma vez, eu vou dar na sua cara. Juro! Eu vou bater até você ficar roxo! — gritei para ele, que estava do outro lado da linha.

— Tudo bem, não vou mandar você ficar calma. O que você quer que eu diga? — Ele soava daquele jeito apaziguador que tem e que me irrita.

— Que você tem uma solução brilhante para o meu problema.

— Castração química — soltou, como se essa fosse uma sugestão bem comum.

— Agora, me admiro você dizer uma coisa dessas. Como exímio representante do sexo masculino, sugerir castração química...

Ah, qual é? Não tem nada disso escrito no Bro Code³?

— Se fosse um homem normal, eu nunca teria dito isso, porque fere o *bro code*. — Ah, sim. Imaginei que era contra os princípios e que Barney Stinson⁴ não ficaria orgulhoso. — Mas, estamos falando do Carter, representante da pior espécie de ser humano. Se você precisa de algo para evitar que ele transe com cada babá que você contrata, a castração química é uma opção bem real.

— Ele não transou com as duas últimas.

— Elas tinham idade para ser mãe dele. Daquelas mães que tiveram filhos depois dos trinta.

— Como se isso fosse impedimento para ele — resmunguei. — Carter não tem padrões, Jayden. Se for mulher, maior de idade, é suficiente.

Ele fez silêncio por um tempo e pude ouvi-lo suspirar.

— Elas não aguentaram a correria mesmo? Será que uma na casa dos quarenta não iria se sair melhor?

— Eu não sei. A primeira tinha 49. É que além da correria, tem o fato

---

3   Bro Code é um termo referente às normas e regras que os bros, diminutivo de brothers, devem respeitar e seguir. É original da série americana How I Met Your Mother. Bro é um amigo, alguém de confiança.

4   Barney Stinson é um personagem da série americana How I Met Your Mother e foi ele quem cunhou o termo bro code.

de dormir pouco, as festas que Carter tem dado no ônibus na última semana e os vários segredos que elas precisam manter.

— O que você tem planejado para hoje?

Respirei fundo, porque essa não foi das minhas ideias mais brilhantes, mas teria que servir.

— Resolvi que vou contratar uma babá diarista. Essa agência que me envia as babás agora, atua no país inteiro e vou pedir uma diferente por show. Elas só duram mesmo um dia dentro da turnê, então isso não vai ser problema. Nós passamos no máximo três dias em cada cidade, no restante do tempo, estamos dentro do ônibus...

— Enquanto vocês estiverem na estrada é mais fácil cuidar das meninas, né?

— Sim, o problema é quando preciso sair de dentro do ônibus e lidar com a turnê. Aqui dentro, eu me viro.

— Olha, Bru! Eu gosto dessa solução que você arrumou. Claro que você vai precisar pensar em algo para depois da turnê, mas o mais importante é o agora.

— Sim, o depois eu vou pensar quando tiver que pensar.

— Eu vou te ajudar com algo, é só você me dar um tempo. Agora deixe eu mudar de assunto. — A voz dele soava animada na última frase.

— Diga.

— Tenho algumas coisas para você sobre o caso da M Music. E consegui resolver o problema com a Selena, então vou voar para encontrar você.

Eu gritei. Juro! Tentei me conter, mas não consegui. Não foi um grito longo nem nada; foi rápido, mas histérico. A ponto de Carter sair da sala correndo e vir até mim na cozinha, ver o que estava acontecendo.

— Desculpa! Acho que deixei você um pouco surdo.

Jayden ria do outro lado da linha.

— Está tudo bem? — Carter perguntou e eu concordei. Ele balançou a cabeça e sentou de frente para mim.

— Eu preciso que me diga para que cidade você está indo ou onde é melhor para te encontrar.

— Vamos passar dois dias no Kansas.

— Kansas, Dorothy?

— Agora que você falou isso, tive uma ideia excelente de camiseta para usar nesse show. "Call Me Dorothy".

Jayden fez um profundo silêncio em que eu soube que ele tinha odiado a ideia.

— Espero que saiba que essa ideia é uma bosta.

— Sério, eu odeio a sua sinceridade. Agora tchau! Preciso trabalhar.

Quando consegui desligar, alguns minutos depois, Carter ainda estava

Inversos

81

sentado na minha frente, encarando-me.

— Estou com algumas ideias para esses shows com mais de cinquenta e cinco mil ingressos vendidos.

Ah, sim. Carter tinha nove shows com tudo isso de ingressos vendidos. Três cidades tinham esgotado os ingressos, então abrimos uma data extra e, mesmo assim, esgotaram de novo. Sugeri que nós fizéssemos algo diferente para esses fãs, mas não tínhamos planejado nada ainda.

— Ok, o que você tem em mente?

— Os artistas, com os quais meu irmão está tendo problemas na gravadora. Vamos trazê-los para o palco em cada um desses shows. E vamos chamar também aqueles que ele está tentando trazer para a gravadora. Mandamos o jatinho do Killian para buscá-los, camarim exclusivo, tudo com muito luxo. Eles sobem ao palco comigo para cantar uma música deles. O que você acha?

Fiquei um tempo em silêncio, chocada com uma ideia tão boa. Era uma coisa meio que Taylor Swift, mas ia funcionar *muito bem*.

— Às vezes saem umas coisas brilhantes da sua boca e fico chocada ao perceber que foi você mesmo que disse.

Ele sorriu, safado. Lá vinha uma insinuação sexual.

— Realmente, da minha boca sai muita coisa sensacional.

— Nossa! Fique calado, cara. A gente não pode nem fazer um elogio.

— Vindo de você, Pipoca, esse é um dos grandes. — Olhando para a minha cara irritada, ele riu. — Sério, o que acha disso?

— Quem você quer chamar? O show é seu.

— Diz para mim de novo quais são os shows que a gente tem.

— Chicago, dois shows — respondi quando abri a agenda. — Foxborough e East Rutherford também são dois shows. Então tem Atlanta, Tampa e Seattle, um show só. Foxborough é o maior.

— Ok! A *girlband,* que perdeu uma menina, em Foxborough. Eu também vejo muito potencial nelas e acho que a gente pode tentar uma quebra de contrato ou conquistar uma delas, caso saia da banda.

— Quer destruir a banda de uma vez?

— Claro que não! — Ele riu. — Eram cinco, ficaram quatro. Nada impede de ficarem só três.

— Continue, Carter. — Anotei o nome da *girlband* ao lado da cidade.

— Traz o Vince para o outro show. Pode ser uma forma de convencê-lo a ficar na gravadora. — Enquanto eu anotava, ele ficou pensando. — Quem é o outro artista que o Jordan quer levar embora?

— Lucas — respondi, simplesmente.

— Deixa ir embora. Não quero esse cara na gravadora e até pagaria para ele sair.

— Carter, ninguém merece ir para a 2Steps Label. E você sabe que ele vende muito.

— Claro, com aquela pose de bom garoto... — Carter cuspiu e parecia realmente enojado. — Queria que o mundo descobrisse o escroto que ele é. — Era engraçado vê-lo com tanta raiva, mas contive o riso. — E por que você está defendendo ele? Ainda gosta do cara?

— Você sabe que não, que dei graças a Deus quando você me tirou da equipe dele.

— Então, como o show é meu, Lucas não vai subir no meu palco.

— Ok! Mensagem recebida. — O sorriso escapou dos meus lábios, involuntariamente. — Prossiga.

Escolhemos todos os artistas, Carter voltou para a sala e comecei a fazer as ligações. Primeiro para Killian, que parecia ocupado e não pôde falar muito, mas aprovou a ideia. Disse que isso não deveria passar por Jordan. Em seguida, liguei para Monica, que é a responsável pelo desenvolvimento do artista na gravadora. Pedi a ela para chamar a gerente do A&R e fiz uma conferência com as duas, dizendo o que tínhamos planejado. Pedi que as duas entrassem em contato com os artistas, para mostrar que essa era uma iniciativa da empresa. As assessorias deveriam falar comigo depois, para que organizássemos tudo.

Logo que o ônibus estacionou, vieram bater na minha porta. Parece que a babá de hoje já estava ali, então pedi que ela subisse para conversarmos. Ela me pareceu uma pessoa competente e, o melhor de tudo, não era fã do Carter. Era muito bonita, verdade, mas tinha um ar muito sério, e confiei que não cederia a ele.

Estávamos em um grande hotel hoje. Como teríamos dois shows no Kansas, optamos por descansar em uma cama real. Era o que tentávamos fazer em todos os lugares onde tínhamos dois shows seguidos. Um andar inteiro estava reservado para nossa equipe e o quarto do Carter era simplesmente enorme. Tinha uma sala, uma cozinha e três suítes. O principal ficou para ele; os outros dois, que tinham duas camas, seriam divididos entre a babá e eu, enquanto Sam e Soph dividiriam o outro. Escolhemos para elas o quarto com janela, mas sem sacada, porque era mais seguro, e acabamos ficando com um que tinha uma vista linda da cidade.

Logo que estacionamos, pedi para Carter acordar as meninas. Assim, após conversar com a babá, pude apresentá-la às duas. Expliquei que ela cuidaria delas apenas nos dois dias que estaríamos na cidade, mas que deveriam respeitar as ordens dela. Felizmente, as meninas eram extremamente educadas, então se comportaram muito bem no curto período em que fiquei olhando.

Carter tinha uma entrevista ali no hotel, então mandei a equipe na frente e fui com ele para a sala onde a entrevista iria acontecer. Em seguida, fui para a arena e ele ficou por lá. Disse que estava esgotado e realmente aparentava cansaço. Disse para ele chegar só no fim da tarde, para a passagem de som, que eu resolveria as pendências sozinha.

Só não esperava ter de voltar para o hotel no fim da tarde. Nós tivemos um problema em uma das estruturas do palco e acabei sujando toda a minha roupa de graxa. Como o hotel era perto, resolvi ir até lá me trocar.

— Eu vou tirar uma foto e mandar para você ver. Estou realmente ridícula, Jay.

Ele ainda gargalhava da história. Eu já tinha contado há uns bons dez minutos.

— Estou imaginando você toda lindinha e cheirosinha passando por um espaço mínimo para pegar esse negócio, só porque era a mais magrinha da equipe, e voltando de lá toda suja de graxa.

— Eu sei, é ridículo. Vou parar de malhar tanto.

— Melhor não. Eu gosto de dizer que minha melhor amiga é a brasileira mais gostosa da Califórnia.

— Interesseiro do caramba! — reclamei de brincadeira, abrindo a porta do quarto. — Agora me faz um favor. Diz o que você queria quando me ligou, porque cheguei aqui no hotel e preciso trocar de roupa antes do show.

— Ah, sim, ok. É que acabei de descer aqui no Kansas. Vou me hospedar em um hotel perto do aeroporto. Posso te encontrar amanhã cedo? Hoje eu queria ficar aqui mesmo, porque preciso resolver umas coisas do *freela* que estou fazendo.

— Eu não vou gritar e surtar pela sua presença por dois motivos: estou sem tempo e não quero deixá-lo surdo. E tudo bem, a gente se encontra amanhã, mas estou superfeliz por te ver depois de tanto tempo. — Ouvi o barulho de um vidro se espatifando na cozinha. — Preciso desligar, já volto.

A primeira surpresa foi essa: na cozinha, as meninas se lambuzavam de chocolate em cima da mesa pequena; no chão, um copo de vidro estava quebrado.

— Sam! Soph! — Elas fizeram uma cara de assustadas, claramente nervosas por terem sido pegas em flagrante. — Fiquem onde estão — pedi, com medo de que se cortassem nos cacos de vidro.

Procurei por uma vassoura para limpar a bagunça, mas não encontrei. Fui até a mesa com cuidado, pegando uma menina em cada braço. Elas eram pesadas, mas o caminho era curto, então aguentei.

— Desculpa, tia Buna! — Soph pediu.

— A gente estava com fome — Sam completou.

— Tudo bem, meus amores. As coisas se quebram, acontece. Mas, cadê a moça que estava tomando conta de vocês? — As duas deram de ombros e foi aí que comecei a me preocupar. — Ok! Hora do banho. Depois vou dar algo para vocês comerem. Esperem por mim lá.

Fui até o quarto que eu dividia com a babá, procurando por ela. A dita cuja não estava em lugar nenhum. Então fui até a porta do Carter, que era a única fechada. Imaginei que ele estaria dormindo, porque me disse que estava cansado.

Imaginei errado, é claro.

— Ah, que merda! — gritei em alto e bom-tom, assim que entrei no quarto e vi a cena. Não queria que as meninas vissem ou ouvissem a baixaria que eu estava prestes a fazer, então bati a porta com força. Peguei uma almofada que tinha sido jogada no chão e usei toda a minha força para bater em cima do casal nu, que tinha acabado de acordar com o som da batida. Realmente, Carter deveria estar bem cansado. — Eu não acredito nisso!

Eu estava seriamente frustrada. Não era nenhum recorde, porque houve aquela que foi demitida antes de ser contratada. Mas eu estava muito revoltada, porque as meninas estavam com fome, em cima de uma mesa, empanturrando-se de chocolate e tinham acabado de quebrar um vidro, enquanto o casalzinho dormia. Minha Naiara Azevedo interior estava pronta para se manifestar novamente, porque não era possível que aquilo estivesse acontecendo comigo. De novo!

— Ah, Bruna, eu não acredito nisso — ele gemeu, parecendo chateado.

— Quem não acredita sou eu, Carter Anthony Manning.

— Para de me chamar pelo nome completo, droga! — xingou.

— Eu chamo do que eu quiser! — Estava louca, fora de mim. — Não acredito que você fez isso. Você disse que estava cansado só para vir dormir com a babá, Carter! Isso é baixo, até mesmo pra você, e eu simplesmente te odeio por isso. — Virei para a mulher que ainda estava na cama, meio chocada. — Some daqui! Desaparece da minha frente, antes que eu fique maluca e jogue coisas em você. — Ela se levantou no mesmo minuto e começou a se vestir. — Você tinha me prometido que não ia seduzir mais nenhuma delas, Carter! Tinha prometido!

— Eu não a seduzi!

— E o que ela está fazendo na sua cama, droga? — berrei a plenos pulmões, no mesmo instante em que a mulher jogou o vestido por cima da cabeça e começou a sair do quarto.

— Isso é ciúme, Bruna! — gritou, levantando-se da cama, completamente nu. — Você precisa PA-RAR de tentar me fazer *não dormir* com as pessoas, já que *até você* já dormiu comigo. E eu não me lembro de você se arrepender por um único minuto naquela noite.

Foi isso que acabou comigo. Exatamente isso.

— Olha... — Senti as lágrimas se acumularem nos meus olhos, mas as

Inversos

85

segurei da melhor forma que pude. — Eu não sou obrigada a passar por esse tipo de coisa. Não sou.

Saí do quarto na mesma hora, em direção ao meu chuveiro.

Chega!

Carter

Antes...

Naquela época, Bruna ainda usava óculos. É muito raro vê-la assim hoje, apenas quando está com as vistas muito cansadas. Ela costuma usar suas lentes no dia a dia, mas eu não reclamo. Para mim, ela é linda de qualquer jeito.

No primeiro dia de trabalho, parecia outra pessoa. Extremamente tímida, enquanto eu era só o cafajeste de sempre.

— Bruna, sério! Presta atenção em mim aqui. — Ela me encarou, nervosa. Estávamos sentados frente a frente, em uma mesa na área da piscina lá de casa, enquanto conversávamos sobre a minha rotina e o trabalho dela. — Nós dois temos *muita* química. Você sabe disso. E gosto muito do seu trabalho, então não existe a remota possibilidade de eu te demitir. Prometo que vai ser uma coisa de uma vez só. Já dormi com outras funcionárias e isso não ficou no nosso caminho. Pelo contrário, enquanto a gente não fez sexo, era estranho trabalhar. A situação melhorou muito depois que ficamos íntimos. Tenho certeza de que vai ser a mesma coisa no seu caso.

— Desculpe perguntar, Carter, mas você não veio com aquela história de que eu merecia mais do que ser pisoteada pelo Lucas Méndez só para que acreditasse que você era o meu herói, um príncipe no cavalo branco, e fosse direto para sua cama, certo?

Ouch!

Essa era a última coisa que eu queria que ela pensasse.

— Comparar o que nós temos com o idiota do Lucas Méndez? Agora você me ofendeu. Eu nunca disse que era santo, mas minha intenção era boa. Tenho certeza de que foi a melhor decisão da minha vida, tirar você de lá.

— É só o que parece, já que você está me passando todo o tipo de cantada desde o minuto que cheguei aqui para trabalhar. E esse é apenas o primeiro dia.

Foi ali que me dei conta. Já tinha pedido a ela para transar comigo inúmeras vezes. E eram duas da tarde. Do primeiro dia de trabalho dela.

— Eu sinto muito! — Deixei o ar sair dos pulmões. — Muito mesmo! Quero dormir com você, mas não quero te desrespeitar. Acredito em tudo

86 CAROL DIAS

o que eu disse, mas não queria que você pensasse que só tinha pedido para vir trabalhar comigo por causa disso.

— Então, a gente pode seguir em frente na sua agenda e passar pelos seus próximos compromissos? Porque realmente não pretendo transar com você nem tão cedo.

Eu assenti, é claro. Ela iria transar comigo, sim, em breve. Eu só utilizaria uma abordagem diferente de hoje em diante.

Décimo Segundo

SAINDO DA TURNÊ

Se você está achando que estou fazendo um grande chilique por conta de nada, saiba que *não é*. Sim, eu dormi com Carter. Sim, foi *muito bom* e não me arrependo. Quer dizer, não me arrependia, até que Carter resolveu usar isso contra mim.

Estou há tanto tempo fazendo coisas que vão além do meu contrato de trabalho, que não posso *suportar* ter a minha vida sexual jogada contra mim nessa situação.

Ah, Bruna, não seja hipócrita! Você diria. *Se até você já dormiu com ele, não pode reclamar das outras.* Você completaria. Só que a situação foi totalmente diferente e acho um absurdo ser comparada a essas aproveitadoras. De aproveitador na minha vida, já basta o senhor Otávio Campello. Aquele ali é da pior espécie. Largou a mamãe quando ela mais precisava, desapareceu, deixou tudo nas nossas costas. Voltou anos depois, de joelhos, implorando o perdão da família. Ninguém o recebeu muito bem, pelo que sei. Eu não morava mais em casa e simplesmente não podia lidar com o homem, então o ignorei completamente.

Ultimamente, mamãe tem se encontrado com ele, mas ainda não falou nada com a gente. Deve estar tentando uma abordagem diferente. Sinceramente, eu não me importo, ele é meu pai. Mas, honestamente, não preciso de pai nenhum agora. Alguém que só pensa em si mesmo, nas oportunidades que pode conseguir, em benefício próprio. Porque foi assim a vida inteira.

Tirar a família toda do Brasil e se mudar para os Estados Unidos? Promoção no emprego dele.

Largar a família para morar em Nova Iorque? Oportunidade de emprego na cidade. Mamãe não quis ir porque a gente tinha acabado de se mudar, então ele foi sozinho.

Morar com a nova namorada sem estar oficialmente divorciado? Benefício inteiramente dele.

Ficar anos sem falar nada com os filhos? Nós estávamos chateados demais para manter contato, e ele, feliz demais para precisar da gente.

Voltar anos depois, de joelhos, querendo nosso perdão? Ficou sem emprego e precisava de apoio.

Tentar voltar para a família conquistando a mamãe? Ela já se apaixonou por ele uma vez, não seria diferente agora.

Então entendam, queridos, *isso* é uma pessoa interesseira. É assim que ela age. Esse é o tipo de coisa que ela faz. Se candidata a um emprego de babá apenas para dormir com o cantor famoso ou ter seus cinco minutos de fama. Aproximar-se dele. Foi assim *todas as vezes*, com *todas* as babás. O que eu fiz, não. O que aconteceu naquela única noite em que tivemos sexo não tem nada a ver com uma mulher interessada na fama de um cara. Acho que se Carter não fosse rico e famoso, eu iria gostar ainda mais dele.

Éramos só dois indivíduos solteiros, fora do horário de trabalho, que desejavam um ao outro. E é por isso que não vou tolerar que ele diga que foi a mesma coisa, porque *não foi*.

Era o primeiro ano do Carter no programa de maior audiência da TV americana na virada do ano. Ele estava muito feliz, porque foi um absoluto sucesso. Nós viramos a noite em plena Times Square, os fogos e toda animação pelo 2015 que viria. Haveria uma festa superexclusiva em um prédio da famosa rua nas próximas horas e Carter estava animado para ir lá curtir. Estávamos todos de folga, desde que o show dele acabou e minha meta era voltar para o hotel, beber e dormir. Carter pretendia ficar alguns dias com sua família em Nova Iorque e eu voltaria para casa, para curtir os meus irmãos e a minha mãe.

Os seguranças que contratamos para ele estavam prontos para escoltá-lo com o restante da banda, então fui me despedir. Ainda não tínhamos desejado Feliz Ano Novo um para o outro, porque ele estava sendo filmado no palco.

— Carter! — Ele se virou na minha direção ao ouvir a minha voz, abrindo os braços. — Feliz Ano Novo! — Ele me abraçou forte. — Muito obrigada por 2014! Esse ano mudou a minha vida. Espero que 2015 seja ainda melhor para nós dois. Que você tenha muito sucesso.

Ele beijou meu pescoço e nos afastou, segurando meu rosto.

— Obrigado, Pipoca! Esse ano mudou a minha vida também e você foi muito importante, sempre me apoiando. 2015 vai ser ainda melhor, tenho certeza. — Ele beijou minha mão. — Achei que você já tinha ido embora, está de folga.

— Não. — Neguei com a cabeça para enfatizar. — Eu resolvi esperar para falar com você.

— Obrigado! — Ele sorriu. — O que você vai fazer agora? Não me contou.

— Vou voltar para o hotel, tenho um voo amanhã para casa.

— Por que não vem comigo? Não para trabalhar, para curtir a noite. O pessoal da banda vai e eu adoraria ver você se divertir um pouco, depois de um ano de tanto trabalho.

— Tem certeza? — Ele assentiu. — Tudo bem, tenho tempo para descansar depois.

Nós fomos. A balada era boa, o melhor da música pop tocando, e o lugar estava apinhado de gente famosa. O bom dessas festas de famosos é que elas funcionam como Las Vegas. O que acontece dentro delas, fica ali, ninguém conta nada a ninguém. Artistas que você nunca esperaria, se pegam ali dentro, conversam entre si e todas essas coisas, mas ninguém fica sabendo depois. Fiquei muito feliz de conversar com gente que eu nunca esperaria falar e fazer alguns contatos interessantes – contatos são importantes nesse meio.

Depois de um tempo sem ver Carter, porque ele estava circulando pela festa, Uptown Funk começou a tocar e ele apareceu ao meu lado.

— Só vem.

Era a música dele. Eu sempre disse isso e toda vez que ele começava a se achar o máximo, eu fazia questão de repetir. I'm too hot, hot damn. Nós dançamos essa, a próxima, a música seguinte. Meus pés não aguentavam de tanto se mover. Eu disse isso a ele, que me puxou para uma das mesas no canto. Estávamos os dois bêbados, mas muito conscientes.

— Obrigada! Estou me divertindo muito mais do que se tivesse voltado para o hotel.

Ele deu de ombros, como se isso não tivesse sido nada.

— Estou feliz por você estar aqui também. — Carter passou um braço pelos meus ombros e beijou meu rosto.

Eu me aconcheguei perto dele e nós ficamos conversando. Por horas. Repito, estávamos bêbados, mas muito conscientes. Então, percebi quando ele começou a falar manso, acariciar minha coxa, ficar mais próximo. Em contrapartida, eu toquei seu braço, aproximei meu corpo do dele e deixei que falasse no meu ouvido. Não podia mentir, eu tinha uma queda por ele.

A liberdade de não estar trabalhando, de poder me divertir e de estar bêbada fez com que eu aceitasse me aproximar, até que tomei a iniciativa para beijá-lo. Beijo que durou horas. Beijo que se transformou em outras coisas. Beijo que acabou no meu quarto de hotel, nós dois caindo de sono, enquanto o dia amanhecia.

— Eu preciso ir ou vou perder o voo.

Carter deitou de lado, olhando para mim. Ele pegou na minha mão e entrelaçou meus dedos nos seus.

— A gente se vê em alguns dias, Pipoca.

— Não vai mudar nada entre a gente, né? Podemos continuar como amigos, apenas trabalhando juntos?

Ele me beijou de novo, bem devagar. Um beijo sexy, que me deixava totalmente sem chão, estragada para todos os outros homens.

— Não vai mudar nada. — *A voz dele estava rouca, as horas não dormidas cobrando seu preço.* — Isso já estava pesando no nosso relacionamento há tempos e nós precisávamos tirar do nosso caminho. Agora, nossa parceria vai funcionar por muito mais tempo.

— E você promete que vai respeitar meus limites?

Ele sorriu. Aquele sorriso mais cafajeste que tinha.

— Vou respeitar os seus limites como sempre respeitei.

Saí do quarto dele e fiz tudo o que tinha que fazer. Liguei para a recepção e pedi ajuda com o vidro no chão da cozinha. Dei banho nas meninas e pedi que se vestissem. Tomei meu próprio banho. Dei algo para as duas comerem e as levei para a arena. Deixei-as em um local seguro, onde havia gente para vigiá-las. Trabalhei feito louca naquela rotina de show, mas precisava conter a emoção, porque estava decidida a largar tudo. Mesmo que fosse algo que doesse em mim e da qual sentiria falta todos os dias. Eu tinha tomado uma decisão e seguiria com ela até o fim, não poderia voltar atrás.

— Você está estranha. — Parei o que estava fazendo e me virei na direção da voz. Era Ana, sentada em cima de uma caixa, enquanto afinava sua guitarra. O cabelo estava todo verde agora. — Qual dos seus astros entrou em virgem para você ficar tão quieta?

— Não é nada, Ana. — Tentei sorrir, mas sei que só saiu uma careta. — Estou um pouco chateada, só isso.

— O que houve? O que o Carter fez? — Balancei a cabeça. Eu não ia falar. — Se você estiver precisando se desligar desse insuportável de novo, é só me dizer. Eu mesma arrumo uma babá para as meninas e a gente sai para curtir a noite do Kansas.

A Ana é mesmo maravilhosa. Mas, para o meu plano dar certo, eu não deveria contar a ela o que tinha acontecido. Eu poderia, já que estávamos conversando em português e ninguém ali nos entenderia, mas estragaria tudo. Então, sorri o melhor que pude e fui até ela, segurando seu braço.

— Obrigada, Ana! Não quero sair hoje, estou um pouco cansada, mas agradeço mesmo a sua preocupação.

Fiz de tudo para sair dali o mais rápido que eu podia.

Assim que Carter subiu ao palco e o show começou a andar sem mim, fui me despedir das meninas.

— Escutem. — Estavam sentadas em um sofá e fiquei de joelhos na frente delas. Segurei suas mãozinhas e falei muito séria: — Eu amo vocês duas! Realmente amo. Desde que apareceram na casa do papai, só me trouxeram alegria, porque vocês são as melhores crianças que conheço. Só que a tia precisa ir embora. As coisas podem ficar difíceis por um tempo, mas quero que saibam que eu as amo e vou sentir muito a falta das duas.

Chorei. Claro que chorei. Principalmente quando as duas me abraçaram apertado.

— Você tem mesmo que ir embora, tia Buna? — Sam perguntou.

— Tenho, meu amor. Desculpa.

Quando consegui me desvencilhar, saí correndo para o táxi. Ele me levou até o hotel, onde empacotei minhas coisas o mais rápido que pude. Em algum momento sentiriam minha falta, mas eu queria estar bem longe dali.

Escrevi um bilhete rápido e deixei no quarto de Carter, junto com o celular. Era um simples pedido de demissão. Disse também que deixaria o carro na garagem dele, assim que voltasse a Los Angeles e esvaziasse o apartamento em uma semana. Eu tinha alguns artistas em mente, para os quais poderia oferecer meu trabalho, e não precisaria passar pelo que estou passando.

Acho que demorei demais para fazer tudo isso, porque vi Carter autografando coisas para um grupo de fãs na frente do hotel, assim que cheguei ao saguão. Uma delas segurava um cartaz onde estava escrito "Mannpello is real" e eu só pude pensar em quão irônico era aquilo. Carter e eu, um relacionamento... Isso nunca seria real.

— Espera, Bruna! Onde você está indo? — Entreguei minha mala para o primeiro taxista disponível e, de relance, vi que Carter tinha parado de assinar e estava virado para mim. — Por que essa mala?

— Obrigada, moço! Vamos logo? — pedi ao motorista, tentando apressá-lo, porque não queria dar tempo para Carter reagir.

— Pipoca, onde você vai? — Ele começou a vir na minha direção e eu podia ouvir sua voz se aproximar. *Por favor, motorista, vamos logo*, eu pensava. — Bruna Campello, onde você pensa que vai?

O taxista deu partida. Pelo retrovisor central, vi Carter correr atrás, gritando. Mesmo que meu coração estivesse se partindo em pedaços, era a melhor coisa que eu poderia fazer agora, então não olhei para trás.

Carter

Antes...

Eu estava prestes a enlouquecer. Tinha uma secretária que resolvia todos os problemas da minha vida, mas ela se recusava a ser minha assistente na carreira musical. Disse que não daria conta, que tinha uma família e filhos, e nunca poderia estar em turnê por tanto tempo. Disse na minha cara que eu precisava contratar outra pessoa. Mas quem?

Quem seria louca (ou louco) o suficiente para me aturar e entrar nessa vida corrida que é a carreira de cantor?

Era *nisso* que estava pensando quando a vi pela primeira vez. E como naquelas merdas daqueles filmes de comédia romântica, fiquei meio embasbacado.

Parei perplexo, apenas encarando, enquanto ela trabalhava feito louca para o estúpido do Lucas Méndez.

Porque é isso que esse bostinha é. Queria ter descoberto antes, quando assinei o contrato dele. Porque o estúpido tem um posicionamento de bom-moço, o genro que toda sogra quer ter, mas é um babaca nos bastidores.

Não o tipo de babaca *Carter Manning Babaca*. Porque eu faço as coisas que faço, mas não destrato ninguém. Sou babaca porque estrago as coisas constantemente, decepciono as pessoas. Não porque trato mal algum funcionário. Não porque faço o tipo de coisa que ele estava fazendo com a assistente no momento que entrei na sala.

— É tão difícil assim, droga? Um mísero pedido que eu fiz, mas você não conseguiu cumprir. Eu disse que era prioridade, mas cadê a droga da minha vitamina, Brenda?

— Lucas, de novo, peço desculpas. Não sei o que aconteceu, mas nós já mandamos vir outra. Vai chegar aqui a qualquer momento.

— Isso não... — Ele parou e respirou fundo. — Isso não é sobre a droga da vitamina, Brenda! — ele gritou. — É sobre a sua incompetência em fazer pequenas tarefas.

Chega, né?

— Oi! — Dei uma batida alta na porta aberta, para que o ignorante notasse minha presença. — Tudo bem por aqui?

— Vitamina chegando! — alguém gritou, vindo do corredor. Dei passagem para que a pessoa entrasse. — Aqui, Bruna.

A assistente, que eu achei que se chamava Brenda, mas deveria ser Bruna, veio correndo e pegou a vitamina. Assim que a entregou a Lucas, ele bebeu um gole e fez uma careta.

— Está quente. — Então jogou o copo de vitamina em cima da Bruna/Brenda, sujando-a por completo.

Eu, o cara que trouxe a vitamina e Foxy, que estava comigo naquele dia, ficamos embasbacados. Não conseguíamos nos mover. Eu encarava fixamente os olhos da Bruna, que eram extremamente transparentes no momento, e via a raiva pulsar.

— Eu me demito.

Ela tirou o crachá e a blusa de *staff* que usava, na mesma hora. Estava com uma preta de alcinhas por baixo, que eu me lembro muito bem, porque valorizava seus lindos seios. Então, jogou a blusa em cima dele e saiu da sala, furiosa, passando por nós dois.

Murmurei para Foxy, em seguida:

— Eu a quero.

Décimo Terceiro

FORA DA TURNÊ - 1

Dei o nome do hotel do Jayden ao motorista. Nós chegamos lá com facilidade e consegui um quarto no mesmo andar.

Para ser bem sincera, Jay se assustou um pouco quando bati na porta do seu quarto. Pedi que viesse ao meu por um tempo, porque tudo que eu precisava era descansar um pouco e desabafar.

— Tudo bem — disse, tirando os chinelos e sentando confortavelmente na minha cama. — Agora que nós estamos aqui, conta o que houve. Que eu saiba, você deveria estar em uma turnê.

Eu me sentei na ponta da cama com as pernas cruzadas, encarando-o de frente.

— Não posso fazer isso, Jay. Atingi o meu limite.

Jayden bufou e soltou algum palavrão em espanhol.

— Fala, o que o Carter fez.

— Vou citar as exatas palavras dele. Abre aspas: isso é ciúme, Bruna! Você precisa parar de tentar me fazer não dormir com as pessoas, já que até você dormiu comigo. E eu não me lembro de você se arrepender por um único minuto naquela noite. Fecha aspas.

Jayden ficou me encarando, muito sério, por um tempo.

— Ele disse isso mesmo? — Apenas confirmei. — As definições de babaca foram atualizadas com sucesso.

Foram. Foram mesmo.

— Estou com tanta raiva disso, Jay. Trabalho igual uma doida para esse homem, faço mais do que deveria, só para ele jogar isso na minha cara. Parece que não significou absolutamente nada para ele e isso é *muito* injusto.

— Porque, para você, aquela noite significou — ele apontou.

É uma merda você ter um melhor amigo que te conheça tão bem. Alguém que saiba o que você sente, mesmo que não tenha dito nada.

Foi impossível evitar que as lágrimas se acumulassem nos meus olhos, pensando em toda a situação.

— Isso tudo é uma droga! — Eu as segurei, porque não queria chorar. — Odeio que meu coração goste tanto dele, porque eu só queria ser

Inversos

95

amiga do Carter. A gente nunca vai conseguir ser um casal, já que ele não consegue me dar o que preciso.

— Um relacionamento sério — Jay apontou e eu concordei.

— Eu não tenho estrutura emocional para ter um caso com ele, Jay, e você sabe o porquê. Além de tudo, Carter teria que melhorar muito para que eu resolvesse ter um relacionamento com ele. São várias as situações em que ele foi um babaca comigo e eu passo mais tempo querendo socar a cara dele, do que tendo sentimentos românticos. Então, sim, aquela noite significou algo para mim, porque eu não achava que Carter tinha dormido comigo só para riscar mais uma da própria lista. — Uma lágrima teimosa desceu pelo meu rosto. — Não parecia ser assim. Mas, depois do que ele disse... estou me sentindo muito usada. Muito mesmo. — Não consegui conter todas as outras lágrimas que seguiram. — Fico me lembrando das poucas vezes em que falamos sobre aquela noite, do que ele me disse depois do sexo. Percebo que fui uma idiota, desde aquela época. E agora, me demiti do meu emprego, a coisa que mais gosto de fazer na vida, porque Carter é o maior babaca do mundo.

Jayden se esticou até mim e me puxou, para me abraçar. Aconchegou-me em seus braços e deixou que eu chorasse por um tempo. E eu simplesmente odiava derramar lágrimas por aquele homem.

— Olha, Bruna — começou, assim que minhas lágrimas diminuíram —, você sabe que está certa e eu te apoio. Já aturou muita merda do Carter, antes mesmo de ele ter feito o que fez hoje. Ele não é como aquele babaca do Lucas, mas não é uma boa pessoa também. Existem milhares de artistas lá fora que precisam de uma Bruna na equipe e tenho certeza de que você vai encontrar emprego com algum deles. Não precisa se preocupar quanto a isso.

— Sabe qual é o meu problema, Jay? Eu quero abraçar o mundo. Quero resolver tudo pelos outros, fico sobrecarregada e aceito merda das pessoas. Cansei de ser assim. Cansei de deixar todo mundo de boa, enquanto carrego o peso do universo nas costas. Se eu tivesse tomado uma atitude com Carter há muito mais tempo, ele já teria se dado conta de que *ele* é o pai das crianças. Que a responsabilidade por elas é dele, não minha. Não teria que trabalhar dobrado porque ele dorme com todas as babás e eu não teria me demitido. Daqui pra frente, não vou mais abraçar o mundo. Não me faz nenhum bem.

Ele beijou minha mão, sorrindo.

— Estou feliz de você perceber isso sozinha. Só quero que você fique realmente bem, Bruna. E agora, acho que já chorou o suficiente por aquele babaca. Deveria enxugar as lágrimas e ligar para Killian, contar que você quer trabalhar com outro artista.

— E dizer o quê? — Neguei com a cabeça. — Eu não quero mais

trabalhar na M Music, Jay. Ainda vou estar muito perto do babaca. Vou encontrar um artista de outra gravadora.

— Você pode dar uma desculpa padrão. Como aquelas bandas que se separam por "divergências musicais".

Eu ri, porque essa é a desculpa mais batida de todas.

— Não, melhor não. Acho que vou precisar de ares novos, se a ideia é esquecer que esse idiota passou na minha vida.

Jayden se esticou até a mesinha ao lado da cama e pegou meu celular.

— Então, corta logo esse cordão umbilical. Ligue para o Killian.

Encontrei o número sem nenhuma dificuldade e esperei chamar. No oitavo toque, quando já estava quase desistindo, Marina atendeu.

— Oi, Bruna! — Ela soava estranha. — Desculpe-me pela demora para atender. O que houve?

— Nina, está tudo bem? Você parece estranha.

— É só que... — Eu a ouvi fungar do outro lado da linha. — Posso conversar com você sobre uma coisa?

Pelo amor de Deus! O casal mais lindo e fofo desse mundo estava passando por problemas? Alguém diz que *não*, por favor! Já basta odiar um irmão Manning, não quero odiar outro por magoar uma amiga.

— Claro! Pode dizer.

— É o Killian. — Mano do Céu! Killian Manning está traindo a Nina? Será que é isso? — Ele teve uma crise de estafa hoje. — *Ele está DOENTE?* — Não foi nada demais — *graças a Deus* —, mas eu fiquei tão preocupada. E estou me sentindo péssima por não ter feito nada para ajudar.

— Calma, Nina! Explique direito o que aconteceu.

Jayden me encarava preocupado. Balancei a cabeça, dizendo que não era grave e ele foi para a sacada do quarto, para me dar privacidade.

— Isso acontece com quem trabalha demais. Ele estava sobrecarregado com as coisas das empresas. A crise na gravadora, um megaproblema nos cruzeiros e a empresa de mudanças que está com problemas também. O médico falou que a estafa mental pode ser tamanha, que causa dor física no paciente. E ele estava se sentindo assim, supermal. Estava irritado, com insônia e parecia sempre tão triste.

— Nina, isso é horrível. Como ele está agora?

— Nós passamos o dia no hospital. O médico o liberou, mas disse que ele precisa pegar mais leve. Sugeriu que tirássemos férias.

— Vocês deveriam. Mesmo que seja apenas alguns dias, um fim de semana... Vão fazer um passeio em família.

— É o que queremos. — Eu a ouvi respirar fundo, tentando se acalmar. — Pedi ao pai dele para vir aqui amanhã. Levi vai cuidar dos negócios por alguns dias. A meta é que nós consigamos resolver os problemas das

Inversos

97

três empresas primeiro, então Killian vai tirar férias. Depois disso, nós vamos remodelar tudo, para que ele tenha menos responsabilidade.

— Isso é bom.

— Sim, é. Ele só vai tomar as decisões finais, então sobra mais tempo para descansar e para ficar com as crianças.

— Isso vai ser ótimo para vocês, Nina, tenho certeza.

— Espero que sim, porque fiquei doida com essa situação. — Ela respirou fundo, parecendo mais calma. — Obrigada por me ouvir, Bru! De verdade. Você é uma amiga maravilhosa. — Agradeci. Ela também é uma amiga maravilhosa, sempre cuidando de mim e me aconselhando. Não gostaria de perder a amizade dela depois de sair da empresa. — Agora, conta o motivo da sua ligação.

— Na verdade, nem sei como te dizer isso, depois do que você me contou.

— Olha, desde que não seja para pedir demissão ou dizer que algo na gravadora piorou, acho que posso lidar com isso.

Fiquei em silêncio. De verdade, o silêncio mais profundo que eu pude.

A mulher me conta que o marido teve problema por trabalhar demais e eu simplesmente peço demissão logo em seguida. Mas é ser muito sem coração mesmo!

— Olha... — Tentei começar.

— Ah, não, Bruna. Não acredito! Você vai pedir demissão, não vai? O que o Carter fez? Por favor, eu o faço pedir desculpas de joelhos. Estou treinando algumas ameaças para usar contra ele há algum tempo e acho que elas podem funcionar. Por favor, não me deixe numa hora dessas. A gravadora está em crise. Eu preciso que alguém controle aquele mimado e ninguém melhor do que você para colocar o danado na linha.

— Nina, de verdade, eu sinto muito. Por você, eu não teria feito isso, mas acontece que... — E eu não consegui conter as lágrimas de novo. Que droga! — Não consigo mais lidar com o Carter.

Resolvi contar toda a história, desde o fato de ele ter tentado ficar comigo no primeiro dia de trabalho, passando pela noite em que ficamos juntos e todas as vezes em que ele foi romântico comigo, desde então; os beijos que roubava de mim, as suas babaquices e o que ele tinha me dito hoje cedo.

— Depois você me julga por todos os apelidos que dei a ele! — Foi a primeira coisa que ela disse, depois de me ouvir falar por dez minutos seguidos, apenas emitindo sons.

— Todos muito merecidos, mas eu gosto dele, Nina. Não posso mentir sobre isso.

— Não vou julgar você por isso, Bru. Muito menos por se apaixonar pelo seu chefe, já que fiz o mesmo. Você está totalmente certa em não querer ficar em um emprego onde não é valorizada e respeitada. E ainda ter que ouvir desaforo. — Ela ficou alguns segundos pensando e respeitei o silêncio. Meu coração estava doendo, por ter revivido tudo o que passei até aqui com ele. — Pode ficar tranquila que vou resolver as coisas. Carter vai receber uma ligação minha, assim que a gente desligar.

— Obrigada, Nina! Mas, não se preocupe com isso, tá? Carter foi um babaca, mas isso não é novidade para ninguém. Eu vou superar, só não quero mais ter que trabalhar com ele. Agora, escute... Não quero sair e deixar você e Killian na mão com tudo o que está acontecendo. Tenho algumas coisas que meu amigo conseguiu para resolvermos a situação do Jordan. Se quiser, posso voar para Nova Iorque amanhã e ficar com vocês para resolver isso. Pelo menos na situação da gravadora nós colocamos um fim.

— Você pode voar para cá? Mesmo?

— Posso, claro.

— Obrigada, Bru! — Ela parecia um pouco surpresa e aliviada. — Chegue na hora que quiser amanhã. Vamos estar te esperando.

— Killian está pegando mais leve agora?

— Sim, pode ficar tranquila. — Ela respirou aliviada. — Quando você ligou, eu estava saindo do escritório dele. Assim que chegamos do hospital, ele foi dormir. As crianças estão vigiando o papai. Eu estava conversando com o Levi e preparando as coisas para amanhã.

— Vá dormir também, Nina. Todo esse estresse não é bom para ninguém.

— Eu vou. Obrigada pela preocupação! Vá você também.

Nós nos despedimos e chamei Jayden de volta. Expliquei a ele o que aconteceu com Killian e que eu iria a Nova Iorque amanhã, para ajudar como pudesse.

— Eu vou com você. Não quero me meter na situação, porque deve estar bem delicada, mas vim aqui para te ver. Se você vai para Nova Iorque, eu vou para Nova Iorque.

— Obrigada! — Eu sorri. — Que tal você reservar um voo para nós, enquanto eu me preparo para dormir?

Ele concordou e fui tomar um rápido banho. Quando voltei, ele ainda estava escolhendo os horários, porque Jayden é o tipo de pessoa que não consegue se decidir. Ana provavelmente diria que ele era do signo x, porque ela é do tipo de pessoa que precisa justificar a personalidade de todo mundo pelo signo. Eu sentiria falta dela.

Sentei-me ao lado de Jay e, logo em seguida, ouvimos uma batida na porta.

— Eu não pedi nada — comentou quando olhei em dúvida.

— Ok, eu vou lá abrir assim mesmo.

Olhei pelo olho mágico e me surpreendi.

Carter Manning estava do outro lado.

Inversos

Décimo Quarto

FORA DA TURNÊ - 2

Deu para ver o susto nos olhos do Carter. Ele parecia decidido quando abri a porta, mas, no minuto em que Jayden, sentado na minha cama, entrou no seu campo de visão, ele congelou.

— Carter — chamei sua atenção para mim.

Seus olhos demoraram mais alguns segundos no meu amigo, mas logo vieram até mim, decididos.

— Bruna, nós precisamos conversar — pediu.

— Como você me encontrou aqui? — respondi com uma pergunta.

— O táxi faz ponto no hotel. Esperei que ele voltasse e paguei o dobro da corrida para me trazer até aqui.

Taxistas traidores. Não se pode nem mais confiar neles.

— Eu não tenho nada para conversar com você, Carter.

— Na verdade, a gente tem. Não se termina um contrato de trabalho de confiança através de um bilhete. Você é mais justa do que isso, Bruna.

— Ok! A gente pode conversar.

— E o seu namorado pode sair? Não estou aqui para reconquistar o seu amor ou a sua afeição. Eu aceito o seu desprezo, se isso fizer você voltar a trabalhar para mim.

Eu poderia ser como uma dessas mocinhas de filmes e livros e começar a me sentir mal pelo que ele disse. Depois do que tinha acontecido, depois de assumir que eu me sentia atraída por ele, o normal seria esperar que ele aparecesse na minha porta pedindo que eu desse uma chance a nós dois. Só que eu não pensava assim. Se ele gostava de mim ou não, isso não importava. Eu amo trabalhar para ele e ele ama o meu trabalho. É isso que quero que seja mais importante na nossa relação, porque não tenho estrutura para começar um relacionamento com Carter, como disse para Jayden. Ele não pode me dar o que quero, o que eu preciso.

Então, tê-lo aqui pedindo para que voltasse a trabalhar para ele, aceitando até mesmo que o desprezasse, era exatamente o que eu precisava no momento. Depois de ter sido chamada de aproveitadora, ser requisitada pelo meu trabalho era motivador. Foi por isso que aceitei falar com ele.

Virei-me para Jayden e não precisei dizer nada. Ele se levantou e veio na minha direção.

— Você vai ficar bem sozinha? — perguntou.

— Vou. Depois manda o horário do voo por mensagem, ok?

Jay assentiu e saiu, encostando a porta. Então, era hora da verdade. Levei-o até a sacada do quarto, de onde poderíamos ver toda a cidade. Nós nos sentamos lado a lado, mas eu me virei de frente para ele na poltrona.

— Sei que se eu for o Carter de sempre agora, você vai me jogar para fora, então você vai ver um lado meu que não mostro a ninguém. — Eu me mantive em silêncio, só esperando. — Não tenho nenhum motivo traumático para não ter um relacionamento sério. Não é assim que o mundo funciona. Algumas pessoas, simplesmente, não tiveram nada grave ou obscuro que as fez optar pela vida de solteiro. O máximo de trauma que pode ter acontecido foi minha mãe odiar todas as minhas namoradas durante a adolescência, mas a verdade é que não me importo muito. Nunca me importei. Eu me sinto muito jovem para namorar ou assumir qualquer compromisso. Nunca quis ter filhos, porque meus sobrinhos me bastam, e ser o caçula da família sempre tornou as coisas mais fáceis. — Ele fez uma pausa para respirar. — Até aquela noite em que a gente transou, eu não sentia nenhuma inveja dos meus irmãos, por terem se casado e se tornado pais de família. Eu achava a minha vida muito melhor do que a deles.

— Então, algo magicamente mudou — comentei, ácida.

— Naquela noite, comecei a pensar que, se um dia eu me casasse, queria fazer isso com você. — *Ah, droga.* — E não só porque você é inteligente, carinhosa e gostosa demais. Não é apenas pelo fato de que eu amo cada curva do seu corpo. Eu amo discutir com você por coisas bobas, Pipoca. A sua cara e o modo como defende com paixão a coisa mais ridícula... Não tem preço. Amo o tempo que a gente passa juntos, só conversando ou vendo um filme. Eu fico doido só de ouvir você falar de negócios e me ajudar a planejar minha carreira. Cada ideia brilhante que tem, cada vez que você complementa as minhas ideias... Nós dois temos uma imagem muito clara de onde a minha carreira na música deve ir e eu amo como essas duas visões são parecidas. Você não desiste enquanto as coisas não acontecem do jeito certo.

Ah, seu merda! Não vai me fazer chorar aqui.

Estava à beira das lágrimas por, finalmente, ter algum reconhecimento, depois de tanto tempo trabalhando nesse ramo e sofrendo nas mãos de um babaca como Lucas Méndez, e Carter Manning logo em seguida.

Eu não queria chorar na frente dele, então fiz todo o esforço que estava ao meu alcance para conter as lágrimas. O lado bom é que eu já tinha chorado hoje, então os olhos vermelhos não me denunciariam. Não outra

Inversos

101

vez. Só que Carter continuou:

— Amo quão dedicada você é às minhas filhas, mesmo que isso não seja, absolutamente, o seu dever. O jeito como conversa com elas, as acalma e cuida. Você é exatamente a mãe atrapalhada e cuidadosa que imaginei que seria. O que é uma merda, porque jurei que não seria pai, não me apaixonaria e nunca pensei em ter um relacionamento com a mãe das minhas filhas, mas, no momento, tudo isso está acontecendo. — *Desgraçado, cala a boca! Como eu vou me manter inabalável com um discurso desses?* — E, desde aquele dia, eu tento fazer com que você seja só mais uma, mas falho de maneira colossal. — *Ainda bem que você sabe, droga! Está fazendo um péssimo trabalho, principalmente agora.* — Uma das formas que encontro para não desejar você o tempo inteiro é fazer as minhas piadinhas sexuais, o que te irrita, mas não te magoa. E você sabe como eu *amo* irritar você, já disse isso antes. A outra forma é estragar tudo, como fiz quando falei com você daquele jeito. Eu entendo que são situações diferentes. — *Ah, agora que fez toda a merda você entende?* — Naquela noite, quando ficamos juntos, éramos só um cara e uma garota que já se desejavam há muito, muito tempo. — *Isso! É isso!* — Todas essas babás que eu comi nos últimos dias, só queriam algo comigo porque sou famoso.

— Descobriu a droga da América.

— E vou pedir desculpas aqui, de joelhos, se isso te fizer me perdoar — completou, ficando realmente de joelhos. Parou na poltrona à minha frente e encostou um deles no chão, enquanto segurava nos meus. — Porque eu sei, Bruna, que não mereço você. Não mereço ter um relacionamento real com você, porque fui um babaca a vida inteira. Mas você é a melhor assistente que posso pensar em contratar e uma amiga maravilhosa, então só me diz o que preciso fazer para ter você de volta e eu vou fazer. Qualquer coisa.

Precisei reunir toda a minha força de vontade para fazer a coisa certa. Fechei os olhos por alguns momentos e revivi imagens de todas as mulheres que tive que enxotar do ônibus de turnê, desde que comecei a trabalhar para ele, aquelas que eram candidatas a babá ou não. Todas as vezes em que o perdi em uma boate, porque ele estava em algum canto com alguma mulher. Todas as palavras duras que ele disse para mim quando estávamos com raiva.

— Eu não vou voltar, Carter. — Foi o que consegui dizer, com o fio de coragem que restava.

— Por que não?

Eu podia ver no seu rosto que ele estava se controlando. Carter não aceita ser contrariado com facilidade e tenho certeza de que, depois desse discurso, ele estava seguro de que eu voltaria. É o que aconteceria se esse fosse um clichê qualquer.

— Porque não posso voltar àquilo. — Era isso. Comecei e as palavras fluíram com mais facilidade. — Àquela vida maluca de assistente pessoal, gerente de turnê e babá. Eu não sirvo para isso, Carter, e estou atrapalhando você de criar responsabilidade para um monte de coisa.

— Eu sei, Bruna. Eu sei que tudo isso estava errado e prometo que vou mudar, eu posso mudar. Quero que você seja minha gerente de turnê. Quando ela terminar, você é minha assistente pessoal. Posso contratar alguém para te ajudar, se você quiser. Vários artistas têm uma equipe inteira por trás deles, mas você faz tudo sozinha. Isso pode ser facilmente resolvido e...

— Eu não posso responder agora, Carter — disse a ele, cortando qualquer coisa que pudesse falar antes que eu mudasse de ideia. — Entendo tudo o que você disse, mas, no momento, estou realmente chateada com você. Não quero voltar para trabalhar e, daqui a algum tempo, você esquecer todas essas promessas que fez e nós dois acabarmos sofrendo tudo de novo por causa disso.

Ele soltou o ar que estava preso nos pulmões e sentou novamente na poltrona ao meu lado.

— Tudo bem. — Foi sucinto.

— Além disso — continuei —, tenho outra coisa para resolver. Parece que seu irmão passou mal hoje de manhã por excesso de trabalho.

Os olhos de Carter se alargaram.

— O quê? Killian? Ele está bem? — Ele se levantou, pronto para algo que não sei o que é.

— Calma! — Segurei na mão dele. — Seu irmão está bem agora. — Ele se sentou novamente. Expliquei o que Marina tinha me contado, com o máximo de detalhes que eu tinha. — Eu e Jayden temos algumas informações sobre o caso de Jordan, por isso vamos para lá amanhã. Eles querem resolver os problemas o mais rápido, para que Killian possa tirar férias.

— E você disse que vai para lá? — Assenti. Carter respirou fundo e segurou minha mão. — Fique o tempo que precisar, mas... Promete que vai pensar na nossa situação? Preciso que você trabalhe para mim, Pipoca. Não faço ideia de como dar conta de tudo sem você.

— Você vai dar um jeito.

Ele riu, encarando a noite à nossa frente.

— Cuidar de duas crianças, organizar uma turnê e subir ao palco para um show? Realmente, não sei como, mas espero não estragar tudo. — Carter se levantou. — Eu vou deixar você descansar porque já está tarde, mas antes de ir... Aquele é mesmo seu namorado? Porque, se for, eu vou me sentir muito mal por trabalhar com você todo esse tempo e não saber.

Inversos

103

Sorri de lado, porque eu tinha minhas dúvidas se era só por causa disso que ele queria saber sobre Jayden.

— Não, ele é meu melhor amigo. Já falei sobre ele para você.

— Jayden — disse e eu assenti. Carter exalou. — Muito bom. Isso significa que posso fazer uma coisa, mesmo correndo o risco de ser jogado dessa sacada.

— O quê?

Eu nem precisava perguntar, porque Carter já vinha em minha direção. Segurou meu rosto entre as mãos e me beijou profundamente. Não consegui tirar meus lábios dos dele, porque simplesmente não tinha tanta força de vontade.

— Boa noite, Pipoca!

Ele deixou a sacada e, um tempo depois, ouvi a porta do quarto bater. Queria eu conseguir ficar mais tempo chateada.

Carter

Antes...

— O que você quer assistir? — perguntei, enquanto abria a Netflix na TV.

— Eu não sei, não estou com vontade de nada específico. Só não quero terror hoje.

— Tudo bem. A gente pode começar a assistir a série daquele dia. O que acha?

— House of Cards? Pode ser.

O milho começou a estourar na panela. O cheiro da pipoca veio viajando direto para o meu nariz.

Ah, cara. Isso é bom!

Antes que perguntem, eu sou apaixonado por pipoca. De todos os tipos e sabores, não sou muito exigente. Desde a simples, feita no micro-ondas, à gourmet, passando pela de cinema, doce, com leite condensado, não importa. Minha favorita, claro, era a de cinema, com aquele sal delicioso, mas eu já disse, não sou exigente. Desde que seja gostosa, eu como. Pipoca é um dos melhores alimentos já inventados pelo homem.

Então, Bruna fez o favor de estragar tudo.

— Meu Deus do Céu! O que você está fazendo? — perguntei, quando vi que ela estava pegando um pacote de MAIONESE (você leu correto, MAIONESE) em cima da bancada da cozinha e indo em direção à pipoca.

— Quer estragar essa preciosidade?

Ela me olhou, como se eu estivesse ficando maluco.

— O quê? Qual é o problema?

— Lá no Brasil vocês comem pipoca com maionese? Qual é o problema de vocês?

Eu estava ultrajado. Sério, era o fim do mundo. Como alguém pode estragar essa obra-prima, oitava maravilha do mundo, enchendo a pobrezinha com M-A-I-O-N-E-S-E.

— Não sei se todo o Brasil come pipoca com maionese, mas eu como e é maravilhoso.

— Não faça isso, pelo amor, é uma afronta! Um ultraje!

— É uma delícia, eu juro — disse, como se não fosse nada demais.

— Não existe a remota possibilidade de essa estranha combinação ficar boa.

— Mas você não provou para saber, Carter.

— E nem vou!

Ela ainda não percebeu que eu estava ultrajado com essa situação? Maionese! Onde já se viu?

— Mas por que não? Você gosta de pipoca, você gosta de maionese. Por que não gostar dos dois juntos?

— Eu fico até magoado por você sequer sugerir algo assim.

— Carter, para de drama! Se não quer, não coma.

Então, senti o cheiro de queimado.

— Ah, merda! — reclamei e levantei do meu lugar. Bruna sentiu também, porque correu direto para o fogão.

Bastou abrir a panela da pipoca para perceber o que nós já sabíamos: a pipoca estava queimada.

— A culpa é toda sua que me distraiu.

— Pipoca... — Lamentei, com toda a dor que meu coração sentia pela perda.

— Eu vou fazer outra.

— Não! — gritei. — Deixa que eu faço, antes que você queime ou decida colocar maionese. — Eu a empurrei para fora da cozinha e fui colocar mais uma porção de milho para estourar.

Daí em diante, todas as vezes que eu queria irritá-la, simplesmente falava "Pipoca" e ela se lembrava do episódio. Ganhei todas as nossas discussões por semanas, já que soltava o "Pipoca Card" e ela ficava num misto de irritada e chateada, por alguns minutos. Até que virou apelido.

No início ela não gostou, mas se acostumou. Depois, passei a ver um sorriso nos seus lábios toda vez que a chamo assim. E eu não pretendia parar nunca mais.

Inversos

Décimo Quinto

NOVA IORQUE – 2

Jayden e eu chegamos em Nova Iorque e fomos direto para a mansão dos Manning. Eu tinha planos de algum dia conseguir vir para cá com tempo suficiente para conhecer a cidade, mas não seria dessa vez. A verdade é que eu ainda estava com muito sono e evitando pensar na visita de Carter na noite anterior, então, logo que entramos no táxi, dei o endereço ao motorista e dormi no ombro de Jay. Ele me acordou quando o motorista parou na porta da mansão. Conversei com o guarda, que liberou nossa entrada.

Foi Sara quem abriu a porta dessa vez. Apresentei Jayden a ela, que me pediu para encontrar Marina no escritório.

Não precisei bater, porque a porta estava aberta.

— Bru! — O sorriso dela se abriu. — É bom ver você. — Ela me cumprimentou com dois beijinhos.

— Eu digo o mesmo, Nina. — Dei um passo para o lado, para que pudesse apresentar Jayden. — Esse é Jayden, meu melhor amigo.

— Oi, Jayden! É um prazer — cumprimentou, estendendo a mão.

— O prazer é meu!

— Ele trabalhou na 2Steps Label e conseguiu algumas informações para nós, então acreditamos que possa ajudar. E ele estava me visitando no Kansas quando liguei.

— Bom, sinta-se em casa. Vocês estão com fome? Posso pedir para Sara trazer algo.

— Café seria bom.

Nós nos acomodamos no escritório. Não era um local propício para reuniões, pois havia apenas a mesa de Killian e duas poltronas na frente, mas éramos apenas três e fizemos funcionar.

Enquanto o café vinha, Marina pediu que eu e Jayden resumíssemos tudo o que tínhamos contra Jordan até o momento. Nós começamos com o que Killian sabia e, bem na hora que iríamos começar a falar do que havia de novo, um corpo fez sombra na porta. Era ele mesmo.

— Bruna. — Ele parecia surpreso ao me ver.

Foi entrando no escritório e só parou perto da própria mesa. Usava calça e camisa de pijama, azul escuro. Estava um pouco pálido, mas parecia relaxado.

— A Bruna e o Jayden vieram para falar sobre o problema da gravadora — Marina informou e os dois se encararam por vários minutos.

Vários mesmo. Começou a ficar estranho e eu só podia pensar que eles estavam tendo aqueles diálogos mentais estranhos como o Marshall e a Lily em *How I Met Your Mother*.

Foi ele quem quebrou o silêncio.

— Nina, estou me recuperando, mas não estou morto. Essa empresa ainda é minha, então deixa eu tomar as decisões importantes, tá?

— É claro que sim. Não pretendia tomar nenhuma decisão sem você. Sabe que não entendo nada disso, amor. Só queria chegar em você com as coisas mastigadas.

Ele andou até ela e beijou seus lábios brevemente, com muito cuidado.

— Amo você! Obrigado por cuidar de mim. — Eu olhei para Jay e apontei para o meu rosto, como se estivesse chorando. Que casal mais lindo, fofo, OTP[5]! — Bom, desculpem por fazê-los presenciar nosso momento meloso — disse, virando-se para nós. Cumprimentou-me primeiro. — Bom revê-la, Bruna, mas me pergunto como meu irmão está se virando sem você.

Eu dei de ombros, porque também me perguntava isso e não tinha nenhuma ideia da resposta.

— Ele vai dar um jeito. Esse é Jayden Castillo, aquele amigo que está conseguindo informações sobre Jordan para nós — apresentei-o.

— Castillo, é um prazer conhecer o homem que está salvando minha gravadora.

— Agradeço pelo título, mas não estou fazendo isso sozinho. — Eles apertaram as mãos.

— Agora, vamos ao que interessa — Killian disse e buscou outra cadeira, sentando-se próximo à esposa. — Contem-me as novidades.

Mostrei a ele os novos documentos que tínhamos. Killian analisou por apenas alguns minutos, antes de virar para nós com uma decisão.

— É o suficiente. Amor, ligue para a Jenny. Peça a ela para vir pra cá. — Marina concordou e pescou o telefone. — Vamos pedir ao jurídico para preparar a demissão dele. Quero que Jordan voe até aqui para conversarmos e vou demiti-lo pessoalmente.

Amém!

Aleluia!

Adeus, praga! Já vai tarde.

Depois disso, tentamos avançar em mais algumas coisas, mas desisti-

---

5   **Nota da autora: One True Pairing se refere a duas pessoas que, juntas, formam um casal perfeito.**

mos. Resolvemos esperar um pouco pela chegada de Jenny e Levi, porque Killian disse que queria discutir algumas coisas da empresa com o pai. Sentamo-nos na biblioteca para conversar porque, com a chegada dos dois, não haveria lugares suficientes para todos.

— Papai! Papai! Aprendi! — Dorian veio correndo, com Ally ao seu encalço. Ele carregava o violão nas costas.

— Esse é o meu garoto. — Killian estendeu a mão para que o filho batesse nela. — Vai, toque para nós. Tenho certeza de que Jayden e Bruna vão querer ouvir você.

Marina pegou Colin e ele sentou no colo dela. No meu, Ally veio se arrastando silenciosamente.

— Oi, tia Buna! — Essas crianças lindas que não conseguem falar meu nome direito. — Deixa ficar aqui?

— Claro, meu amor.

— O que ele vai tocar? — Nina perguntou.

— Ele aprendeu aquela música da Taylor Swift que você gosta e tocou no nosso casamento — Killian respondeu.

Então, Dorian começou a cantar essa música chamada *You Are In Love* e eu fiquei derretida. Ela fala de um amor que se manifesta nas pequenas coisas. Um olhar, o tempo que passa rápido demais, as memórias que ficam se repetindo. Sentar juntos de madrugada para um café e uma conversa. Simples toques que falam mais do que qualquer coisa. O conforto de estar juntos numa manhã de domingo, usar a roupa dele. Esquecer medos e fantasmas do passado quando se está com a outra pessoa. Beijos roubados, brigas, confissões, "você é minha melhor amiga". Memórias que são eternizadas em porta-retratos. Uma foto nossa no plano de fundo do celular.

O amor se manifesta nas coisas mais simples. No silêncio, você ouve. Quando volta para casa, para aquela pessoa. Mesmo com as luzes apagadas, é possível ver.

Esse sentimento estranho, que Carter e eu compartilhamos, mas que nos recusávamos a nomear. O estar apaixonados que não queríamos admitir. O cuidado extra que tínhamos um com o outro. É sentir-se em casa apenas quando estamos juntos, seja em que cidade ou país estivermos.

Dorian estava dando um verdadeiro show para nós. O garoto realmente é bom no violão e melhor ainda como cantor. Quem diria? Depois de ser felicitado por um Killian orgulhoso e uma Marina sorridente, ele aceitou tocar mais algumas músicas, enquanto Jenny e Levi não chegavam.

Com o repertório vasto do garoto, eles cantaram desde *Try Everything*, que é trilha sonora de algum filme infantil – e Marina disse que é o novo favorito das crianças – até Jess Glynne.

Durante a canção infantil, Ally desceu do meu colo para dançar. Marina disse que ela estava se preparando para uma apresentação do balé e fazia a mesma coreografia em qualquer música.

Depois de cerca de meia hora, Jenny e Levi foram anunciados e Sara veio buscar os pequenos. Os dois levaram um tempo conversando com Killian, interessados no seu estado de saúde, depois Jayden e eu fomos apresentados ao senhor mais velho e à secretária de Killian. Então, voltamos ao assunto principal do dia. Atualizamos os dois sobre a situação na gravadora e meu chefe revelou sua intenção de demitir Jordan.

— Não confio mais nele para dirigir minha empresa. A sede da M Music funciona do outro lado do país e eu preciso de alguém comprometido com essa gravadora, e em quem eu confie. Infelizmente, nós nos enganamos com ele.

— Como alguém que esteve lá recentemente, eu gostaria de sugerir uma coisa, se não for problema — comentei, porque havia algumas reclamações da equipe que me pareciam muito justas.

— Por favor, Bruna. Diga o que acha.

— Eu acredito que ter apenas um CEO na gravadora é prejudicial, Killian. Talvez seja monetariamente mais correto, mas senti que os funcionários não sabiam muito bem a quem se direcionar lá dentro, em relação ao problema com Jordan. Eles me parecem uma equipe muito unida e a falta de uma segunda liderança, além da distância com a matriz, os deixou um pouco sem saída.

— Tudo bem, vamos resolver isso. Acho uma consideração justa. Mais alguma coisa? — Killian comentou.

— Não, acredito que não. Se eu me lembrar de algo, direi.

— Ok, nós precisaremos substituir Jordan na gravadora e eu tenho alguém em mente. Minha esposa me convenceu a remodelar o organograma da empresa e tenho algumas ideias. Gostaria que vocês trouxessem suas opiniões. Jenny, pode me passar uma folha? — Ela prontamente estendeu um papel A4 com uma caneta para ele. — Jayden, Bruna, opinem também, por favor. — Nós concordamos. — Atualmente, é assim que as minhas empresas funcionam. — Ele começou a riscar. — Nós temos quatro departamentos: marketing, financeiro, RH e operações. Este último engloba todas as especificidades de cada empresa, então é bem mais amplo. Cada um desses departamentos responde diretamente à equipe correspondente na ManesCorp. Por exemplo, o marketing da M Body, nossas academias, responde diretamente ao marketing da ManesCorp, que responde diretamente a mim. Isso precisa acabar. De agora em diante, quero cada uma das empresas andando por conta própria. Vou eleger um CEO para cada uma delas e eles vão organizar a empresa do jeito que for melhor. Alguém que seja de confiança, para guiar a empresa do jeito que a gente vem fazendo.

Inversos

Então, vou criar um conselho executivo com todos esses CEOs. Vamos nos reunir periodicamente para discutir como a empresa vem se desenvolvendo e em que podemos melhorar. O que vocês acham?

— Filho, é uma boa solução. — Levi começou. — Uma que eu deveria ter implementado logo que começamos a crescer, mas não fiz e nós chegamos onde estamos. Eu só tenho medo de você perder um pouco da sua autonomia com isso.

— Uma solução para isso pode ser, além das reuniões periódicas com os membros do conselho, você marcar reuniões semanais com cada um dos CEOs — Jayden sugeriu e eu fiquei orgulhosa do meu amigo. — Assim, você ficaria atualizado sobre o que está acontecendo dentro das empresas e poderá interferir nas decisões.

Os termos foram ficando mais específicos e lutei para não dormir no meio da reunião. Vi que Marina também estava um pouco entediada, porque esse, claramente, era um assunto administrativo demais para nós. Eu me graduei em Comunicação na UCSB[6], Marina tinha estudado música e letras no Brasil... Claramente não era a nossa praia.

Jenny, em compensação, acompanhava toda a conversa e, por vezes, dava aula de organização e compreensão. Eu, se fosse Killian, já tinha colocado essa mulher de chefe de qualquer coisa. Ela parecia saber muito mais do que Levi sobre negócios e sobre a ManesCorp, e ele era o fundador da empresa.

Tentei acompanhar tudo e dar minhas opiniões, mas não havia muito que eu pudesse falar. Jayden, porém, contribuía para a discussão. O diploma dele em negócios estava sendo definitivamente importante.

— Chefe, só para que eu possa me organizar e marcar essas reuniões que você quer com cada um dos novos CEOs: você já tem os nomes em mente?

— A maioria sim — ele disse e respirou fundo. — O primeiro deles receberá o convite agora. Bruna, o que você acha de dirigir a M Music?

MAS O QUÊ?

Killian Manning comeu cocô?

Eu não tenho ca-pa-ci-da-de de cuidar da parte de negócios de uma empresa. E não estou falando que o problema é por eu ser burra ou mulher, ou qualquer bobagem dessa: eu só não tenho isso em mim.

— Olha, Killian... — comecei a negar.

— Não precisa ficar tão preocupada com a parte administrativa — ele me cortou, antes que eu argumentasse exatamente isso. — Você falou e eu acredito que podemos colocar um vice-presidente junto com você. Essa pessoa seria mais focada nessa área, para que você cuidasse do que efetivamente é boa: a parte de relacionamento. Fazer as pessoas confiarem em você, gerir uma equipe, trazer mais músicos para a gravadora. Você faz isso,

---

6   **Universidade de Santa Barbara**

você é quem gerencia a *"empresa Carter Manning"*. Tenho certeza de que tem tudo o que é necessário para presidir a M Music.

Uau!

É recebendo um elogio desses do seu chefe que você pensa em tudo que está fazendo na sua vida.

— Você sabe que eu vim aqui pedir demissão, não sabe?

Ele me olhou, assustado. Claro que Marina não quis preocupá-lo com isso.

— Eu pretendia dizer a você quando conseguíssemos conversar — Marina começou a explicar ao marido. — Carter fez "Carterzice" e Bruna pediu as contas.

— Sabe que poderia pedir para ser transferida de artista, não sabe? E também sabe que meu irmão faz merda em 90% do tempo, mas é uma boa pessoa.

— Lá no fundo — Levi comentou, com um ar de riso.

— Bem lá no fundo — concordei.

— E mesmo assim, eu tenho as minhas dúvidas — Marina disse. Ela é presidente do fã-clube *"Haters* de Carter Manning".

— Mas Bruna, você queria mesmo a demissão? Por quê? Algo na empresa estava te incomodando, além do Jordan?

— Não, eu só não queria ter que lidar com Carter o tempo inteiro.

— Isso é ruim. Mesmo com tudo isso, o que você acha do que eu sugeri?

O que eu acho? Vou dizer o que eu acho. Essa pode ser a oportunidade da minha vida. Trabalhar em um cargo de chefia tão alto, ganhar a grana que eu ganharia e tudo o mais. O tanto que eu iria aprender como presidente da M Music... Isso não está no gibi. Só tem um pequeno problema: eu nunca seria feliz.

Viver em um escritório trabalhando com administração? Rotina de segunda a sexta, das 9h às 18h? Não. Não mesmo!

O que eu mais amo é estar em turnê. É gerenciar a vida do artista e entregar o melhor show, a melhor aparição na TV, o melhor encontro de fãs, a melhor gravação de videoclipe. É o dia a dia, a loucura. É ver a carreira do artista crescer e estar ao lado dele para comemorar.

E sabe qual é o pior de tudo? A única pessoa em quem posso pensar que gostaria de viver tudo isso é um babaca chamado Carter Manning. Porque sou apaixonada por ele e a alegria dele é a minha alegria. Porque ele é um babaca, mas é um artista incrível e merece cada vírgula de reconhecimento por seu trabalho.

— Desculpa, Killian! — comecei e não podia acreditar no que estava dizendo. — Eu pensei melhor e... Não quero sair da turnê. Posso ter potencial para a vaga e agradeço muito pela confiança que você deposita em mim, mas... é em turnê que me sinto completa.

— Eu fico muito triste por isso, assumo, mas compreendo. Pense no

Inversos

111

artista que você gostaria de trabalhar e me avise. Nós daremos um jeito de incluir você na equipe.

Eu balancei a cabeça. Ele é babaca, mas é meu babaca.

— Vou ficar com o Carter mesmo. Ele não sabe viver sem mim e, como você disse, há uma pequena porcentagem de 10% do tempo em que Carter é uma boa pessoa, em que vale a pena insistir no trabalho.

Eu tentei me concentrar em outras coisas que não fosse o sorrisinho perspicaz que Marina estava me lançando ou na cotovelada que Jayden me deu. Até Jenny e Levi me olhavam como se soubessem de alguma coisa.

— Ótimo! Eu fico feliz em tê-la na equipe. É bom poder contar com a sua experiência profissional. — Ele respira fundo e olha para o chão por alguns minutos, então vira para Jayden. — Você trabalhava com o quê na 2Steps?

— Eu gerenciava o departamento de A&R.

Melhor departamento. *Ever.*

— Bom, confio em você, Jayden. Preciso de pessoas leais para me cercar. Ia oferecer a você o cargo de vice-presidente, mas parece que a minha candidata à presidência renunciou. O que você acha?

E foi assim que Jayden Castillo se tornou CEO da M Music.

Quando a reunião terminou, várias horas depois, Jenny tinha anotado o nome de todos os que seriam indicados a CEO da ManesCorp. Todos funcionários da empresa há algum tempo.

Killian deve ter ouvido meus pensamentos, porque pediu a ela que assumisse a vice-presidência ao lado dele. Vi as lágrimas se formarem nos seus olhos, enquanto ele elogiava o trabalho duro que ela fez no decorrer dos anos e o quanto estava feliz de poder contar com as opiniões e o conhecimento dela.

O cara era muito bom com discurso e eu queria saber qual era o cursinho de oratória que ele tinha feito. Eu precisava de um urgentemente.

Ela continuaria trabalhando como secretária dele por mais alguns dias, durante o período de transição. Eles marcaram de fazer as reuniões na quarta-feira. Jordan já estava avisado de que precisaria voar para Nova Iorque. Ele seria o primeiro a ser demitido. Em seguida, Killian faria uma breve reunião com todos os funcionários da empresa. Havia um auditório enorme no prédio que seria usado para isso. O pessoal da gravadora veria por vídeoconferência. Ele queria anunciar que faria mudanças na companhia e que o organograma seria alterado. Ninguém precisava se preocupar, porque não haveria corte de funcionários, apenas remanejamento. Em seguida, ele chamaria cada um dos indicados a CEO para uma reunião com ele e Jenny. O próximo passo era contratar duas novas secretárias, uma para ele e uma para ela.

Eu estava superorgulhosa de ver as coisas funcionarem e Marina parecia muito mais leve, ao perceber que teria o marido por mais tempo, graças à flexibilidade que isso daria a ele. Jayden iria ficar em Nova Iorque por mais alguns dias para fechar a contratação, mas havia outro lugar onde eu precisaria estar.

Marina não se importou nem um pouco de me levar ao aeroporto. Na verdade, foi ela quem se ofereceu. Nós fomos conversando sobre tudo o que tinha acontecido no dia, e planejado possíveis lugares para as férias deles. Sugeri que levasse Killian e as crianças para conhecerem o Nordeste do Brasil. Não há lugar no mundo mais bonito do que o nosso país e seria uma ótima forma de fazer as crianças conhecerem a cultura do país daquela que eles chamavam de mãe.

— Obrigada por toda sua ajuda hoje, Bru! — disse quando parou no aeroporto e tirou minha mala do carro.

— Eu que agradeço, Nina. — Feliz por estar falando português, eu a abracei. — Hoje, aprendi muito com a sua família, com o amor entre vocês. Fez com que eu enxergasse onde é o meu lugar. — Destravei a alavanca da mala, pronta para ir a qualquer momento.

— E onde é o seu lugar?

Eu sorri, porque não havia outra resposta para essa pergunta.

— Em turnê, com Carter Manning.

Décimo Sexto

EM TURNÊ - 3

— Alguém, pelo amor de Deus, achou a roupa do Carter para o terceiro ato?

Foi a primeira coisa que ouvi quando entrei no *backstage*.

Aparentemente, as coisas estavam um pouco fora de controle. Já tinha entregado minha mala para um dos *roadies* colocar direto no ônibus e passei para ver quão caótica estava a situação.

O show do Carter é dividido em três atos. Em cada um deles, as músicas possuem um tema em comum. Carter começa cantando sobre festa, amigos, boate, cerveja, essas coisas, no primeiro ato. Ele usa uma roupa específica: calça preta de um tecido cintilante – não ficava estranha, na verdade, só ficava mais chamativa dentro da arena –, uma blusa branca simples e uma jaqueta preta, de couro. Ele começa o show de óculos escuros e aquele sorriso mais safado. Diz que a ideia é contar uma história, em que ele começa o show indo curtir e conhece uma garota na boate.

O segundo ato é a parte romântica, onde o casal vai se conhecendo e começa a namorar. As canções mais bonitas e sentimentais de Carter estão nessa parte do show. Ele usa uma calça jeans, tênis e uma blusa branca, bem simples, bem casual. *"Como estar em casa com a sua namorada"*, ele diz.

A terceira parte do show é sobre sexo. E é essa roupa, a mais importante de todas, que está faltando. Carter usa uma camisa preta de botão – com os primeiros abertos –, jeans e tênis. Ele costuma ir abrindo os botões e, na maioria das vezes, termina o show sem camisa. Geralmente, o bônus do show é com duas canções: uma canção onde ele fala sobre o fim de um relacionamento e *Changing Plans*, em que ele canta sobre mudar os planos de última hora e curtir a vida.

— Não? Ninguém? — Percebi que era a voz da Maya, assistente da banda de abertura. — Gente, as roupas não têm pernas. Faltam apenas três músicas para a troca de figurino. Elas precisam estar em algum lugar. Preciso de todo mundo procurando por isso.

O local ficou caótico, com gente andando para todos os lados procurando por uma camisa, uma calça e um sapato. O nível de estresse deveria

114   CAROL DIAS

estar tamanho por ali que eles não estão sabendo lidar. Era uma situação tão simples de resolver que era uma vergonha deixar todo mundo de cabelo em pé por causa dela. E eu sabia que era culpa minha. Eu tinha deixado todo mundo na mão e, por mais que Carter merecesse, minha equipe não merecia. Para piorar a situação, ouvi um choro estridente. Era o choro de Sam e eu saí correndo, com medo de ela não estar se sentindo bem.

E o que essa menina estava fazendo acordada a essa hora?

Fui em direção ao som do choro. Encontrei as duas pequenas no camarim da banda de abertura.

— Gente, o que houve?

No minuto em que as garotas me viram, o choro acabou.

— Tia Buna! — as duas gritaram ao mesmo tempo, ficando de pé e correndo na minha direção, sorridentes.

As pequenas, por sinal, agarraram as minhas pernas com força.

— Graças a Deus! — alguém gritou e eu ouvi a agitação da banda e gente vindo me abraçar.

— Bruna, por favor, a gente não sabe o que fazer. — Era o guitarrista. — As meninas estão chorando e a gente, simplesmente, não sabe como cuidar de crianças.

Eu só ri, porque não é como se fosse algo extremamente difícil. Então, abaixei-me na altura delas.

— O que houve, meus amores?

— Saudades, tia Buna — Sam disse, me abraçando. — Você voltou pra ficar com a gente?

— Voltei, amor! Demorei muito? — Com um sorriso, as duas negaram. — Vocês comeram? — Elas fizeram que não de novo. — Querem tirar uma soneca? — Elas fizeram que sim. — Ok, seguinte. — Eu me virei para os membros da banda que estavam ali. — As meninas precisam comer. Comida de verdade. Eu vou lá fora ver se tem alguma coisa que precisa ser feita. Alguém pode alimentar as duas?

Os agradecimentos foram muitos. Beijei os rostinhos das meninas e saí do camarim. No minuto que coloquei meus pés para fora, Maya apareceu na minha frente.

— Graças a Deus! Não acredito que você está aqui. Por favor, me ajuda!

Senti um *roadie* ao meu lado, colocando um comunicador no meu ouvido e prendendo um aparelho na minha cintura.

— Claro. Vamos resolver tudo.

E começou a correria. Mandei alguém ir ao ônibus e pegar uma regata de Carter. Ele ia fazer a pose machão na noite de hoje, durante o terceiro ato, em vez do conquistador de sempre.

No minuto em que chegaram com a camisa, alguém encontrou a rou-

Inversos

115

pa que ele deveria usar. Faltava apenas uma música para a troca de roupa, quando Carter mudou o roteiro. Eu estava correndo feito louca para todos os lados, tentando ajudar, mas todo mundo parou no *backstage* nesse momento. Ninguém estava preparado para isso, não foi combinado e a gente nunca sabe como agir quando ele decide fazer as coisas do jeito dele.

— Minha equipe deve estar prestes a cortar a minha cabeça, mas antes de terminarmos essa parte do show, eu quero cantar uma música para vocês — falou, enquanto arrumava a correia do violão da Ana em si mesmo. — Não fui eu que escrevi, mas é sobre essa garota por quem estou apaixonado. — Os gritos foram simplesmente ensurdecedores. Carter apaixonado? Isso era uma novidade para aquelas fãs. — Eu vou precisar da ajuda de vocês hoje, para que esse momento chegue até ela, porque ela não pôde estar aqui. Por favor, se você tem um celular ou uma câmera, faça um vídeo desse momento e poste na internet. Eu espero vocês se prepararem. — Ele deu um passo atrás e tocou alguns acordes no violão. Eu amava quando Carter tocava, porque o violão parecia um pouco mais doce nas mãos dele.

— Bruna, devo fazer alguma coisa? Deixo a música correr? — um assistente me perguntou no comunicador.

— Espera só mais um pouco — respondi.

— Ok! Vejo que todos vocês estão prontos. Aqui vai o que quero dizer. — Ele respirou fundo e tocou mais algumas notas. — Estou apaixonado por essa garota. — Ele repetiu e vários gritos soaram na arena. — Ela é linda! Linda, linda, linda. Mais linda aqui dentro — ele bateu no próprio peito — do que do lado de fora. Ela é inteligente, mandona e gostosa pra caramba. Eu juro! Aquela mulher faz o meu dia ficar melhor só com um sorriso. O problema, galera, é que no momento, ela está muito brava comigo. *Mannpello is not real.* — Ah, merda! Ele está falando mesmo de mim e agora todo mundo sabe. Sabem tanto que estavam gritando enlouquecidamente. — E eu preciso da ajuda de vocês, porque essa música precisa chegar nos ouvidos dela. Talvez assim, ela volte para mim.

A música em questão era *Wanted*, do Hunter Hayes. Ele começou a cantar e meu coração ficou apertadinho, porque essa música era linda demais. Logo na primeira estrofe, ela conta a história de um cara que não sabe o que fazer sem sua "querida" ao seu lado. As coisas passam a fazer sentido quando eles estão juntos. Carter cantava de forma suave, interpretando cada palavra como se realmente vivesse aquilo. Ele é realmente bom nisso. Nunca passou por boa parte das situações que suas canções contam, mas isso não era problema para ele, que sabia colocar a emoção certa em cada frase. Dessa vez, era tudo mais intenso, porque era real. Parecia mais real.

No refrão, ele falava sobre coisas românticas que queria fazer com a mulher por quem estava apaixonado: abraçar, beijar, fazê-la sentir-se querida, chamá-la de sua, segurar sua mão. Era surreal pensar que Carter poderia sentir todas aquelas coisas por mim. Na última estrofe da música, ele falava sobre como queria fazer a mulher, no caso eu, se sentir. Sentir-se melhor do que nos seus contos de fadas. Melhor do que nos seus melhores sonhos. Dizia que ela é tudo o que ele precisa e quer. E eu não dei a mínima se todos estavam me olhando naquele momento, porque não consegui segurar minhas lágrimas.

Carter Manning estava contando a um estádio lotado, com câmeras nas mãos e o poder de viralizar sobre estar apaixonado por mim. Ele disse isso com todas as letras, ao citar a frase favorita dos fãs para nos definir. *Mannpello is not real.* Nesse momento não era mesmo, mas depois da música... Como eu queria que fosse.

Contra todos os nossos acordos de horário e de não atrapalhar o Carter com qualquer coisa nos momentos de troca de roupa, fiquei esperando no pequeno camarim ao lado do palco, que só servia mesmo para ele se vestir, assim que a música acabou. Ele cantou a última música da segunda parte do show, voltando à programação e veio até mim. A troca de roupa duraria 60 segundos, mas isso teria que bastar.

Quando Carter passou pela porta do camarim, puxando a camisa pela cabeça e pronto para abrir os botões da calça, como em todos os dias, ele me viu. E xingou um belo de um palavrão.

— Sai todo mundo. Eu me visto sozinho. Todo mundo pra fora! — disse e a dupla que o ajudava a se vestir obedeceu na mesma hora. — Você fica. — Ele apontou para mim e trancou a porta. Deixou o tênis pelo caminho e me puxou para um abraço apertado. Sem camisa e de calça aberta.

— Eu não sabia que você estava aqui, Bruna.

— Cheguei há três ou quatro músicas atrás.

— Graças a Deus! — Segurou no meu rosto e me beijou. Durou alguns minutos, suficientes para que ele me encostasse em uma parede.

— Carter, você tem que terminar seu show...

— Eles podem esperar um pouco. — E me calou com mais um beijo.

Não questionei, porque eu realmente queria beijá-lo. Estávamos sem ar quando nos demos por satisfeitos (naquele momento) e nos separamos.

— Anda, comece a se vestir.

Ele pegou a calça jeans.

— Você voltou? Veio me dizer que não volta mais? O que você decidiu? Precisa de mais tempo?

— Eu voltei — respondi, pegando a camisa e ajudando-o a colocá-la. — Não vou sair da turnê. Não posso ficar longe disso aqui, dessa vida, de você.

— Ah, Bruna! — Xingou outro palavrão e calçou o primeiro sapato.

— Sério? E você ouviu a música que eu cantei? — Apenas assenti. — Tudo

Inversos

117

bem! Depois desse show, a gente vai conversar. Pode ser? — Concordei novamente. Enquanto ele calçava o outro sapato, comecei a arrumar seu cabelo. — Desculpa, de novo, por ter sido um babaca. Por não ter percebido quão diferentes as duas situações eram.

Isso parecia ter acontecido duas vidas atrás.

— A gente conversa depois e eu te perdoo.

— Muito obrigado por voltar! — Ele beijou minha testa. — Eu preciso continuar esse show, mas saiba que tudo o que eu queria era ficar preso nesse quartinho com você.

Roubei outro beijo dele antes de deixá-lo sair. Já tinha estourado os 60 segundos mesmo, quem se importa?

Os fãs certamente não. Esqueceram-se completamente da demora assim que ele apareceu no palco novamente e deu um show que nenhum deles poderia esquecer.

Nós tínhamos um show em Omaha, no dia seguinte. Então, a parte de empacotar tudo foi longa e demorada. Eu acompanhei de perto, porque resolvi conversar com a equipe logo que as coisas acalmaram e me desculpar. Era injusto ter feito isso com eles sem um mínimo aviso prévio e não é desse jeito que eu trabalho. Decidi comprar algum agrado para eles na próxima parada em que tivéssemos um tempo livre.

Todos embarcamos nos ônibus e liguei para Ana, que estava com a galera na boate onde eles foram comemorar, pedindo que todos voltassem para sairmos com os ônibus.

Eu planejava colocar as meninas para dormir, tomar um banho e descansar para o dia seguinte, mas Carter tinha outros planos. Ele me esperava com chocolate quente, sentado em um dos bancos da cozinha. Logo que entrei, ele se levantou e veio na minha direção.

— Coloquei as meninas para dormir — avisou, enquanto enlaçava minha cintura. Andei até encostar na mesa e Carter me colocou sobre ela. — Eu sei que você está cansada, eu também estou, mas o que você acha de um banho e um filme? Vi no Google que são apenas duas horas e cinquenta daqui até Omaha. Tempo suficiente para fazermos os dois.

Passei meus braços pelo seu pescoço, tendo segundas intenções claras na nossa proximidade.

— Dentro desse cronograma que você montou — ele sorria — cabem alguns minutos para um beijo?

— Pipoca... — Ele encostou sua testa na minha. — Se não houver tempo para beijar você, eu deixo os outros esperando sem dúvida nenhuma.

Carter

Antes...

Estava chovendo. Você deve achar que isso é absolutamente normal, já que estamos falando de uma cidade como Londres, onde a garoa é uma constante, mas não para Bruna.

Nós estávamos na cidade há três dias e eu havia feito um show aqui ontem. Teria outro compromisso hoje à noite, porque me apresentaria no *"Sing, UK"*, mas o dia estava milagrosamente livre. Dormimos até tarde, algo não tão comum durante uma turnê. Então, eu já estava entediado e tentando fazer Bruna sair comigo para conhecer a cidade, já que era a primeira vez dela aqui.

— Pipoca, é sério. Tem um monte de coisas para fazer lá fora e não aguento mais esse hotel.

— Carter, está *chovendo*. Eu odeio segurar guarda-chuva.

— Bruna, é só uma garoa. Não precisa segurar guarda-chuva, se não quiser.

— Você precisa de guarda-chuva sim. É esse tipo de chuva que deixa a pessoa resfriada. E você está em turnê, tem que se cuidar para não ficar doente.

— Eu seguro o guarda-chuva para você. Só para de ser chata.

Ela gemeu de raiva por alguns minutos. O olhar que me direcionava parecia capaz de perfurar meu corpo e minha alma.

— Ok, eu vou. Se um de nós dois ficar doente, você será um cantor morto.

Nosso hotel era perto da London Eye. Fomos caminhando devagar até lá e eu não me abstive de zombar dela por conta da chuva. Era tão fina que mal incomodava. O passeio na roda-gigante durou meia hora e, felizmente, estava vazio. Um casal e duas amigas estavam lá conosco. Ficamos olhando a vista, enquanto eu mostrava para ela os locais que conhecia de Londres.

O problema começou quando saímos de lá. Os pingos de chuva estavam mais grossos e, bom, eu não tinha levado um guarda-chuva.

— Cadê o seu guarda-chuva? — perguntei para ela, a água que escorria pelo meu rosto atrapalhando um pouco minha visão. — Eu vou abrir para nós dois.

— Eu não trouxe o guarda-chuva. Você disse que ia segurar, achei que ia pegar.

Merda!

— Eu não trouxe, Pipoca. Nem tenho um guarda-chuva.

E foi aí que a coisa toda piorou, porque a chuva começou a ficar agressiva. Era raro em Londres chover torrencialmente, mas aconteceu. Parecia uma chuva de verão de Los Angeles e ela tinha que cair justamente hoje.

Começamos a caminhar mais apressados, de volta ao nosso hotel, mas chegou um ponto em que estava impossível.

— Eu tô toda encharcada, Carter! A culpa é sua! — gritou, revoltada.

Mais à frente, havia uma cabine telefônica daquelas vermelhas. Ela parecia cintilar e eu peguei a mão de Bruna, puxando-a para dentro.

— Pronto! Vamos esperar passar.

Era apertado. A cabine era feita para apenas uma pessoa, então nosso espaço era totalmente limitado. Ela estava com uma cara emburrada e eu comecei a rir. Como essa situação era irônica. Eu briguei e bati o pé para que saíssemos, que era apenas um chuvisco. Londres não costumava ter uma chuva pesada como essa, não pelo que me lembro.

E por que nenhum dos dois se lembrou de trazer a droga do guarda-chuva?

— Não acredito na nossa sorte, Carter. Presos em uma cabine telefônica por causa da *chuva*.

Comecei a rir ainda mais, porque simplesmente não conseguia me conter. Bruna riu junto comigo, desistindo de ficar brava. Eu a puxei pela cintura, abraçando-a de uma vez. Recostei-me à parede da cabine, com ela apoiada em mim. Estávamos com espaço restrito e sentia falta do seu corpo junto ao meu todos os dias, desde aquela fatídica noite.

— Vou te contar uma coisa, mas você não pode rir. — Ela já sorria, então achei difícil não rir.

— Ok, desembucha — incentivei.

— Quando eu era adolescente, era apaixonada pelo McFly.

Sorri.

Olha que bonitinha! Quem diria que Bruna um dia foi fangirl?

— Prevejo uma boa história sobre isso — disse, coçando o queixo para esconder o sorriso que já se formava.

— Eu era louca para vir à Londres, conhecer a banda. Então, Danny Jones se apaixonaria loucamente por mim e me beijaria dentro de uma cabine telefônica como essa.

Eu ri, alto o suficiente para que quem estivesse do lado de fora ouvisse acima do barulho da chuva. Movi-me de forma que ela ficasse encostada na parede da cabine agora, segurei sua cintura com uma das mãos e me apoiei com a outra.

— Danny Jones pode se foder.

Capturei seus lábios nos meus. Já estava com saudades daquele beijo e decidi que, definitivamente, eu precisava roubar outros com mais frequência.

Décimo Sétimo

AGLOMERADO DE PESSOAS

Eu já estava correndo na esteira há trinta minutos, mas não estava exatamente cansada. Estava perto de terminar meu tempo ali e precisaria do chão para os próximos exercícios, mas o único espaço livre para se fazer isso no ônibus era entre o sofá e a televisão. E, no momento, era lá que Carter e as meninas estavam brincando.

Havia tinta guache – não era guache, porque não é esse o nome da marca aqui nos Estados Unidos, mas eu não lembro o nome desse tipo de tinta que sai com água – espalhada por todos os cantos e as meninas faziam pintura a dedo com o papai. Claro que a roupa que elas usavam já estava toda manchada, a dele também, e claro que seria necessário limpar alguns lugares do ônibus, como o sofá, mas estava divertido olhar. Eles pareciam muito felizes, os três, e minha meta, desde que voltei para essa turnê, era ver todo mundo assim.

Depois do meu retorno, há pouco mais de um mês, as coisas começaram a andar. Estávamos trabalhando com aquele esquema de uma babá para cada cidade que visitávamos e Carter ficava com as meninas o máximo de tempo possível. Alguma coisa muito estranha estava acontecendo com ele, por sinal. Ainda não encontrei nenhuma garota nua por aqui. Nem vestida. Você pode dizer que é porque ele estava apaixonado por mim, como ele mesmo disse, mas tenho minhas próprias dúvidas sobre isso.

Desde a música, a situação entre a gente não era de lua de mel. Não estávamos naquele clima do dia em que cheguei, em que nos beijávamos a cada oportunidade. Estávamos moderadamente afastados, trocando afagos de vez em quando. Acho que Carter estava mantendo a promessa que fez no dia da minha chegada:

— Você ouviu o que eu disse no show, Pipoca. Eu estou apaixonado por você. Isso não vai mudar tão cedo, porque é um sentimento que já está comigo há tempos. Eu só não era homem suficiente para admitir. Só que eu também disse a você que é muito mais importante para mim que nós sejamos amigos e que você trabalhe comigo, do que qualquer outra coisa. Eu ainda não sei se posso ter um relacionamento maduro com você, porque não sou maduro.

— Tudo bem, Carter. Também não tenho certeza de que posso ter um relacionamento com você agora.

— Acho que quando for a nossa hora, nós vamos saber. Certo?

Eu concordei com ele, porque também me sentia assim. E não reclamava, de verdade. Se Carter e eu tivermos que ficar juntos, ter um relacionamento, isso vai acontecer naturalmente.

Esses dias resolvi dar uma olhada na internet sobre como estavam as menções a ele. O vídeo em que ele cantava para mim se tornou viral e vários sites falaram sobre isso. Nós fomos seguidos e fotografados em vários shows, o que culminou numa foto dele me beijando em Chicago.

Estávamos jantando em um restaurante com as meninas e algumas pessoas da equipe, bem no dia em que chegamos de Winnipeg, no Canadá. Saí do restaurante para pedir um táxi e ele me seguiu. Conversamos, enquanto o carro não vinha, e ele me beijou brevemente, mas foi suficiente. Só ficamos sabendo da imagem quando Yuri, o *social media* da turnê, nos avisou. Foi o bastante para que o *"Mannpello is not real"* se transformasse em uma linda história de amor sobre nós.

Da última vez que cheguei, o site de *fanfics* em que as fãs do Carter postavam, estava lotado de histórias sobre nosso tórrido caso de amor. Elas eram bem criativas sobre isso e eu adorava ler algumas delas quando estava de bobeira. A mídia nos deu um tempo, mas as fãs não.

— Ok, bonitas! Hora do banho — Carter disse para as meninas, o que me tirou desse meu devaneio. — Vocês precisam ficar lindas para trabalhar com o papai hoje. Vão pegar suas roupas.

Como dois jatos, elas saíram correndo para o quartinho.

— A babá chega às 10h — avisei, parando a esteira. — Você vai ficar com elas até lá, não vai?

— Claro — assentiu. — Eu tenho alguma coisa agora de manhã?

— Vem uma jornalista conversar com você.

— As meninas ficam comigo no camarim, não tem problema.

Os dois foguetinhos vieram correndo até onde ele estava, então Carter as levou para o banho. Ele estava se saindo um pai excelente e eu não me continha nos elogios. Carter era movido a eles e, se isso estava fazendo-o cuidar das meninas com tanta dedicação, eu continuaria.

Aproveitei o espaço vazio para continuar meus exercícios. Eram as repetições mais chatas do universo, mas eu fazia com gosto. Estava tão concentrada que Carter teve que colocar a cabeça para fora do banheiro e gritar que meu telefone estava tocando, para eu notar. Era Tomás.

— Fala, garoto.

— Você falou com a mãe hoje?

Eram oito da manhã e, considerando o fuso horário, cinco e pouco em Santa Barbara. Não, eu não tinha falado com a minha mãe.

— Que horas são aí? Passa um pouco mais das cinco, né?

— Eu e Dani acordamos às três, no susto. — Ele parecia nervoso. — A mãe falou com você?

— Não, Más. — Usei o apelido carinhoso para tentar acalmá-lo. — A mãe não fala comigo há uns dias. O que houve?

— O pai. Ele chegou aqui essa madrugada, de mudança. Acho que a mãe e ele queriam fazer enquanto estivéssemos dormindo e só contar quando acordássemos, mas a Dani ouviu o barulho e me chamou.

— Otávio está aí?

— Sim. Fizemos ele e a mãe conversarem com a gente. Papai vai voltar a morar aqui.

— Espera. A mãe não falou nada com vocês? Ele só se mudou?

— Nada. Eu pensei que ela tivesse falado pelo menos com você.

Respirei fundo, bem fundo, evitando xingar minha própria mãe. Ela é um pouco louca e avoada, mas nunca pensei que tomaria uma decisão como essa sem falar com os filhos antes.

— Más, ela não me disse nada. Como você e a Dandan estão com isso?

Ele respirou fundo, calmo como meu irmão sempre é.

— Vou sobreviver, a Dandan, eu não sei. Ela está nervosa, Bu. Eu conheço a minha irmã.

Eu podia entendê-los. Depois de todos esses anos... Era difícil para mim, quanto mais para eles.

— Ok! Segurem as pontas aí. Carter tem um show hoje, mas vamos ter uma pausa de uma semana quando sairmos daqui. Eu vou voar para casa e nós vamos resolver tudo isso juntos.

— Não vai atrapalhar você? A gente não quer atrapalhar.

— Vocês são meus irmãos, nunca me atrapalham.

Logo que desliguei, Carter saiu do banheiro com as meninas. Eu estava sentada no chão da sala, pensando em tudo o que o retorno do papai iria significar para nossa família.

— Ok, meninas! Vão pegar as escovas de cabelo, enquanto o papai conversa com a tia Bruna. — Obedientes, elas foram. Carter andou até mim e se ajoelhou na minha frente. — O que houve, Pipoca? Que cara é essa?

Expirei o ar preso nos pulmões.

— Meus irmãos estão nervosos porque meu pai voltou a morar em casa. Tudo bem se eu deixar você sozinho na semana que vem para ver como eles estão?

— Claro. Você pode me processar, se quiser, por nunca ter lhe dado férias. — Ele pegou minha mão na dele e beijou. — Fique bem, tá? Leve o

Inversos

123

tempo que precisar e, qualquer coisa, ligue que eu vou resolver.

Sorri, imaginando Carter Manning entrando na minha casa. Dani certamente perderia a cabeça, porque ela é *fangirl* de todas as coisas do universo.

Nós seguimos com o dia normalmente. Fui deixar a arena preparada para o show, ele foi cuidar das meninas e fazer a entrevista. Quando a babá chegou, ele veio ficar comigo e checar se tudo corria do jeito que queria. À essa altura da turnê, nós já estávamos acostumados com a rotina. Não era mais novidade para ninguém.

Quando percebi, já era noite e estávamos embarcando de volta para a Califórnia. Fui com Carter e as meninas, porque iria para Santa Barbara de carro. Chegamos lá de madrugada e eu estava muito cansada para dirigir, então pedi a Carter para ficar na casa dele.

— Desde quando você pede? Antes da turnê, você estava morando aqui.

Eu dei de ombros. Parei encostada no batente da porta do quarto dele. Carter estava enrolado em uma toalha, depois do banho, nem um pouco preocupado com sua nudez.

— Eu sei que sim, mas já faz tanto tempo, desde que saímos em turnê... Não sabia se ainda era o que você queria.

Ele sorriu e veio até mim, enlaçando minha cintura com um braço. Carter me puxou e trancou a porta do quarto, então andou até a cama, onde jogou nós dois.

— Já que você está tão aberta ao que quero hoje, vou te dizer onde exatamente eu te quero pelas próximas horas. — Ele se desfez da toalha que usava e enfiou o rosto no meu pescoço. — Aqui, na minha cama, seu corpo colado no meu. Só assim vou aguentar passar uma semana sem te ver.

Deitada no peito dele, eu dormi, algum tempo depois. Você pode imaginar o que nós ficamos fazendo em todo esse tempo, certo?

No dia seguinte, levantei por volta das oito da manhã e me vesti. Levaria cerca de duas horas para chegar em Santa Barbara e fui com o carro que usava para os compromissos de Carter. Era a gravadora quem pagava o seguro, mas eu colocava gasolina, então a meta era só evitar destruir o carro.

A casa da mamãe era uma daquelas típicas do subúrbio americano. Muitos famosos ricaços moravam lá, mas não estávamos no mesmo patamar que eles. Éramos uma família de classe média padrão. Por isso, as duas vagas na garagem da casa estavam ocupadas e tive que estacionar na rua. Cacei a minha chave dentro da mala que tinha feito para passar a semana e entrei direto, gritando.

— Cheguei, família! — *Era tão bom falar português.*

Minha mãe colocou a cabeça para fora da cozinha, parecendo assustada. Logo atrás dela, apareceu meu pai.

Verena Gimenez é a minha mãe. Ela é a melhor mãe que eu poderia pedir e sempre me apoiou. Quando disse a ela que queria fazer faculdade de comunicação, algo que certamente não dá dinheiro, ela me apoiou completamente.

Seu trabalho no escritório de contabilidade sempre pagou muito bem as nossas contas. Tão bem que, quando completei quatorze anos, ela já tinha juntado uma boa grana. Comprou a sorveteria e me colocou para tomar conta. Quando fiz dezoito, foi a vez dos meus irmãos.

Ter que trabalhar desde cedo e cuidar dos meus irmãos me deu uma responsabilidade e experiência de vida que eu certamente não teria encontrado em qualquer lugar. Sou muito grata pela minha mãe e por tudo o que ela fez por nós. Muito vaidosa, ela sempre soube nos amar e educar com uma classe de causar inveja.

Otávio Campello é aquele que preenche o espaço destinado ao "pai" na minha certidão de nascimento. Nós nos mudamos para os Estados Unidos quando eu tinha dez anos. Quando completei doze, ele saiu de casa. Meus irmãos tinham completado quatro aninhos e acabavam de entrar na escola.

A verdade é que eles pouco se lembram do que aconteceu nesses dois anos em que vivemos aqui, mas as minhas lembranças são muito mais vivas. Fui o amparo da minha mãe, que vivia em outro país, longe da sua família e teve que encarar o divórcio com três crianças. Para Otávio, que se achava um galã com seu porte parrudo e a namorada mais jovem a tiracolo, aquele casamento era um fardo. Era injusto, porque ninguém tinha culpa se ele estava insatisfeito com a vida que levava. Então ele partiu, resolveu nos deixar.

Nós superamos, aprendemos a viver sem ele. O que ele estava fazendo de volta?

— Bruna! Eu não sabia que viria — saudou-me, vindo me abraçar.

Estendi a mão para que ela parasse onde estava.

— Antes dos abraços, carinhos e tudo mais, a gente precisa conversar. Eu estou realmente chateada com o que está acontecendo aqui, mãe.

— Bruna! Não fale assim com a sua mãe.

Eu olhei bem no fundo dos olhos do homem que tentava falar comigo. *Otávio Campello queria mandar que eu fizesse alguma coisa? Eu, a Bruna, de 26 anos? Depois de ter me abandonado aos doze? Ele só poderia estar louco.*

Mandei o meu melhor olhar glacial *"Elsa, rainha do gelo"* para ele, antes de voltar a encarar minha mãe.

— Mãe, vou ver os meus irmãos e colocar minha mala lá em cima. Tudo bem? Depois eu venho conversar com você.

— Claro, filha. Quer ajuda com essa mala?

Neguei, pegando-a e subindo as escadas.

— Eu me viro, mãe. — Deixei os dois para trás e bati forte na porta dos quartos dos meus irmãos, enquanto passava no corredor. — Dandan,

Inversos

125

Más, estou em casa! — Deixei a mala no meu quarto, que continuava o mesmo desde que me mudei. Ao voltar para o corredor, os dois estavam lá. Eles me abraçaram apertado. — Senti tanto a falta de vocês, pirralhos.

Nós entramos no meu quarto e nos sentamos no chão, um gêmeo de cada lado. Eles me contaram tudo sobre a vida deles, as coisas que estavam fazendo e ainda não tinham me contado por telefone. Os dois preparavam as malas para sair de casa, ir para a faculdade, e eu nem podia acreditar. O baile de formatura seria em breve e eu estava tentando encaixar a colação de grau dentro das datas da turnê do Carter. Eu me sentiria mal se não pudesse estar aqui para os meus irmãos.

— A formatura é quatro de agosto.

— Tão tarde? Nessa época todos vocês deveriam estar se mudando para a faculdade.

— Eu sei, mas a escola vai entrar em reforma e adiou a cerimônia.

Assenti, afinal, cada escola com sua regra.

Quatro de agosto, quatro de agosto.

Puxei o celular do bolso e consultei a agenda.

— O Carter tem um show em Calgary no dia 3 e outro em Seattle no dia 6. Nada no meio.

Essa era a minha irmãzinha *fangirl* que tinha toda a agenda dele na cabeça.

— Ótimo! Eu venho. Posso trazer o Carter e as meninas, se eles quiserem vir?

Isso foi o suficiente para Dani surtar. Ela dava gritinhos histéricos, repetidamente.

— Eu posso contar para a Leigh e a Celine que ele vem?

— Não, ainda não. Eu nem falei com ele.

— Liga para ele, Bruna, por favor! Por favorzinho. — Uniu suas mãos em uma súplica.

— Dan, se vocês forem se transformar em três loucas, eu não vou trazer o Carter aqui, sabe disso.

— Por favor, Bu! A gente vai se comportar.

Ela parecia sincera, então disquei para ele, que me atendeu rapidamente.

— Oi, Pipoca! — Eu podia ouvir o barulho de alguma música da Disney ao fundo. — Você já está em casa?

— Sim, já cheguei.

— Ótimo! Quer me contar como foi? — Ouvi o som de algo caindo. — Soph, não! — Ele soou abafado, então imaginei que estivesse tampando o bocal. — Assim você vai destruir o negócio. Fiquem quietinhas um minuto, enquanto eu falo com a Bruna.

— Tia Buna! Tia Buna! A gente 'tá' com saudades! — Elas falavam uma por cima da outra e eu simplesmente não conseguia distinguir quem era quem. — Volta *pa* casa, tia Buna.

— Diga que eu as amo e que volto em breve, por favor. — Não consegui conter o sorriso.

— Ela disse que ama as duas e que voltará em breve. Agora, quietas para o papai conversar com ela.

Era fofo, então eu ri. Elas disseram um *"sim, papai"*, mas fiquei me perguntando quanto tempo a calmaria iria durar.

— Ainda não foi. — Retomei nossa conversa. — Eu liguei para te fazer um convite, na verdade.

— Ok, manda.

— No dia quatro de agosto, meus irmãos se formam no Ensino Médio. Pensei se você não gostaria de vir para casa comigo e conhecer minha família. Você tem um show em Calgary no dia três, depois outro em Seattle no dia seis.

Ele ficou em silêncio por um tempo, mas eu podia sentir seu sorriso do outro lado da linha.

— Já chegamos a essa fase de conhecer nossas famílias?

— Já passamos dessa fase, Carter. Eu conheço seu irmão, seus sobrinhos e seu pai. Você não conhece ninguém da minha família e isso diz muito sobre a nossa amizade.

Ele riu do outro lado da linha. Eu realmente só queria apresentar meus irmãos e minha mãe. Queria que Carter conhecesse minha cidade, meu bairro. Não tinha nenhuma conotação romântica nisso.

— Cabem duas crianças na nossa viagem? E você vai ficar em um hotel comigo?

— Você define os termos.

— Oh, Bruna! — Eu podia sentir seu sorriso safado a quilômetros de distância. — Tem certeza que vai deixar essa responsabilidade nas minhas mãos? Você me conhece.

— Carter, só diz que vem.

— Eu vou, pode ter certeza. Os termos estão todos definidos na minha mente.

— Você é ridículo! Tchau, porque meus irmãos estão me olhando torto.

— Eles não estão na escola?

— Estão de "férias". As aulas acabaram e estão se preparando para a faculdade.

— Traga-os com você quando vier para a turnê. Acho que eles podem gostar de passar uns dias em Orlando, Miami etc. Quem sabe a gente não dá um pulo na Disney?

— Eles vão enlouquecer com isso. Tenho certeza de que Sam e Soph

Inversos

também vão amar.

— Enfim, a gente conversa sobre isso depois. Faça o convite a eles e agradeça por deixarem eu estar com a sua família na formatura.

Nós nos despedimos e eu me virei para Dani, fazendo suspense.

— E aí? Sim ou não?

Eu gostava de torturar minha irmã mais nova, então fiz uma careta e cocei a cabeça.

— É claro que ele vem — Tomás disse, soando um pouco entediado.

Lá vem o gênio estragar a minha atuação.

— E como você tem tanta certeza, maninho?

— São dois os motivos. Um: alguém já viu Carter deixar de fazer uma coisa que você pede? — Na verdade, eu já tinha visto, mas entendi o ponto dele. Se fosse importante para mim, Carter sempre tentava fazer. — Dois: nós ouvimos a conversa e tudo o que a Bruna disse aponta para que ele venha.

— Ai! Ele vem, né? Diz que sim!

— Vem, Dani. Ele também chamou vocês dois para passar uns dias com a gente na turnê. Vamos fazer quatro cidades próximas, achamos que vocês podem gostar.

— Nós dois em uma turnê de verdade? — Dani perguntou e mal esperou para gritar loucamente.

Depois de bastante tempo conversando com meus irmãos, decidi que era hora de encarar o que eu tinha ido fazer ali. Arrastei os dois do meu quarto até a cozinha, onde minha mãe e Otávio estavam à mesa, conversando. Quando entramos, eles se calaram. Disse para meus irmãos se sentarem um momento e puxei uma cadeira para mim.

— Ok! Agora que estou em casa, gostaria de entender o que está acontecendo nessa família.

— Seu pai voltou para casa... — minha mãe começou.

— Que Otávio voltou, mãe, todo mundo percebeu — respondi de imediato.

— Bruna, por favor!

Cala a boca, Otávio.

— Nós conversamos. Estamos há algum tempo tentando reatar o nosso relacionamento e achamos que era hora de ele voltar para casa. Ter um tempo de qualidade com vocês.

— Estou vendo tantas coisas erradas nessas suas poucas frases que não sei nem por onde começar.

— Bruna, o que está acontecendo? Você fez 26 anos, não parece a filha sensata que eu conheço.

— Você quer falar sobre sensatez, mãe? Porque tenho uma porção de atitudes insensatas suas para comentar e posso começar a qualquer momento. E Otávio, não me repreenda pela forma como estou falando, porque você não tem esse direito. Vocês não entenderam que isso aqui reunido nessa mesa não é uma família, é um aglomerado de pessoas. Achei que nós quatro, mãe, eu, você, a Dani e o Tomás, éramos uma família. Com toda essa situação, só pude perceber que nós não somos. Somos só um aglomerado de pessoas mesmo, que convive debaixo do mesmo teto. No meu caso, nem isso, porque eu não moro mais aqui e, aparentemente, não mereço receber as notícias sobre a família.

— Bruna, querida, fale de uma vez o que está te incomodando, em vez de rodear o assunto. Posso ver que você tem algumas coisas para dizer ao seu pai e a mim.

— Eu tenho uma lista interminável de coisas a dizer para você e o papai, mamãe. Já que vocês estão me dando essa *chance* de dizer, lá vou eu. — Não sei se alguém percebeu que meu modo irônico estava ativado.

— Vocês esconderam essa reaproximação de vocês por meses. Eu liguei várias e várias vezes, mãe, dando diversas oportunidades a você de dizer o que estava acontecendo com o papai. Eu conto cada coisa que acontece entre Carter e eu para você, assim você entende que pode ser aberta sobre *qualquer* relacionamento que tenha, mas você não citou *nenhuma* vez que estava vendo o Otávio novamente. Essa é a primeira coisa.

— Você guarda raiva do seu pai por anos, filha. Eu tinha certeza de que ficaria chateada se eu contasse que estava tentando me reaproximar dele.

— O que nos leva à segunda coisa. Vocês dois, simplesmente, esquece-ram que têm três filhos quando decidiram se reaproximar. Esconderam da gente que se encontravam, decidiram que Otávio voltaria a morar aqui sem nos consultar e ainda fizeram tudo na calada da noite, para que ninguém pudesse dizer nada até que ele já estivesse instalado. Eu vou ser bem sin-cera e dizer que serei tão afetada com essa mudança, mas Dani e Tomás... — Apontei para meus irmãos, que assistiam a tudo calados. Combinamos que eles não precisavam dizer nada, se não quisessem. Eu diria tudo por eles. — Eles moram aqui. Vocês não acham que uma mudança tão grande deveria ter sido comunicada?

— Você só não pode esquecer, Bruna, que seus irmãos estão se mu-dando. Daniela vai para Rhode Island, e o Tomás para Massachusetts!

Ah, sim. Não comentei que meus irmãos foram convidados para fazer parte de duas universidades incrivelmente sinistras. Dani tinha uma bolsa para o Rhode Island School of Design. O que ajudou no convite foi o fato de ela ter feito todas as roupas de todas as coisas possíveis do colégio. Peças? Dani desenhava e costurava os figurinos. Uniforme dos times? Dani dese-nhava e costurava. Roupas do baile? Dani. Tudo era a Dani naquela escola.

Tomás não ficava atrás. Um monstro da robótica, meu irmão foi con-vidado para o Instituto de Tecnologia de Massachussetts, uma das universi-

Inversos

129

dades mais conceituadas do mundo. O fato de ele ser também uma estrela da natação no colégio ajudou a tornar meu irmão um aluno ainda mais valioso. O melhor de tudo é que eles vão morar a uma hora de distância um do outro. Decidi alugar um apartamento para os dois lá – mamãe tinha que se preocupar com a mensalidade – e ajudar com uma mesada todos os meses. Eles já tinham escolhido o lugar onde iriam morar, bem no meio do caminho entre as duas universidades. Nós pretendíamos visitar o local uma semana antes de eles precisarem se apresentar na universidade, assim poderíamos resolver qualquer problema.

Diferente da história com Otávio, onde não houve nenhuma conversa, nós ficamos horas no Skype discutindo sobre isso, enquanto meus irmãos diziam o que queriam fazer.

Isso é o que uma família faz para resolver as coisas importantes. Aglomerados de pessoas trazem um "pai" de volta na calada da noite para que ninguém tenha do que reclamar.

— Eu não sabia que o fato de a gente se mudar dava a vocês o direito de nos esconder algo assim, mãe.

E não fui nem eu que precisou fazer esse comentário. Foi Tomás.

— Vocês precisam entender o meu lado! Eu amo o seu pai, ele também me ama.

— Tudo bem, vocês têm esse direito — comentei, retomando a discussão. — O problema é que parece que vocês não amam seus filhos. Quem ama tem um mínimo de consideração.

— Mãe, a gente não quer ficar aqui agora — Dani começou a dizer. — Se a Bruna não se importar, queremos ficar uns dias com ela.

— Vocês não podem fazer isso comigo, crianças! — a mãe reclamou.

— É claro que podem. Eu tenho uma semana em Los Angeles, depois vamos em turnê para Orlando. Vocês já tinham sido convidados, então serão mais do que bem-vindos por alguns dias.

É claro que minha mãe odiou e reclamou por vários minutos. Então, Otávio colocou a mão sobre a dela, fazendo com que se acalmasse.

— Eles estão certos, Verena. Deixe-os ir com a irmã. — Parou e respirou fundo. — Nós sabíamos que as coisas não seriam fáceis para ninguém. Quem sabe assim eles não se acostumam melhor com o meu retorno?

— Otávio, você vai ter tão pouco tempo com eles antes que comecem a faculdade.

— Se o papai estivesse preocupado em ficar com a gente, não teria passado quatorze anos sem sequer nos visitar — Tomás disse e se levantou. — Eu vou arrumar as minhas coisas. Quando a gente vai, Bruna?

Oh! A coisa do passar um tempo com a irmã ia rolar agora.

— Quando vocês quiserem.

Ele saiu da cozinha e Dani foi junto. Um silêncio recaiu sobre nós e minha mãe se levantou em direção à pia. Parecia abalada. Eu ia levantar e sair da cozinha também, mas Otávio segurou meu braço.

— Você é adulta, Bruna. A gente pode conversar?

Pedindo com tanta educação...

Assenti e indiquei a ele que fossemos para fora da casa. Nós nos sentamos na varanda e Otávio foi direto.

— A culpa foi minha. Achei que assim seria melhor para eles me aceitarem aqui, contar depois de eu ter me mudado. Tudo tem acontecido muito rápido com a sua mãe e nós não sabemos muito bem como lidar com as coisas. Eu sei o quanto falhei com você, Bruna. Se você é essa mulher incrível aos 26 anos, não tenho muita participação. Você chegou onde chegou numa luta que é inteiramente sua. Então, diga para mim, por favor, o que eu e sua mãe podemos fazer para consertar as coisas?

O que eu realmente queria dizer a ele era *"esquece, não tem conserto"*. Mas o que disse foi:

— Comecem não mentindo, da próxima vez. Pedindo desculpas por tudo. Não somos mais crianças sem opinião, Otávio. Algo assim afeta e muito a gente, merecemos saber. Quando forem tomar uma decisão importante, por favor, consultem todos os membros dessa família. Seus filhos mais novos vão para a faculdade, estão saindo de casa. Tem noção do que é isso? Você não esteve aqui para acompanhar o nosso crescimento, mas mesmo assim o tempo passou. Sinto muito se você está atrasado.

Como eu tinha acabado meu discurso, entrei novamente para casa. Subi até o quarto dos meus irmãos para ajudá-los a arrumar as coisas. Quatro horas depois de ter chegado em casa, eu estava de volta à estrada. Dessa vez, com duas das minhas pessoas favoritas a tiracolo. E apesar de todas as coisas difíceis que a gente estava passando, eu mal podia me conter de felicidade em ver que nós sofremos, choramos, mas deu tudo certo.

Todo o esforço foi recompensado ao ver a minha carreira dos sonhos funcionando e meus irmãos seguindo o caminho que eles sempre quiseram.

Inversos

Décimo Oitavo

EM TURNÊ - 4

Voltamos de novo... Tudo de novo.

Os veículos de turnê do Carter tinham passado por uma revisão na última semana e agora partiam em direção à Calgary, no Canadá. Apenas os caminhões com os instrumentos e a estrutura do show estavam em Orlando, esperando por nós.

Pretendíamos ficar em hotéis durante esses dias, por vários motivos: eram mais confortáveis, passaríamos apenas quatro dias aqui e não havia espaço para os meus irmãos. Quando nós fossemos para o Canadá, eles voariam para Los Angeles novamente. Era muito próximo da formatura e eles tinham várias coisas para fazer depois disso.

Na última semana, com meus irmãos em Los Angeles, visitamos vários lugares e passamos bastante tempo na praia. Carter os conheceu e minha irmã praticamente se derreteu em uma poça. Ele foi, inesperadamente, encantador e fiquei assustada com a capacidade dele de ser bonzinho.

Tomás e ele ficaram quase amigos, e os peguei conversando diversas vezes. As meninas se apaixonaram pelos dois, o que foi ótimo, pois pude deixá-las com eles durante a sessão de fotos que Carter arrumou.

No dia que voltei para Los Angeles, uma marca de roupa íntima ligou e disse que gostaria de tê-lo em uma campanha. Eu avisei que estaríamos com o calendário apertado nas próximas semanas, por causa da turnê, então ele só conseguiria participar se adiantassem as fotos. Eles concordaram com isso e resolvi falar com Carter. A conversa foi mais ou menos assim:

— Eles conseguem adiantar a sessão fotográfica para essa semana. Vai ter uma modelo com você.

— Deram algum ensaio de referência?

— Não, mas peguei as fotos de alguns famosos que já fizeram campanhas para a marca, se você quiser dar uma olhada.

Ele pegou o celular das minhas mãos e analisou por alguns minutos.

— O que você acha, Pipoca?

— O cachê é interessante e você tem tempo livre agora.

— Mas o que você acha das fotos? Se fosse o seu namorado, o que você diria?

— Eu não ia gostar de ter fotos do corpo do meu homem nos celulares de todas as mulheres do mundo, mas o que posso fazer? E, de todo jeito, a única que poderia efetivamente fazer alguma coisa com o corpo dele seria eu, então... — Dei de ombros.

— Vou fazer, pode confirmar — disse, em um tom definitivo. — Melhor fazer logo, enquanto sou solteiro.

— Nem todas as mulheres são tão compreensivas quanto eu, né? — perguntei, esperando que fosse uma pergunta retórica. Carter, porém, tinha uma resposta na ponta da língua.

— Na verdade, vou fazer com a esperança de que você perceba que não pode viver sem o meu corpo e que não quer dividi-lo com mais ninguém.

Para piorar minha situação, ele me fez assistir à sessão de fotos. A modelo era a típica loira, magra e peituda. Seu nome era Júlia, uma brasileira que mora em Las Vegas com o namorado, um lutador de MMA.

Contrariando o estereótipo, ela era simpática, inteligente e muito educada. As fotos ficaram incríveis e a nudez de Carter era um algo a mais.

Como o homem fica gostoso de cueca!

— Bruna! — minha irmã gritou, trazendo-me para o tempo atual. Era bom parar de fantasiar com Carter em roupas íntimas. Ou sem elas. — O que a gente faz para ajudar?

Estávamos na van que nos levava ao local do show, em Orlando. Nossa sequência de shows era Orlando, Tampa, Sunrise e Miami.

— Podem ficar com as meninas enquanto a babá não chega? Depois eu dou outra coisa para vocês fazerem.

— Eu quero seu irmão à tarde — Carter comentou. — Tenho umas coisas para mostrar a ele.

— Nada de dicas sexuais, pelo amor de Deus! Deixe meu irmão aprender essas coisas sem a sua influência.

— Bruna! — os dois reclamaram. — Não pense tão mal assim de mim. — Carter completou.

— Irmã, acho que você não precisa de babá para as meninas... Se vocês não se importarem, eu posso ficar com elas.

— Dani, queremos que você aproveite — Carter respondeu.

— Eu vou ficar bem com elas. Nós podemos andar pela arena, certo? — Assenti. — Então pronto! — Ela se virou para as pequenas, que

Inversos 133

estavam muito focadas no desenho que pintavam. — Sam, Soph. — Elas levantaram os olhos para Dani. — Tudo bem se eu tomar conta de vocês por esses dias? Prometem me obedecer?

— Sim, Dani! — Soph gritou, esticando a letra i da palavra.

Ela e Sam pularam no colo da Dani e as três começaram a planejar todas as coisas incríveis que fariam sob a vigilância da minha irmã.

No fim, tudo correu bem. Foram quatro dias corridos, mas meus irmãos estavam adorando. No primeiro dia, resolvemos não mandar a babá embora e Dani ficou comigo o dia inteiro. Ela ajudou no *sound check* e amou, então resolveu fazer isso nos outros dias também. Levava as meninas e as três se tornavam o destaque da passagem de som. Enquanto Carter ensaiava as músicas e conversava com as fãs, ela dançava com as pequenas na lateral do palco. As fãs já tinham feito diversos vídeos das meninas dançando e já esperavam que elas aparecessem. Carter estava adorando. Sempre que ele precisava de alguma coisa, pedia a Dani e ela resolvia. Enquanto isso, eu tinha liberdade para cuidar de outras situações.

Tomás também tinha uma função importante. Carter o apresentou para dois engenheiros da turnê: o de som e o de monitor. O primeiro cuida do som que o público ouve durante um show; o segundo, do que a banda ouve. Eles se deram muito bem e ficaram loucos quando meu irmão contou que começaria a estudar no MIT. Durante os três dias, ensinaram algumas coisas a ele e meu irmão acabou operando a mesa de som durante algumas músicas no show de Miami. Quando terminou, nós pedimos uma pizza e ficamos os quatro no meu quarto do hotel, conversando até tarde. Ninguém dormiu e, no dia seguinte, tínhamos que estar no aeroporto bem cedo, mas não nos importamos.

— Eu preciso ir, o voo vai sair em vinte minutos — disse, quando os deixei de frente para o portão do voo deles. Só sairia em quarenta minutos, mas como o meu partiria antes, quis deixá-los no local certo. — Muito juízo, todos dois! Eu chego em Santa Barbara com Carter no dia da formatura.

Abracei-os ao mesmo tempo. Eles não quiseram me soltar.

— Tive uma ideia — Dani falou, depois que demos um passo atrás.

— Diga — incentivei-a.

— Vocês já pensaram em contratar algum cara como babá? — Ela percebeu que achei estranho, porque franzi as sobrancelhas. — Sei lá, alguém em quem vocês confiem e que tenha alguma experiência.

— Não é muito fácil encontrar um cara que esteja disposto a isso, Dandan.

— Eu conheço um — Tomás disse, após ficarmos em silêncio por um tempo. — O meu melhor amigo, Tyler. Ele vai estudar escrita criativa na USC a partir de setembro, mas não sabe se quer fazer isso mesmo. Ele quer ser escritor.

— Se ele quer ser escritor, esse é um curso bem importante.

Meu irmão deu de ombros.

— Mas ele pode organizar os horários dele com os das meninas, enquanto vocês estiverem na Califórnia. A faculdade é em Los Angeles. Ele teve cinco irmãos, três eram meninas, todos mais novos, sabe como lidar com crianças. Quando vocês estiverem em turnê, eu não sei, mas ele é uma boa opção, não é?

Eu conhecia o Tyler. Ele realmente era uma boa opção, mas não sei se o garoto iria querer isso. Era uma maneira fácil para um universitário conseguir uma grana, sem dúvida, mas nunca tinha pensado em contratar um cara. Seria algo a discutir com ele e Carter.

— Falem com o Tyler e vejam se ele se interessa. Eu vou falar com o Carter. Não prometam nada a ele, ok?

Meus irmãos concordaram e nós nos despedimos. Ainda tínhamos onze datas de turnê e alguns dias, antes das aulas deles começarem. Seria um bom período para contratar alguém. Ainda mais porque quando terminasse, nós estaríamos bem ocupados cuidando dos shows internacionais.

Conversei com Carter e, depois de garantir que Tyler não seria nenhum pedófilo com as meninas, que ele já tinha dezoito anos e que nós dois continuaríamos responsáveis pelo banho, caso contratássemos um cara, ele concordou em fazer uma entrevista.

Tyler já tinha confirmado interesse com meus irmãos. Pedimos que ele fosse a Calgary no nosso segundo dia na cidade. O equipamento para montagem tinha acabado de chegar quando nós começamos a entrevistá-lo. Era um bom garoto e Carter se deu bem com ele no mesmo minuto. As meninas também. Nós o contratamos naquele dia mesmo. Só que no dia do show em Calgary, outro problema apareceu.

O resultado do exame de DNA, que Carter fez para saber se era mesmo pai das meninas, chegou. Avisei pelo comunicador que iria conversar com Carter e que só deveriam nos incomodar se fosse muito importante. Tranquei a gente no ônibus de turnê e ele me esperava no sofá. As meninas estavam com Tyler do lado de fora; ele passava muito tempo com elas nas áreas comuns. Enquanto lia, vigiava as brincadeiras delas.

— O que houve? — No minuto que bati a porta do ônibus, Carter me olhou e desligou a TV. — Fiquei preocupado com a sua urgência.

— Chegou o resultado dos exames de paternidade das meninas. — Estendi o envelope para ele.

Em vez de pegar da minha mão, Carter ficou em silêncio, encarando-me. Depois de muito tempo e de eu arregalar os olhos, ele falou:

— Guarda.

Inversos

135

Oi?

— Você não vai querer ver?

Ele balançou a cabeça, negando.

— Não tô pronto. Eu sei que elas são minhas filhas, são idênticas a mim, mas não quero correr o risco ainda. Preciso pensar um pouco e quero a Camila aqui.

Concordei, porque era algo inteligente.

— Quer que eu peça para ela ir nos encontrar em algum lugar? — Ele assentiu.

— Seattle. Peça a ela para estar lá. Acho que posso pensar no que fazer.

Assenti e comecei a sair do ônibus. Então parei, porque vi algo que, definitivamente, não queria ver.

Vamos voltar essa história há algumas semanas.

— *Escuta, eu tenho algo para te sugerir.*

Era tarde, as meninas dormiam. Nosso ônibus estava parado em Washington, onde teríamos dois shows. O primeiro foi nessa noite e descansaríamos aqui para amanhã.

— *Sugira.* — Parei o que estava fazendo e dei atenção.

— *Vamos contratar alguém para trabalhar com você. Um estagiário ou coisa assim.*

— *Por quê?* — Não consegui conter meus pensamentos e eles saíram de mim.

— *Porque achei que você gostaria de dividir a carga de trabalho. Quando foi embora, você tinha dito que não queria acumular tantas funções.*

— *Não acha que eu dou conta do meu trabalho?* — Para mim, eu não soava nada irritada.

— *Claro que você dá conta, Pipoca. Eu só quero que você trabalhe menos.*

— *Não me insulte assim.* — Havia uma almofada ao meu lado e taquei nele com toda minha força. — *Não quero droga nenhuma de estagiário.*

— *Ok! Não precisa ser agressiva.* — Ele esticou as mãos, pedindo que eu parasse.

— *Sem estagiário.*

— *Isso mesmo.* — Peguei outra almofada e fui na direção dele. — *Eu dou conta de fazer tudo, sempre dei. Não preciso de ninguém me seguindo.*

— *Eu entendi isso, Bruna. Só achei que você poderia usar o tempo livre para fazer algo por você.*

Bati com a almofada nele novamente. Ele reclamou, mas eu estava com raiva.

Olhando para trás, minha menstruação desceu no dia seguinte. Com toda certeza era a tensão pré-menstrual dando as caras por aqui.

— Desculpa, Bruna! — ele gritou. — Não está mais aqui quem sugeriu.

Carter saiu correndo do camarim e eu fiquei lá, bufando. Esse período menstrual tinha acabado comigo.

— Você quer me demitir? — gritei, depois de pegar os currículos impressos em cima da mesa. Marchei de volta para a sala, onde ele estava.

— Demitir você?

— Sim! É a única explicação para tantos currículos na mesa da cozinha!

— Ah, droga!

— Ah, droga mesmo! Por que você está interessado em outros candidatos para a minha vaga?

— Bruna, você ainda está de TPM?

— Não! Eu estou furiosa! Pare de jogar a culpa da minha raiva na TPM.

— Não estou fazendo isso. Foi uma pergunta verdadeira. Da última vez, apanhei de almofadas porque você ficou com raiva.

— Eu vou bater em você com esses currículos. — Comecei a amassá-los e fazer bolinhas, para tacar nele.

— Pare, Bruna! — Minha mira era muito boa. Eu acertava com força no rosto e no braço descoberto dele. — Sua menstruação acabou há uns dez dias. Você não está mais na TPM, então para. Seja sensata, deixa eu falar com você.

— Não! — gritei e minhas bolinhas acabaram. Então, fiquei de joelhos no sofá e comecei a bater nele com as próprias mãos. — Eu disse a você que poderia trabalhar muito bem sozinha, que não preciso de ajuda, mesmo assim você foi procurar alguém. Se você contratar uma pessoa, eu estou fora.

— Chega! — Ele virou o corpo, segurando meu braço. Colocou-me sentada/deitada no sofá, embaixo dele. — Eu já me rastejei uma vez para você voltar para a turnê. Mostrei que preciso que você trabalhe para mim. Não existe sequer a possibilidade de eu querer substituir você. Achei que você fosse querer alguém para te ajudar? Sim. Mas você já disse que não. Então, pare de dar a louca, porque essa não é você, Bruna.

— E quem disse que você sabe quem eu sou? — perguntei baixinho, sem sequer me mover.

— Pipoca... — disse devagar. Os olhos, que antes estavam agitados, transbordando calma. — Você é a minha musa inspiradora, Pipoca. — Encostou a testa na minha. — Eu passo mais tempo com você do que qualquer outra pessoa. Já te vi em todas as situações e todos os humores possíveis. Irritada, feliz, cansada, com sono, preguiçosa, nua, vestida... Eu conheço cada uma das suas facetas e adoro descobrir novas. Então, por favor. Essa maluca que me bate sem ter um real motivo não é você. Todos aqueles currículos são antigos. Eu tinha imprimido alguns para conversar com você, mas respeitei sua decisão. Eu os achei hoje e deixei na cozinha. Não lembro o porquê. Devo ter esquecido quando o telefone tocou ou algo do tipo. A Bruna que eu conheço, viria até mim, jogaria todos os currículos na minha cara e me faria explicar. Não surtaria sem saber a história completa.

— A Ana diz que isso é absolutamente normal, porque eu sou ariana.

— Você sabe que a Ana é a louca dos signos. Nem todas as coisas da vida são explicadas porque a sua lua está alinhada de forma errada, Pipoca.

Respirei fundo, soltando minhas mãos do aperto dele. Não me liguei quão íntimos nós estávamos até aquele momento. Carter tinha os joelhos ao lado dos meus, uma mão apoiada no sofá. A outra esteve segurando meus braços, mas agora emoldurava meu rosto.

— Desculpe-me pelo surto! Não sei o que está acontecendo comigo, mas você está certo. Essa louca não sou eu. Acho que nós estamos passando muito tempo sem brigar, então estou arrumando motivo onde não tem.

Um sorriso lento se formou nos lábios dele.

— Deixa eu te dar um motivo para brigar comigo, então.

Carter me beijou. Lentamente, sedutoramente. Entrelacei os braços no pescoço dele e uma de suas mãos entrou por dentro da minha blusa, tateando toda minha pele. Eu me perdi completamente naquele homem, sem me dar conta de nada ao meu redor. Sem nem me importar com o show que os canadenses esperavam que nós fizéssemos.

— Eu odeio que você me faça esquecer de todos os meus compromissos — disse, quando consegui, com muito custo, nos separar.

— Não consigo odiar nada em você, Bruna, e isso é um problema.

— Por quê?

Ele respirou fundo, encarando-me com um olhar diferente.

— Deixa para lá. Ainda está chateada comigo.

Foi a minha vez de puxar a respiração.

— Estou. Não gostei mesmo de você tentar procurar outra pessoa para trabalhar comigo.

— Eu só quero que você tenha mais tempo para aproveitar a vida, para descansar e para ficar comigo. Você é meio *workaholic*. Deve ser por isso que se dá tão bem com meu irmão. Agora, já que você está tão chateada... — Ele começou a beijar meu rosto e descer os beijos lentamente para o meu pescoço e colo. — Diz o que você quer que eu faça para ganhar seu perdão.

138   CAROL DIAS

— Eu posso escolher qualquer coisa?

— Sim — ele respondeu de pronto. — Principalmente se for algo sexual.

— Escreva uma música para mim.

Eu não tinha nada a perder, afinal. Carter é conhecido por ter ótimas músicas sobre conquista e sua vida de mulherengo. Algumas sobre brigas. Não seria difícil para ele escrever uma música sobre nós. Talvez eu pudesse entender onde estavam os sentimentos dele nessa situação.

— Oi? — Ele parecia, genuinamente, surpreso com o pedido. — Cadê a parte sexual disso?

— É isso mesmo, Carter — decretei. — Eu quero que você escreva uma música para mim, prove que sou sua musa inspiradora, então eu perdoo você.

Eu acompanhei o pomo de Adão de Carter subir e descer. Percebi também que ele tinha ficado nervoso.

— Ok. E-e-eu posso fazer isso — gaguejou. Mais um sinal do seu claro nervosismo.

— Que foi? Por que você ficou nervoso com isso? Vai dizer que não compõe as próprias músicas?

Carter respirou fundo e saiu de cima de mim, sentando ao meu lado. Apoiou os cotovelos nos joelhos e virou o rosto para mim.

— Eu prometi a você que não mentiria mais, então, sim, fiquei nervoso com isso. Nunca escrevi sozinho nenhuma das minhas músicas. Não consigo.

Foi a minha vez de ficar estarrecida. Como isso podia sequer ser considerado? Eu vi Carter compondo várias e várias vezes.

— Eu já vi você compor — fiz questão de dizer e expressar meu descontentamento.

— Você já me viu tentar compor, porque já fiz isso várias vezes. Sou um bosta escrevendo sozinho. Você também já me viu fazendo arranjo e melodia, Pipoca. A letra? Nunca. Pode procurar aí nessa sua mente brilhante. Quando as boas músicas saem de mim, geralmente, estou escrevendo com os caras da banda.

Era verdade e eu nunca tinha me dado conta.

Meu celular vibrou e percebi que era hora de voltar, porque eu tinha um compromisso.

— Faça o seu melhor, ok? — Eu me levantei. Essa seria uma excelente oportunidade de provocá-lo. — Não precisa ser um hit, só vir do coração.

Deixei lá um Carter que parecia preocupado. A minha surpresa foi ele aparecer, cerca de quatro horas depois, no *backstage,* com um violão e um papel.

— Eu preciso da atenção de todos! — Carter gritou e a equipe parou. — Cadê o Yuri? — Ele é o *social media* da turnê. Quando o garoto apareceu, Carter continuou: — Vamos lá. Yuri aqui — ele apontou para sua direita

Inversos

139

— e Bruna aqui. Yuri, pegue seu celular e me coloque ao vivo no *Facebook*.
— Enquanto ele ligava o celular, Carter entregou uma folha de papel para um dos *roadies*. — Segure virado para mim, ok? — disse para ele, que assentiu. — Bruna, preste atenção. Nós estamos ao vivo para que eu tenha uma multidão de fãs de testemunha. Eu fiz a sua música, então você precisa me perdoar. Mas se essa *Live* tiver vinte mil pessoas assistindo, você também vai me dar uma chance.

Ah, que safado!

Ele estava transmitindo isso para tentar me intimidar.

— Você sabe que eu não teria nenhum problema em te dar um fora, mesmo estando ao vivo. Certo? — perguntei, só para limpar minha consciência.

— Eu sei disso. Sei que você, provavelmente, vai dizer não na minha cara, não importa quantas pessoas estejam vendo.

É como ele disse. Carter me conhecia.

— Se atingir vinte mil, eu te dou uma chance. Mas tenho certeza de que não vai.

Por favor, que eu esteja errada. Por favor, que eu esteja errada. Por favor, que eu esteja errada.

— Ok, vamos lá! — Ele se virou para a câmera. — Se vocês puderem, peçam aos seus amigos para abrirem essa Live. Me ajudem a atingir vinte mil pessoas. O nome da canção é "Pipoca".

Ele começou a cantar e, que merda, a letra era boa. Não se parecia com uma música normal, que tem estrofes e um refrão. No máximo, uma ponte. Não havia nenhum indicativo de que seria um *hit*, mas fiquei completamente sem palavras.

Não lembro exatamente as palavras, porque não consegui decorar tudo o que ele disse, mas a tradução é mais ou menos assim:

"Pipoca, eu tenho mil e uma coisas para cantar para você. Infelizmente, não sei como fazer. A aula de gramática não era a minha favorita na escola. Então, eu escrevi essa canção para você. Espero que não esteja uma droga.

Amo o seu sorriso, o seu olhar, seu jeito de andar. A sua risada, o seu corpo inteiro e o jeito que deixou suas coisas no meu banheiro.

Amo a sua irmã e o seu irmão. E o jeito que ri em alto e bom-tom. E vou rastejar se preciso, mas quero que você nos dê uma chance. Uma pequena e minúscula chance. Uma chance menor do que o buraco de uma agulha."

(E nessa hora ele parou de tocar para fazer o sinal com a mão: uma mínima brecha entre seu polegar e o indicador.)

— Vinte mil — acho que foi o que Yuri falou, mas nem percebi.

— E me ensinou o que é amar. — Foi assim que ele terminou a música. Havia um pouco mais de letra antes disso, mas eu honestamente não me lembro. Então, se virou para a câmera. — Obrigado! — Yuri entendeu como um sinal para desligar a *Live*. — Olha, essa música pode ter ficado uma porcaria. Provavelmente, ninguém vai querer comprar e ela contraria tudo o que nós vemos por aí de estrutura musical, Pipoca. Mas eu não dou a mínima, porque vinte mil pessoas me assistiram e agora a gente vai poder, finalmente, dar um ao outro a chance de ficarmos juntos.

Se eu dissesse muita coisa, provavelmente começaria a chorar. Então, só me impulsionei para frente e agarrei o pescoço dele, beijando seus lábios. Houve gritos e assobios em todas as partes do *backstage*.

Se isso daria certo, eu não sei, mas agora nós tentaríamos. Graças às fãs maravilhosas do Carter, que assistiram a uma *Live* que nem foi anunciada.

— *"Mannpello is fucking real"* é um dos assuntos mais comentados do *Twitter* no mundo, nesse momento — Yuri disse e isso nos separou por alguns segundos.

— Tenho ou não tenho os melhores fãs do mundo? — Carter gritou.

É. Esses realmente são os melhores fãs do mundo.

Décimo Nono

FAMÍLIA

— Ah, Bruna! — Ouvi o suspiro do Carter. — Você tem certeza de que a gente precisa ir?

A formatura estava marcada para as 16h. Nós tínhamos acabado de chegar a Santa Barbara, estávamos em um hotel aqui perto, mas precisaríamos sair em breve. Haveria um almoço ao meio-dia, lá em casa, para que eu apresentasse Carter à minha mãe e Otávio.

Mamãe me ligou ontem, depois do show de Carter. Era tarde, mas ela chorava e me pedia desculpas. Disse que entendia a minha raiva agora, porque nós sempre fomos melhores amigas e conversávamos sobre tudo uma com a outra, sem nos importar se nos chatearíamos. Estaríamos ali para passar pelo momento de raiva, mas o mais importante era que fôssemos sempre sinceras. Ela não foi e eu tinha todo direito de ficar com raiva. Dito isso, nós superamos a mágoa, porque eu simplesmente não conseguia ficar chateada com a minha mãe por muito tempo. Ela é minha heroína, afinal.

Isso não quer dizer que aceitei o retorno do meu pai. A situação com a minha mãe estava ok. Com o Otávio, não.

Meus irmãos já tinham voltado para casa e me ligaram algumas vezes para falar sobre a situação com ele. Parece que ele estava tentando ser uma boa pessoa, se preocupando com os dois. Pediu desculpas por ter feito tudo sem consultá-los. Agora meus irmãos diziam esperar que ele fizesse o mesmo comigo, quando eu chegasse lá.

Esse pode ter sido um dos motivos para nem ter reclamado quando Carter me lembrou da minha promessa de ficarmos no mesmo quarto.

É claro! Isso e o fato de que agora nós dormíamos na mesma cama todos os dias.

Não que isso significasse noites tórridas de amor, mentes pervertidas. Tyler estava no beliche ao nosso lado e as meninas no mesmo ônibus. Diferente das babás malucas, eu tenho senso. E Carter foi quem enfatizou que a gente só dormisse. Vestidos.

E eu não tinha *nenhuma* reclamação, porque era maravilhoso dormir nos braços dele.

142   CAROL DIAS

— Claro que a gente precisa ir, Carter — respondi. — Foi para isso que viemos.

— A gente veio para a formatura dos seus irmãos. Não podemos pular o almoço e passar algumas horas incríveis nessa bela cama de casal, onde um garoto de dezoito anos que dorme ao nosso lado não vai ouvir cada um dos nossos movimentos? — Chegou até mim e rodeou minha cintura. — Deixamos para conhecer sua família mais tarde.

— Eu meio que adorei a ideia, mas posso encontrar alguns erros nela.

— Lá vem você, perfeccionista do caramba! — rebateu, rolando os olhos.

— Não tem um garoto de dezoito anos ao nosso lado, o que significa que nós dois temos que cuidar das meninas.

— Droga! Nem fale os outros erros que você encontrou. — Ele beijou meus lábios lentamente. Carter tinha vários tipos de beijo, mas o nosso preferido era o lento. Parecia que as nossas línguas estavam fazendo uma dança sensual e se amando. — É que você está tão gostosa nesse vestido que eu só queria ficar aqui nesse quarto o dia todo.

— É, querido, mas agora você precisa fiscalizar as meninas e deixar eu me maquiar, ok? — falei, tentando ser a voz da razão. — Some daqui.

O vestido em questão não tinha nada demais. Só uma fenda enorme em toda a minha perna direita. Como a formatura era de dia e estávamos em pleno verão, sua estampa era florida e as alças bem finas.

Carter estava deslumbrado com a minha perna à mostra e o decote que valorizava meu busto. Na realidade, qualquer coisa que expusesse alguma parte do meu corpo era motivo para ele se alegrar.

Por outro lado, meu par usava uma blusa de botões e mangas compridas, que estavam dobradas até os cotovelos. Ela se esticava no seu peito magnífico e não escondia que ele era gostoso. Usava também calça social e estava o pecado ambulante, com a barba feita e o cabelo penteado para trás. Mas, o que mais me deixou feliz naquele figurino, foi quando o vi de costas, saindo do quarto, uma área específica que tinha sido ressaltada pelo corte da roupa. Ah! Quando as meninas dormissem...

Soph e Sam pediram para ir vestidas como uma princesa e uma fada, respectivamente. O pai delas pediu para dizerem que cor deveria ser a roupa que elas queriam usar na formatura. As respostas foram:

— Cor de *pincesa*.

— Cor de fada.

Uma marca de roupas infantis já tinha pedido a ele para enviar roupas para as meninas usarem quando fosse propício. Carter disse que ligaria quando a oportunidade surgisse e ele pediu exatamente isso ao pessoal do *marketing*.

— Quero uma roupa de princesa e uma de fada. Se vocês não tiverem

Inversos

143

coroa, cetro, asa e varinha, avisem.

Eles não tinham, mas é claro que compraram e enviaram tudo junto. Quando um artista do naipe de Carter pede, as marcas fazem de tudo para atender. O pagamento era simples: uma foto no Instagram com o nome da marca. Quando ele trouxe as duas do quarto para a sala, onde eu as esperava, quis chorar, porque eram a princesa e a fada mais lindas que eu já tinha visto.

— Nem sei lidar com todo esse nível de fofura. — Eu me abaixei para beijá-las. — Vai, tira logo a foto — sugeri. — Garante para termos, antes que elas acabem destruindo e a gente não consiga pagar a marca.

Carter concordou e as duas posaram rapidamente para uma foto. Em seguida, Sam veio para o meu colo e Soph para o do pai. Fomos juntos até a casa da minha família. Ao chegarmos lá, todos já se reuniam e nos esperavam. Não deu nem tempo de abrirmos a porta, pois Otávio apareceu para nos recepcionar, possivelmente, após ter ouvido o barulho do carro.

— Otávio, esse é o Carter, meu...

— Namorado — ele completou por mim.

Eu ainda não estava acostumada com a nomenclatura, mas ele fazia questão de dizer isso por mim, em todas as vezes. E eu não precisava nem titubear, porque ele não dava tempo para que eu completasse com outra palavra.

— E essas são princesa Sophie e Samantha, a fada.

Otávio era muito bom com crianças. Então, não me espantei quando as duas abriram enormes sorrisos para ele, logo após terem se conhecido. Depois de alguns momentos conversando, ele se lembrou de nos deixar entrar.

— Sua mãe está na cozinha, sua irmã terminando de se vestir. Tomás está lá atrás com a namorada.

A namorada.

Eu me espantei em saber, durante a visita deles à nossa turnê, que Tomás estava namorando Leigh, melhor amiga da minha irmã. Ele ainda não tinha dito a ela, porque estava com medo da Dani ficar chateada. Ouvi os dois conversando no telefone e lembrei a ele que estava fazendo o mesmo que mamãe tinha feito com a gente. Se, no meu lugar, fosse Dani quem tivesse ouvido a conversa dos dois, ela certamente se sentiria traída. No mesmo dia, os gêmeos conversaram e se resolveram.

Leigh é uma garota brilhante. Ela tinha uma voz extraordinária, que usava em todas as peças teatrais da escola. Seu talento foi um dos motivos para que ela fosse chamada para estudar em diversas escolas de música renomadas no país, mas ela escolheu Harvard. O outro era o cérebro incrível que ela tinha e que garantiu a maior nota de toda a universidade, todos os cursos. Um terceiro motivo que eu gostava de acrescentar depois de descobrir o romance com meu irmão era o fato de a faculdade ficar colada ao MIT, onde

Tomás estudaria. Eu esperava coisas grandiosas dos meus irmãos e seus amigos, que tomavam decisões baseadas no cérebro e no coração.

Nossa primeira parada foi a cozinha. Mamãe usava um salto extremamente alto, um vestido elegante e uma luva para tirar alguma coisa do fogo. Deixei Sam no chão e fui ajudá-la.

— Oh, obrigada, querida! — disse, fechando o fogão. Então me encarou por alguns minutos, estudando meu rosto. — Ah, Bruna. — Ela me abraçou novamente, apertando-me com força. — Desculpa, minha filha!

— Já desculpei, mãe. — Nós nos separamos por alguns minutos. — Agora deixa eu te apresentar algumas pessoas.

Nós nos viramos para a porta da cozinha, mas Carter veio logo na minha direção.

— Carter Manning. — Ele estendeu o braço que não segurava a Soph. — Namorado da sua filha.

Mamãe segurou a mão dele e, pasmem, Carter beijou a mão dela.

— Um prazer finalmente conhecer você, Carter. Posso dizer que minha filha falou bem e mal de você nos últimos anos.

Isso era verdade. Mamãe sabia de tudo.

— Essas duas são a princesa Soph e Sam, a fada — repeti a apresentação.

Minha mãe simplesmente se derreteu com as duas. Perguntou se nós poderíamos chamar meus irmãos, enquanto ela conhecia um pouco mais as meninas. Colocamos ambas sentadas na bancada da cozinha e a conversa que tiveram com a matriarca da casa parecia interessantíssima.

— Suba para ver sua irmã, ela pode precisar de você. Eu vou chamar seu irmão. — Carter selou meus lábios. — Aponte o caminho para mim. — Mostrei no corredor para onde ele deveria ir e ele seguiu.

Lá em cima, Dani parecia desesperada.

— Leigh, por favor, me ajuda! — gritou, olhando-se no espelho.

— Não é a Leigh.

— Ah, Bruna! Graças a Deus! Alguém que entende de maquiagem nessa família. — Ela veio em minha direção e me abraçou.

— Você é melhor com maquiagem do que eu, o que houve?

— Eu estou tão nervosa que não consigo acertar esse delineador. E a traíra da Leigh só quer saber de ficar com o Tomás.

Eles têm seus próprios motivos para desejarem passar tanto tempo juntos, mas eu entendia o que Dani estava sentindo. Tomás era seu irmão gêmeo, sua metade, e Leigh é sua melhor amiga. Não deve ser fácil dividir.

Caminhei até minha irmã e nós duas ficamos em silêncio, enquanto eu fazia o traço do delineador do jeito que ela gosta.

— Como você está? — perguntei, logo que terminei.

— Eu vi a *Live* que o Carter fez. Estava descendo o *feed* do Facebook

Inversos

145

bem na hora. — Ela tinha um sorriso zombeteiro.

— Eu ainda não acredito que ele fez isso. Agora, toda vez que pode, diz que é meu namorado.

Minha irmã gargalhou feliz.

— Eu posso ver Carter fazendo esse tipo de coisa. Faz todo sentido. E estou muito feliz por você, porque já estava na hora de ele abrir os olhinhos para perceber a mulher maravilhosa que minha irmã mais velha é. Chega de pegar todas as garotas que aparecerem pela frente.

— Eu te pago um salgado se você fizer esse mesmo discurso para ele.

Nós descemos para o almoço em seguida. Não vou mentir: foi estranho. Não estou nem um pouco acostumada a ter minha família e o meu trabalho colidindo dessa forma. Toda a situação se agravava pelo fato de o meu trabalho se tornar parte da família, já que Carter e eu agora éramos namorados (e ele não cansava de repetir essa palavra). Eu também não me importava, na verdade.

Quando o almoço terminou e nos sentamos na sala para esperar o momento de ir para a formatura, encostei a cabeça no ombro do Carter e apenas assisti, enquanto ele conquistava toda minha família. Era engraçado, porque *ninguém* gostava dele de primeira, mas hoje tinha ares de Killian Manning. Parecia que ele tinha colecionado toda a educação do irmão e a simpatia para conversar com as pessoas, mas tinha algo mais. Um humor que Killian não demonstrava sempre e que só Carter sabia como fazer. Era como se soubesse os assuntos exatos para puxar e fazer toda a família se sentir incluída na conversa. Totalmente diferente do cara mesquinho e mal-educado que eu tinha conhecido quando comecei a trabalhar para ele. Aquele que falava o que pensava e era egoísta com todo mundo.

Eu podia ver exatamente o cara que sempre foi quando estávamos sozinhos, só que para outras pessoas. E eu não podia mentir, era completamente apaixonada por ele.

— Eu pago uma boa grana só para saber o que você está pensando. Quem sabe metade dos lucros da turnê? — sussurrou para que só eu ouvisse.

— Para de ser ridículo! — Eu ri. — Não é nada demais.

— Se não é nada demais, pode me dizer. Vai dizer que não estou merecendo?

— Infelizmente, você está merecendo mesmo. Nunca o vi tão gentil, Carter. Estou orgulhosa de você, por ter se tornado uma pessoa melhor.

Era a história da estrelinha dourada. Acho que, finalmente, ele estava se tornando alguém melhor e percebendo que não era o ser vivo mais importante do universo.

Quando a hora de sair estava se aproximando, Leigh e Dani foram dar os últimos retoques. Mamãe foi com elas e eu fiquei com as gêmeas. Carter e Tomás conversavam nos fundos da casa. Otávio estava com eles, então assumo que me assustei um pouco quando ele apareceu na sala.

— Bruna, posso falar uma coisa com você?

Veja, hoje eu estava benevolente. Era a formatura dos meus irmãos, Carter era um bom namorado e eu não queria brigar.

— As meninas podem ouvir? — Coçou a cabeça e percebi que era particular. Abaixei-me na altura delas. — Sam, Soph, que tal vocês duas irem lá em cima ajudar a Dani e a Leigh a ficarem prontas?

Elas concordaram imediatamente e fui até a ponta da escada acompanhá-las. Elas subiam escadas sem problemas, mas eu queria estar ali para qualquer imprevisto.

— Obrigado por me ouvir! — Otávio agradeceu, logo que me sentei de frente para ele. — Não queria dizer isso na frente dos seus irmãos, porque é um dia especial para eles. Só que não sei quando vou vê-la novamente e não queria contar por telefone.

— Tudo bem, estou aqui. Estou ouvindo.

— Vocês devem estar se perguntando por que voltei e por que agora. Bom, a resposta é simples. — Ele respirou fundo, como se criasse coragem. Então, olhou nos meus olhos e falou: — Eu estou morrendo. É por isso que eu voltei.

Carter

Acredite. Essa era a última conversa que eu queria ter com o irmão da Bruna.

Ele tinha falado sobre esse cachorro movido a energia solar várias vezes, quando estava em turnê comigo, o que me deixou supercurioso. Pedi que me mostrasse o "cachorro" e, quando fomos até lá olhar, descobri que ele tinha outro assunto que queria discutir: sexo.

Mais precisamente: como perder a virgindade com a sua namorada, também virgem.

Você consegue ver porque essa situação é muito complicada e uma armadilha total?

Bruna tinha acabado de me dizer quão feliz estava por eu estar me tornando uma pessoa melhor. Dizer para o irmão dela o que eu pensava sobre uma primeira vez não era exatamente algo que ela aprovaria. Como eu diria a ele que seria mais fácil se ele ficasse com uma garota que não fosse virgem, para aprender uma coisa ou outra?

A verdade é que, para nós, tanto faz. Homem fica excitado com pouca coisa. Mulher já é algo mais delicado. Mulher virgem então, mais delicado ainda. O fato de ele ser virgem poderia ser uma experiência traumática para os dois, e eu, definitivamente, não era a pessoa mais aconselhável para conversar sobre isso.

— Você sabe que sou a última pessoa com quem deveria falar sobre sexo, certo?

— Eu sei, mas estou sem saída. Tyler é tão virgem quanto eu e não quero falar com Otávio.

— Otávio certamente é alguém que tem um conselho mais sábio para você — apontei.

— Não sei. — O garoto deu de ombros. — Bruna contou que ele e mamãe se separaram porque ele arrumou uma namorada e mudou de cidade. Não é exatamente o tipo de cara que eu quero usar como referência.

— Garoto, já perdi as contas de com quantas mulheres eu transei. A única que tratei com respeito, até hoje, é a sua irmã.

— Carter, na boa, estou desesperado. Você vai ter que servir.

É, o garoto estava na pior. E eu teria que servir.

— Você já leu alguma coisa disso na internet?

Ele coçou a cabeça e eu podia ver alguma vergonha em revelar.

— Já. Pesquisei algumas coisas sobre ser virgem.

— Então você sabe que a maioria das vezes pode doer para a mulher, né? — Ele concordou. — O que você mais tem que se preocupar é em ser bom para ela, porque existe 99,999999999% de chance de que seja bom para você. Para ela, eu nem sei dizer.

— Isso não ajuda em nada no meu nervosismo.

Parei mais alguns minutos e pensei em um conselho brilhante, mas nada vinha.

— Você não está planejando fazer isso hoje, né?

— Não. — Ele negou com a cabeça. — Nós conversamos e queremos que seja depois que formos para a faculdade. Ela vai para Harvard, e eu para o MIT.

— Você é inteligente, garoto. Sua irmã disse que vai morar sozinho com a Dani. — Ele assentiu. Então, tive um estalo e uma ideia brilhante. Foi só pensar na Bruna e pronto. — Sabe o que acho que você deveria fazer? E nem acredito que não pensei nisso antes porque é totalmente brilhante.

— O quê? Fala.

— Vá ler um desses livros eróticos que as meninas tanto leem hoje em dia. Procure um em que a protagonista seja virgem. É uma ótima forma de descobrir o que isso realmente significa para elas.

Na boa, eu sou um gênio. Tomás também deve ter pensado nisso, porque um sorriso lento se abriu no rosto dele.

— Nisso Tyler pode me ajudar. Ele sabe tudo sobre literatura.

— Então pronto, garoto. E qualquer coisa, não me pergunte. Eu esgotei meu estoque de boas ideias. Só não vá inventar de fazer essas coisas sem sentir que está pronto, beleza? Fazer por pressão é uma merda.

— Sim, claro. Só quando estivermos prontos.

Ouvi passos pelo corredor e sabia que meu tempo estava acabando. Então dei um último conselho importante a ele:

— E use camisinha, pelo amor de Deus.

Nós mudamos de assunto imediatamente. Era Bruna, dizendo que todos estavam prontos para irem à formatura. Dei dois tapinhas nas costas do garoto e nós nos levantamos.

Ufa, nem acredito que sobrevivi.

Vigésimo

PARIS

Chegamos ontem à noite ao hotel, completamente exaustos. O voo durou dez longas horas até Paris, onde aconteceria o desfile de uma marca de lingerie onde Carter se apresentaria desse ano. Delilah deveria estar a caminho, porque ela certamente não perderia tal oportunidade. Era o primeiro ano que Carter cantaria lá e todos estávamos ansiosos, porque sua música seria no momento mais importante da noite: a entrada da peça destaque da coleção. Explicando tudo resumidamente: Carter ficaria andando por uma passarela, cantando a música dele, enquanto diversas modelos supergostosas desfilariam com roupa íntima da marca. Algumas usavam umas fantasias esquisitas também e umas asas, porque eram chamadas de "fadas", mas a última coisa que eu ficava de olho era em que roupa usavam. Para falar a verdade, nunca tinha assistido nenhum, até que Carter foi convidado para se apresentar.

Esse momento da peça destaque é uma história à parte. Geralmente, um *designer* importante faz um sutiã com pedras preciosas, que custa mais caro do que o PIB de um país subdesenvolvido. É a hora que todo mundo espera assistir e Carter apresentar uma canção nesse momento é muito importante para esse CD. Mas o mais curioso de tudo foi a data da gravação. O show só iria ao ar em novembro ou dezembro, não sei ao certo, mas nós estávamos em agosto. Tanta coisa pode acontecer até o final do ano e nós estaríamos indo para Paris em poucos meses. Tinha que cair logo após uma sequência de shows e viagens?

Parei de reclamar no momento em que senti os lábios de Carter nas minhas costas. Ele gostava de me acordar assim e andava fazendo exatamente isso nos últimos dias.

Eu já estava acordada há algum tempo, mas a cama era absurdamente macia e não me importava nem um pouco em ficar nela até o horário de levantar. Tentei ser mais silenciosa possível, mas o toque macio de Carter e seus lábios na linha da minha coluna eram bons demais para me conter.

— Bom dia, minha fada!

Ele estava me chamando assim desde que se deu conta de que haveria um monte de garotas seminuas no evento e ele agora tinha namorada. Acho que metade delas já tinha passado pela sua cama, então o danado estava com medo, claro.

— Bom dia! — Eu me virei para ele.

— A gente tem uma coisa bem importante para conversar, sabia?

Não, eu não sabia. Franzi a testa esperando que ele completasse, mas não o fez.

— E o que é?

— Na verdade, eu não sei. Você é quem vai ter que dizer. Desde a formatura dos seus irmãos você está diferente. Pensativa, quieta e um pouco triste.

— Não é nada.

— Tudo bem. Essa é a parte em que você se lembra de que te conheço há muito tempo, sei que é alguma coisa e você está mentindo.

— Bom, eu queria que não fosse nada. — Ri, sem sentir a menor graça da situação.

— Então fale logo. Quem sabe isso ajude?

— Quer mesmo saber?

Ele me olhou muito sério. Era uma pergunta idiota, eu sabia.

— Bruna, você, melhor do que ninguém, sabe que se não estou interessado, eu nem me dou o trabalho de perguntar.

— É o Otávio.

Carter franziu as sobrancelhas, estranhando.

— Vocês se falaram por esses dias? Ou foi algo no dia da formatura?

— Ele está morrendo. — Os olhos dele se arregalaram. — Contou brevemente, antes de irmos para a formatura, mas não conversamos muito porque logo minha mãe e as meninas apareceram.

— Como você está se sentindo sobre isso?

Virou psicólogo, Carter?

— Ele não contou para ninguém, só para mim. Quer morrer após ter nos dado boas lembranças. Quer que nós três tenhamos a experiência de conviver com um bom pai, e a mamãe, com um bom marido.

— Isso é uma merda!

— Sim, uma merda completa. Está me consumindo lentamente, porque não quero mentir para minha família.

— Eles merecem saber que estão recebendo nas suas vidas alguém que não vai permanecer. Ao mesmo tempo, isso pode causar um monte de conflitos e ele pode não ter tempo de resolver todos eles, e dar a vocês o que quer.

Concordei, porque era exatamente esse o meu dilema. Lembrava-me de Otávio me dizer que não me contou porque receava que eu sentisse pena e fosse boazinha com ele.

Inversos

151

— Otávio disse que nos conhece, cada um de nós. Que nós precisávamos de diferentes atitudes dele nessa fase da nossa vida.

— Eu me pergunto como um homem que passou tanto tempo afastado de vocês pode saber do que precisam.

Isso.

— Eu também me pergunto. — Exalei. Carter me puxou para mais perto dele.

— O que ele disse que cada um de vocês precisava?

— Dani precisava de um exemplo masculino, para que aprendesse a valorizar a si mesma. O amor de um homem que mostrasse como ela deveria ser tratada. — Carter assentiu e permaneceu em silêncio, para que eu prosseguisse. — Mamãe precisa lembrar como é ter alguém ao seu lado. Alguém que a ame e valorize, para que ela possa encontrar alguém depois dele, aquele que estaria ao seu lado até o fim dos tempos. — Carter franziu os lábios, mas ainda não disse nada. — Tomás precisava de alguém como referência também. Que pudesse ensiná-lo a ser um bom homem, como tratar as pessoas e com quem pudesse dividir as coisas. — Agora ele parecia pensativo, olhando para longe. — Eu não concordo com tudo o que ele disse sobre nós, mas não tive tempo para retrucar.

— Sabe, Pipoca, eu também não concordo com tudo. Seu irmão já é um bom homem e quem deu todos esses exemplos para ele foi sua mãe. Ela criou muito bem vocês três. Sei que sua participação nessa história também é grande, mas seu pai não está de todo errado. Tomás precisa de alguém mais velho para dividir as coisas. Ele veio me procurar por conselhos, algumas vezes, desde que a gente se conheceu.

— Conselhos sobre o quê?

Eu pude ver seu pomo de adão subir e descer lentamente.

— Melhor você não saber — comentou brevemente e continuou: — A Dani precisa de um exemplo masculino, sim, mas não precisa ser o seu pai. Tomás é um bom exemplo para ela e acho que os dois vão ficar muito bem morando juntos. E sua mãe... — Ele fez mais uma pausa, pensando nas palavras. — É, ninguém quer viver sozinho, mas sua mãe não é boba. Ela tem a experiência de um casamento ruim, não vai se meter em outra furada. Odeio dizer isso, mas, para mim, soa como uma atitude egoísta. Principalmente, por ele não ter dito desde o início que vai morrer.

— Soa assim para você também? Porque achei que poderia estar procurando por algo negativo.

— Parece uma atitude de quem está com medo de morrer e não quer passar por tudo sozinho. O que ele pretende fazer quando o tempo acabar? Se ele tem câncer, os dias ruins vão chegar em breve e não vai dar para esconder.

— Eu não sei o que ele pretende. Não tive tempo de perguntar e não quero fazer isso agora. Meu pai já estragou muito a minha vida, não vou deixar que faça isso de novo.

— Quer falar sobre isso?

Respirei fundo, ponderando. Eu queria. Queria colocar toda a mágoa que eu tinha do meu pai em palavras, mas seria me abrir *demais* com Carter. Principalmente, porque esse era um dos motivos para eu ter três pés atrás nesse relacionamento.

— Se você me julgar por causa disso, sabe que vai levar uns tapas, não sabe?

— Amor da vida... — Carter sorriu, safado. — É claro que eu vou te julgar. E rir da sua cara. Mas, estou aqui do seu lado. E vou te abraçar depois que rir.

— Eu deveria agredir você!

— Não deveria não. — Ele se abaixou e beijou meu pescoço. — Conta logo.

— De alguma forma, nós somos muito parecidos — comecei. — Sempre fugi de relacionamentos. Não que eu tivesse começado a dormir por aí, como você fazia. Eu não tinha nenhum problema com casos de uma noite, mas eles eram pontuais. Lembro, com clareza, das brigas dos meus pais, de como tudo ficou complicado depois que nos mudamos para cá. Ele nunca nos agrediu, mas a dor emocional era muito pior que a física. Saber que a nossa família não era suficiente para ele, que precisou buscar algo a mais fora de casa, que deixou três filhos para trás sem o mínimo remorso... Eu era uma garota e isso foi uma merda para mim, para o meu crescimento. Parece que a nossa família não era nada, era inútil para ele. Agora que ele tem uma doença, que ele precisa da nossa aprovação ou algo do tipo, nós passamos a ter valor novamente.

Nem percebi que no meio do discurso estava chorando. Carter pegou minha mão e deu beijos lentos repetidamente, mostrando que estava ali. Diferente do que tinha dito, ele não me julgou, só me entendeu. E eu o amava ainda mais por causa disso.

— Você sabe que não sou santo. Não me envergonho de nada do que fiz na vida, Pipoca, mas vou prometer algo a você. — Ele nos girou na cama e seu corpo pairou em cima do meu. Apoiava-se nos cotovelos, mas todo o seu tronco tocava o meu. — Eu nunca vou fazer o que ele fez. Se o nosso relacionamento não durar, vamos lidar com isso como dois adultos. Eu tenho um total de zero experiência com relacionamentos sérios, mas sei as coisas que não devo fazer e vou aprender com o tempo. A gente vai brigar e ficar com raiva um do outro, muitas vezes. Mas, esses somos nós. Sempre fomos assim. Se quisermos, podemos arrumar tudo isso. E coloque uma coisa na sua cabeça: se um dia esse relacionamento acabar, é você quem vai colocar o ponto final nisso. Eu nunca, *nunca mesmo*, vou desistir de você. Sam e Soph me fizeram enxergar o mundo de forma diferente.

Inversos

153

Fizeram-me acordar para a vida. Você... — Ele sorriu. E era um sorriso tão fofo, quase constrangido, que derreteu ainda mais meu coração. — Você é quem me coloca e recoloca no caminho certo.

Eu estava emotiva. Entre descobrir que meu pai iria morrer, que tinha voltado por motivos nada altruístas e que, em breve, toda a minha família sofreria com sua perda, ouvir essa declaração de Carter, logo Carter, estava me deixando profundamente abalada. Havia essa sensação no meu peito, esse conforto, essa calmaria que eu só sentia quando encarava profundamente aqueles olhos. E foi isso que me fez admitir, depois de todo esse tempo guardando esse sentimento, duvidando dele toda vez que Carter fazia alguma bobagem.

— Eu te amo! — sussurrei, bem baixinho.

Carter ouviu e outro daqueles sorrisos se espalhou pelos seus lábios. Não era um daqueles safados que eu tanto amava, era um mais puro. Um sorriso de contentamento que só ele tinha.

— Eu...

A porta do quarto se abriu violentamente. Estávamos os dois vestidos, porque as meninas dormiam no cômodo ao lado e a gente não queria correr o risco de elas entrarem quando estivéssemos nus. Não estávamos preocupados em olhá-las, porque Tyler veio com a gente para Paris. E essa não era hora de elas acordarem. Carter se afastou um pouco de mim quando ouviu a porta, rolando para deitar ao meu lado.

— Carter! — Delilah gritou. Então, ela estacou ali mesmo, dois passos para dentro do quarto, segurando a maçaneta. — É verdade?

— Você não sabe bater, droga? — reclamou, sentando-se.

A ideia de *vestido* de Carter era apenas o short do pijama e eu odiava que aquele abdômen maravilhoso estivesse em exposição para Delilah. Mas é claro que fingi não me importar com nada disso, afinal, era eu quem estava na cama com ele. Só estava chateada mesmo, porque jurava que ele estava prestes a dizer que também me amava.

— Já estou esperando por você há uma hora e nada de você sair desse quarto.

— A gente combinou algum horário?

— Dã! Eu disse que chegaria às nove.

— Ela falou com você? — disse baixo, só para mim. Eu neguei. — Repito minha pergunta: a gente combinou algum horário? Porque não me lembro de ter dito que a gente ia *se encontrar* às nove. Eu e Bruna estávamos cansados e não planejamos acordar cedo.

— Achei que tinha sido clara quando disse que precisávamos conversar sobre as pirralhas e que chegaria às nove para fazermos isso.

— Eu já disse que não quero conversar com você sobre elas. O meu assunto é com a Camila.

— A advogada está ocupada, não pode dar atenção a você agora.

— Então, vamos esperar que ela possa, porque você não tem nada a ver com essa história.

— Claro que eu tenho a ver! Mas que ideia! Eu sou a sua...

— Funcionária. Agora, saia do quarto porque, não sei se você percebeu, mas atrapalhou uma conversa importante.

— Claro! Conversa entre sua língua e a dela! — gritou.

— Saia, Delilah. Agora! — disse a última palavra ameaçadoramente.

A assessora apenas bufou e começou a sair do quarto.

— Eu vou esperar mais dez minutos ou vou embora.

Carter se levantou e trancou a porta. Eu me sentei na cama, vendo todo o corpo dele tenso e irritado. Voltou-se para mim e, ainda de pé, segurou meu rosto entre as mãos.

— Eu amo você. Não quero deixar isso para depois e a sua cabeça ficar se perguntando o que eu queria dizer, ou se realmente sentia o mesmo. Eu te amo e vou repetir isso quantas vezes forem possíveis, porque sim. Amo sermos um casal e estarmos fazendo nosso relacionamento ser real, depois de tanto tempo. Agora, falando sobre essa mulher que entrou aqui... Eu não aguento mais. Quero trocar de assessora. É sério.

— Carter, o que houve? Não é só porque ela entrou no quarto e atrapalhou a gente, né?

— Não, Bruna. É tudo o que a Delilah significa. Ela não gosta das meninas e as meninas não gostam dela. Ela é rude, mal-educada, não respeita as minhas opiniões e me trata como se eu fosse incapaz de tomar uma decisão. E, simplesmente, não consegue lidar com o fato de que a gente está namorando. É uma coisa séria e não vou te largar na próxima semana. Eu não vou te largar, ponto. Estou cansado de explicar isso todas as cinquenta vezes que ela me liga por dia. Delilah representa um Carter antigo, um babaca, alguém que estou tentando deixar de ser desde que Sam passou mal, mesmo que eu tenha falhado algumas vezes pelo caminho. Então, sim. Eu quero demiti-la. Cansei da forma como ela lida com a minha imagem e como se mete na minha vida. Quero outra pessoa para me representar. Por favor, cuide disso.

Cuidaria com prazer.

— Considere feito. Agora, já que ela veio até aqui, quer levantar de uma vez?

Carter exalou, as mãos na cintura e uma postura irritada. Olhava para a janela.

— Vou acordar as meninas. A gente vai sair e comprar o café da manhã. Você se livra da Delilah. Quer que eu leve o Tyler comigo?

Apenas assenti.

— O Tyler e um segurança, por favor.

Inversos

155

— Ok. Antes, a gente vai tomar um banho.

— Com a porta trancada.

Foi um banho rápido e, diferente do que você possa pensar, não houve nada sexual. Apenas toques carinhosos de quem quer cuidar de quem ama. Até porque, em exatos dez minutos, Delilah começou a bater na porta do quarto. Pelo escândalo que fazia, era provável que acordasse Tyler e as crianças também. Por isso, nós nos apressamos.

Dito e feito. Quando nós saímos, a porta do quarto das meninas estava aberta. Carter foi direto para lá, ajudar no banho das duas. Eu fui executar uma demissão.

— Acabaram de namorar? — Delilah perguntou, soando ressentida.

— Na verdade, não. A ideia de ter um relacionamento com alguém, Delilah, envolve um compromisso que não acaba de uma hora para outra. O que vai acabar, porém, é outra coisa. Mas, primeiro, desejo que você diga o que tanto quer a essa hora da manhã.

Ela reclamou, mas depois de eu insistir que Carter tinha outro compromisso, ela disse o que precisava acertar com ele.

Era mesmo sobre as meninas. Ela queria saber se ele tinha aberto o teste de DNA e eu disse que não. Carter não pretendia abrir o envelope antes de falar com a Camila, pelo que tinha me dito. A advogada tinha pedido uns dias a mais para nós, porque estava com outro caso complicado, então respeitamos. Estávamos ocupados demais, de todo jeito.

Delilah argumentou que já tinha preparado tudo para a negativa, dizendo que estávamos procurando pela mãe para que as meninas retornassem para ela. Queria dizer que fiquei com pena dela por ter trabalho dobrado, mas não estava. Ninguém mandou a louca fazer isso.

— Ele não é seu namoradinho agora? Pressione-o para abrir logo a droga da carta. Ou abra você mesma.

Eu juro, queria ser educada. Se fui ou não, o que vale é a intenção, né?

— É o seguinte, Delilah. A gente não mistura nosso relacionamento com o trabalho. Então, como assistente pessoal do Carter, eu estou aqui para te dizer algo simples. Nós vamos pedir por outra assessora de imprensa ao escritório. Carter está se sentindo incomodado por ter que trabalhar ao seu lado.

— Tudo isso porque peguei vocês dois na cama quando deveriam estar trabalhando?

E foi nessa hora que deixei a educação de lado. Quer dizer, tenho a leve impressão de que não foi exatamente educado o que eu disse:

— Tudo isso tem a ver com o fato de que você é inconveniente e não respeita as opiniões dele, então não serve para trabalhar com o Carter. Ele é o chefe e você se esquece disso. Então, por favor, sinta-se livre para ir embora agora. Nós podemos ficar sem os serviços de uma assessora até que o escritório envie outra.

— Vocês estão malucos? Vão precisar de mim no desfile.

— Na verdade, não iremos. Você ficaria assustada com o tanto de funções que consigo acumular.

— Não podem simplesmente me demitir assim! Eu vou processar vocês.

Parecia as cinco fases do luto. Negação, raiva, barganha, depressão e aceitação.

— Nós podemos, Delilah. Contratamos o escritório de assessoria e não você. Podemos pedir para trocar de colaboradora quando quisermos.

— O que preciso fazer para continuar trabalhando? A gente pode negociar.

O próximo estágio era a depressão e eu não queria lidar com as lágrimas de crocodilo. Levantei-me sem dar mais explicações e abri a porta do quarto de hotel.

— Você pode sair, por favor. Não há nada que nos faça mantê-la na equipe.

Eu vi a primeira lágrima de crocodilo escorrer e queria me bater. Deveria ter feito isso quando ainda estávamos na primeira fase, mas não imaginei que o luto dela seria tão ágil. Felizmente, ela saiu sem dizer mais nada.

Quando Carter e Tyler saíram do quarto, minutos mais tarde, eu estava ali na pequena sala, trabalhando com um belo sorriso no rosto. A dupla logo quis saber e eu só disse que a megera tinha ido embora.

Você pode pensar que sim, mas não é de hoje que Delilah nos tira do sério. Antes mesmo de ela ter sido uma idiota com a situação das meninas, eu já teria demitido a moça. Ela era inconveniente, como eu disse, e sempre tinha uma verdade absoluta. Ninguém poderia discordar de sua opinião. E tenho certeza que Carter só aturava essa mulher porque dormiam juntos. Não é possível.

Ah, droga! E eu que não queria misturar ciúmes nessa equação.

Passei todo o tempo que eles levaram para trazer nosso café da manhã irritada por conta disso. Escrevi um e-mail para a empresa de assessoria e formalizei o pedido. Cuidei também de outras coisas que precisava naquele dia. Depois, larguei computador e telefone para comer.

Carter não tinha nenhum compromisso agora cedo, então fomos dar uma volta por Paris. Tyler não quis vir com a gente, preferiu descer para uma cafeteria próxima de onde estávamos para escrever. Acredite se quiser, ele escreve romance. E é bom nisso. Suas histórias costumam retratar homens que transformam suas vidas quando estão apaixonados. Ele me contou alguns dos enredos que já tinha escrito e sugeri que fizesse um cantor babaca que fica com um milhão de mulheres, porque a melhor amiga não quer dar ideia para ele. Soa familiar?

Eu já tinha decidido há algum tempo que não gostava de franceses, mas isso não tinha nada a ver com a França em si. Os cafés eram muito

Inversos

157

aconchegantes e a cidade era realmente maravilhosa. As meninas estavam amando conhecer tudo com o papai e eu era a fotógrafa do passeio.

Voltamos para o almoço, já que teríamos que sair logo em seguida para passagem de som e gravação do desfile. Nós estávamos descendo do táxi quando meu celular vibrou com um e-mail novo. Eu pretendia ignorar, porque era o que eu tinha feito algumas vezes antes disso. Só que o nome de Otávio Campello no remetente me chamou a atenção. Meu coração se agitou no mesmo momento.

Eu estava feliz com Carter, o meu emprego, as meninas. Ele era meu namorado, meu chefe e as meninas eram filhas dele. Nada que Otávio ou qualquer outra pessoa dissesse ia mudar isso, porque eram assuntos nossos. E eu estava realmente feliz em Paris.

Respirei fundo e travei o celular. Eu até lidaria com qualquer coisa que Otávio dissesse, mas não agora.

Segui Carter para dentro do elevador e entrelacei nossas mãos. Ele me olhou, sorriu rapidamente e deixou um selinho nos meus lábios. Eu só pensava nas coisas que a vida tinha feito por mim nos últimos meses e que um gesto simples como esse era suficiente para me deixar em paz.

Mais tarde, naquele dia, depois da passagem de som do Carter, eu estava resolvendo algumas coisas para os meninos da banda quando uma porta aberta para o lado de fora do local do evento me chamou a atenção. Carter estava lá, falando com alguém por vídeo no celular, com o semblante extremamente sério. Andei até ele porque, se fosse problema, eu poderia ajudar a resolver.

— Se você quiser, a gente consegue. — Era a voz da Camila. Tentei não fazer barulho, mas Carter me viu e olhou na minha direção. — Neste caso, um juiz provavelmente pediria um teste, mas podemos dar um jeito. Você não está questionando a paternidade, está afirmando. Pode dizer que se lembra daquela noite em detalhes e que acredita na versão da mãe.

— Só um minutinho, Camila — pediu, sem desligar a chamada. — Oi, Pipoca!

— Está tudo bem? Precisa de mim?

— Fique tranquila — disse, negando com a cabeça. — Estou só tirando umas dúvidas com a Camila.

— Tudo bem — respondi, dando a ele o espaço de que precisava. — Qualquer coisa, é só dizer.

Entrei novamente. A ideia de que as coisas realmente iam melhorar a partir de agora parecia mais viva na mente a cada momento. Carter estava tomando a frente do que era realmente importante e pensando nos outros também, em vez de só em si mesmo. Era inspirador.

Bruna,

Sinto por não conseguirmos terminar aquela conversa. Posso ter soado para você como um pai horrível naquele dia e entendo se estiver chateada. Nunca tinha dito nada daquilo em voz alta e pensando na nossa conversa, desde que você saiu irritada comigo, percebi quão mesquinho soei. Não é esse o homem que vocês precisam nas suas vidas.
A verdade é que passei tempo demais afastado para saber exatamente do que vocês precisam. Perdoe-me!
Enquanto busco ser alguém melhor e usar meu retorno para fazer vocês felizes – e não para algo que fará bem à minha alma quando eu me for –, espero que você encontre no seu coração algo que ajude a me perdoar.
Quero contar à sua mãe sobre a doença essa semana. Seus irmãos estão em casa e, se ela decidir que não quer nada comigo, estarão aqui para olhar por ela. Pretendo contar aos seus irmãos antes que eles viajem também.
Espero que as coisas deem certo para nós e que possamos ser uma família outra vez, mesmo que por pouco tempo.
Ainda que não pareça, amo você com todo meu coração e estou muito orgulhoso de tudo o que conquistou, da mulher que se tornou. Cuide da nossa família quando eu me for.

Com amor,
Otávio Campello.

Carter

Mulheres de *lingerie*.

Mulheres de *lingerie* em todo lugar.

Nenhuma delas é a minha namorada.

Porque pasmem, agora eu tenho uma. E estou muito feliz com ela, se é isso que vocês querem saber.

Não menti quando disse que ela era a única com quem eu me enxergava em um relacionamento sério. Podem me zoar o quanto quiserem – e os caras da banda já tinham feito isso o suficiente –, mas estou mais do que feliz.

Quem diria que ser monogâmico com a Bruna seria a melhor coisa da minha vida?

Provavelmente, você deve estar estranhando essas palavras vindas de um Carter que pegou a empregada do irmão no escritório dele – e eu fiz isso outras vezes, em outros cantos daquela casa, mas ninguém tinha me encontrado antes. Mas é assim que é a vida, galera. Coisas acontecem e a gente muda. Não dá para ser um babaca com as pessoas a vida inteira.

Duas menininhas lindas chegam e você descobre que as ama, e que elas precisam de você. Descobre que sua assistente e melhor amiga tem ainda mais qualidades do que você conhecia. Pode até demorar a perceber nas entrelinhas, mas quando ela toma uma atitude drástica como ir embora porque, de novo, você foi um babaca com ela, seus olhos se abrem. Você olha as suas filhas brincando e coloca em perspectiva tudo o que tem feito com as mulheres, e pensa que não ia querer um homem como você perto delas. E lembra que todas as mulheres que comeu são filhas de alguém. Aí, começa a se arrepender de ter tratado mal algumas. Mais coisas acontecem na sua vida e pronto: você deixa de ser um babaca. Ou tenta deixar de ser. É todo um processo.

— O que você está fazendo aqui, doido? A gente está procurando por você em toda parte.

Era Bruna. Eu estava do lado de fora do estúdio de gravação, em uma das saídas traseiras. Devia parecer um idiota, encostado na parede, olhando para o chão, mas não ligo.

— Muitas bundas e peitos lá dentro — foi o que respondi, porque é verdade.

Por mais fiel que você seja, é difícil não olhar. Não digo isso porque sou homem. Assuma, mulher! Você também faz isso quando vê um tanquinho exposto. Todos os gominhos, o "V", o "caminho da felicidade"...

— E desde quando isso é um problema para você? — Bruna comentou, um tom de riso. Certamente ela estava achando graça que algo assim acontecesse comigo.

— Desde que tenho uma namorada — respondi.

Não era um comentário para deixá-la feliz nem nada do tipo. Só era a verdade.

— E você está desejando alguma das coisas que estão ali dentro? — perguntou novamente.

— Meu cérebro e meu coração, não, mas meu pau, sim. Ele não tem limites, Bruna. Precisa que as partes racionais do meu corpo se unam para controlá-lo.

— Achei que você estaria esperando ansiosamente por esse dia, Carter.

— Bruna, preste atenção. — Muito sério, olhei no fundo dos olhos dela. — Isso só tem graça para quem é solteiro. Se eu fosse, estaria lá dentro cantando cada supermodelo daquela. No fim da gravação, já teria o telefone de todas e levaria uma ou mais para o hotel. Só que tenho uma namorada e estou muito satisfeito com ela. Não tem nenhuma graça ver tudo aquilo, se não tenho intenção de tocar.

Ela riu com tanto gosto que sua cabeça foi jogada para trás. Mesmo carregando uma prancheta e uma sacola na mão, veio até mim e passou os braços pelo meu pescoço.

— Amo você, Carter Manning! E acho que vai ficar bem feliz de saber que a marca está dando um presentinho para as mulheres que trabalham no evento.

Ah, sim. Bruna vestida em uma daquelas lingeries? Eu ia amar.

— E você tem alguma pretensão de usar?

— Se você se comportar, sim.

Não posso escrever aqui os pensamentos que estou tendo envolvendo Bruna, a peça dentro da embalagem e eu. Conteúdo impróprio. Essa é uma história para toda a família.

— Não sei se você percebeu, meu amor, mas eu sou um anjo. Completamente comportado.

— Que pena! — disse, soltando-me e dando dois tapinhas no meu peito. — Eu estava precisando de um *bad boy* para todas as coisas que tinha em mente. — Ela se afastou em direção à porta. — Vamos, Carter. O show já vai começar.

— Espera. Eu estava brincando. Sou todo *bad boy*, meu amor. Todo *bad boy*.

Inversos

Vigésimo Primeiro

PATERNIDADE

— Otávio? — falei, para chamar sua atenção.

— ...Eu não sei o que fazer. A sua mãe estava chorando no outro dia e preciso contar aos meninos agora, porque amanhã de manhã eles vão embora e tenho que dizer antes de irem ao show de hoje à noite.

— Otávio? — repeti, um pouco mais alto.

— Mas, também não quero falar e estragar o show. Porque eles podem ficar tristes e chateados comigo, mas quero que tenham um bom show, que se divirtam...

— Pai! — gritei e isso fez com que ele se calasse. Era a primeira vez em anos que eu me referia a ele desse jeito, que não fosse em tom de deboche, mas achei que Otávio precisava de algo assim no momento.

— Oi, filha. Estava falando demais, né? Desculpa!

Eu queria dizer que sim, mas resolvi não ser tão deselegante. Desde que li o e-mail dele, na manhã seguinte à gravação do desfile que Carter participou, fiquei com aquela situação me corroendo. Não sou uma pessoa egoísta e tenho certeza de que vai doer quando ele morrer. Então, resolvi dar uma chance a ele, antes que seja tarde demais.

Eu não me importava se o motivo de ele ter voltado era puramente egoísta. O homem realmente tinha voltado, entendido o que fez de errado e estava disposto a ser um pai melhor.

— A mamãe vai chorar muitas vezes, pai. Assim como todos nós. Mesmo que você tenha sido horrível como pai, a gente não quer te perder. Mesmo que meus irmãos fiquem tristes ou revoltados com a situação, eles vão superar. Não te odeiam realmente, você sabe disso. Só não estão acostumados a ter um pai.

Tentei aconselhar meu pai como podia, mas não era muita coisa. Experiência para esse tipo de situação estava em falta e eu ainda não o tinha perdoado totalmente. Era um processo.

Depois de acalmá-lo, desliguei a chamada e voltei ao que estava fazendo antes de começar a falar com ele.

Os dois últimos shows da turnê seriam feitos em Los Angeles. Nós estávamos aqui pela região nos últimos dias e, por isso, dormíamos na casa de Carter. Hoje, 16 de agosto, é aniversário dele. Nós tínhamos uma festinha surpresa organizada para depois do show e toda a família do Carter viria: Killian, Marina, Seth, Brenda, Levi e as crianças de cada um deles.

Felizmente, mamãe Manning não viria: estava em um cruzeiro com as amigas. Ainda não tinha conhecido a megera e nem pretendia.

A banda e alguns amigos famosos também estavam confirmados. Por ser o último show da turnê, muitos deles tinham usado a desculpa de ir para ver a apresentação. Carter tinha convidado alguns para subirem ao palco com ele e parecia realmente animado com o show de hoje à noite.

Junto com as meninas, eu tinha combinado de prepararmos um café da manhã para ele, então eu estava terminando as comidas. É claro que não tinha cozinhado muitas coisas, porque meu conhecimento de culinária era bem básico. Mas as duas estavam terminando de se vestir no quarto e nós tínhamos combinado de que elas viriam arrumar a mesa, enquanto eu o acordaria. A ligação com Otávio demorou mais do que o planejado e elas vieram antes que eu conseguisse terminar de organizar tudo.

— Eu vou acordar o papai, tudo bem? Vou enrolar um pouquinho, assim dá tempo de vocês arrumarem tudo.

Por arrumar, entendam colocar a mesa com guardanapos, talheres, flores e vários desenhos de notas musicais que nós pedimos a Tyler para fazer. As meninas recortaram com suas tesourinhas sem ponta e agora espalhávamos por toda a cozinha: sobre a mesa, coladas com durex nos azulejos etc.

Deixei-as terminando de arrumar tudo e fui para o quarto. Tentei fazer o mínimo de barulho possível ao entrar, mas Carter parecia já estar semiacordado.

— Hey! — eu disse, quando seus olhos focaram em mim. Estavam apertadinhos de sono.

— Vem cá. — Ele esticou um dos braços e fui até lá. — Bom dia!

Ele me beijou devagar e não pude conter um suspiro.

Quem diria que eu seria tão feliz em namorar Carter Manning?

— Bom dia, querido! — Ele passou os braços pela minha cintura e deitei o queixo em seu peito, mexendo nos seus cabelos. — Feliz aniversário!

Um sorriso lento se espalhou em seu rosto, diminuindo ainda mais seus olhos.

— Tenho certeza de que vai ser bem feliz mesmo.

Inversos

163

— Estou com alguns planos para você hoje.

— Planos? — perguntou, em tom malicioso. — Algum deles envolve você ficar nua?

— Posso dizer que algumas partes do plano envolvem sim. — Carter riu, rouco. E eu imediatamente quis beijá-lo de novo. — Mas, não agora. Por enquanto, precisamos estar vestidos para o café da manhã que Sam e Soph prepararam.

Carter puxou meu rosto para o dele e deu um selinho nos meus lábios.

— Já que estamos aqui, é meu aniversário e a turnê termina hoje, eu quero te dizer uma coisa. Até porque, é importante e, provavelmente, vou esquecer depois.

— O que é?

— Depois de conversar com a Camila, eu tomei uma decisão. Vou assumir a paternidade e nós vamos pedir a guarda das meninas. Já temos tudo planejado e vamos passar lá essa semana para ela te colocar a par.

— Não quer mesmo ver os testes, Carter? — perguntei, porque sei o quanto vai doer se a mãe das meninas algum dia aparecer e provar que elas não são filhas dele.

— Não quero. Eu não me importo. Mas vou encarar a realidade e ver. Não me importo com o que aquele resultado dirá, porque agora quero ser o pai dessas garotinhas. Pedi à Camila para marcar tentar um encontro com Alice, para fazermos um acordo e ela desistir legalmente das duas. Mas se algum dia ela aparecer dizendo que quer a guarda, vou fazer o que for preciso para provar que ela não tem condições de cuidar das duas.

Dei um beijo no peito dele, bem onde batia seu coração.

— Eu estou do seu lado em qualquer decisão. Sabe disso, não sabe?

Ele assentiu, parecendo feliz.

— É assim que eu sei quão sortudo sou, Pipoca. Duas filhas maravilhosas e uma namorada inteligente e gostosa como você, que sempre me apoia. Vou querer mais o quê?

Alguns dias depois do aniversário do Carter, deixamos as crianças com nossa nova babá para que pudéssemos encontrar Camila. Seu nome era Lisa, ela tem vinte e oito anos e era professora de ensino infantil. Foi demitida no meio do ano letivo e não conseguiu outra vaga. Precisava de dinheiro e começou a trabalhar como babá. As meninas eram seu segundo emprego. Estava tão focada no mundo infantil que simplesmente não fazia ideia de quem era Carter Manning.

Mas tenho orgulho de dizer que não me preocupava com Carter pulando a cerca. Depois que o levei para dentro de um evento com algumas das mulheres mais bonitas do mundo andando de lingerie e ele se comportou direitinho, eu estava bem mais relaxada.

— Bruna, Carter, desculpem por fazer vocês esperarem — disse Camila, entrando apressada na sala de reuniões. — Tenho boas notícias para vocês.

Após os cumprimentos, ela se sentou em uma cadeira de frente para nós dois e começou a ligar o computador que trouxe nas mãos.

— Gosto de boas notícias, Camila. Divida conosco — Carter pediu.

— Antes, preciso saber o resultado do Teste de Paternidade. Vocês abriram?

— Está aqui.

Carter enrolou para abrir e decidiu que queria fazer isso na reunião.

Coloquei o exame em cima da mesa e empurrei para ela. Prontamente, a advogada abriu o envelope e retirou duas folhas de papel de dentro, dobradas. Seus olhos rapidamente encontraram a informação que queria no primeiro, então ela fez o mesmo no segundo. Não dava para dizer o que era por sua expressão, mas ela não enrolou para dizer. Colocou as folhas na mesa viradas para nós e apontou para o número escrito enquanto dizia:

— Não há dúvidas de que são suas.

Ao meu lado, meu namorado respirou aliviado. Vi esse sentimento paterno crescer nele dia após dia nos últimos meses. Nós dois sabíamos que as crianças eram filhas dele, porque se pareciam demais, mas lá no fundo... Sempre houve aquela dúvida e o medo de talvez perdê-las era grande. Um peso saiu dos seus ombros ao constatar que elas eram dele.

Quem diria que aquele Carter que conheci anos atrás estaria tão feliz com a notícia de que tinha mesmo duas filhas.

— Se estiver tudo bem para vocês, agora que temos essa confirmação, eu gostaria de seguir com as informações que coletamos.

Carter beijou a lateral da minha cabeça e apertou minha mão na sua.

— Por favor, prossiga.

— Minha equipe de investigação fez uma lista com todas as Alice Facci com residência nos Estados Unidos. Eles também procuraram nas redes sociais e cruzamos informações. Vou mostrar algumas fotos para você, porque temos algumas candidatas promissoras e gostaria de saber se consegue reconhecê-la.

Ele arregalou os olhos e, depois de hesitar por alguns segundos, concordou. Então ela virou o computador na nossa direção. Na tela havia oito fotos. A advogada nos avisou que, se ele não reconhecesse nenhuma, havia mais. Mas não foi necessário. Carter apontou para a quinta foto, onde uma

Inversos

165

mulher de cabelo castanho e sorriso aberto olhava para o horizonte. Ela tinha o rosto muito parecido com o das meninas e, somando a algumas características dele, facilmente o resultado seria Soph e Sam.

— Tenho certeza de que já vi essa mulher alguma vez na vida.

Camila abriu um sorriso e esticou o rosto para ver de quem ele falava. Então assentiu e trouxe o computador de volta. Digitou por 30 segundos, então se virou para nós.

— Estou com a papelada que vou entregar para o pedido da guarda todo pronto. Preferem ler agora e discutirmos ou levar com você para fazermos isso depois?

— Agora. Não vou conseguir voltar aqui em breve, Camila, porque vou voltar para o estúdio nas próximas semanas e acho que ninguém me tira de lá por um tempo.

— Perfeito. — Ela nos estendeu dois calhamaços. — Enquanto vocês leem, eu vou resolver algumas coisas. Por favor, chamem minha atenção se precisarem.

Nós nos debruçamos sobre a papelada e interrompemos o fluxo de trabalho de Camila o mínimo possível. Quando resolvemos tudo que havia para se resolver, demos meia volta e fomos embora. Carter entrelaçou nossas mãos até o carro e deitei a cabeça no seu ombro durante o caminho. Uma sensação de leveza nos dominava. Parecia que tudo iria se ajeitar daqui para frente.

Vigésimo Segundo

O TEMPO

Um ano depois...

O câncer venceu meu pai. Pelo menos, no meio do caminho entre a notícia que ele nos deu e seu adeus definitivo, tivemos tempo. Mamãe se mudou com ele para Nova Iorque seis meses depois de meus irmãos terem começado a faculdade. Dessa vez, por uma promoção dela na empresa. O que foi perfeito, já que os gêmeos moravam na Costa Leste também. Desde que comecei a trabalhar para Carter, as coisas ficaram mega atarefadas, então a mudança deles não fez diferença na minha rotina. Eu só precisava pegar um avião para vê-los, mas voar é uma das poucas certezas que tenho na vida. Faço isso o tempo inteiro.

No entanto, sentada aqui, após o enterro, vendo as pessoas reunidas no apartamento que meus pais dividiram nos últimos meses da vida dele, um milhão de coisas passava pela minha cabeça. Eu sou muito grata por termos tido o último ano juntos. Otávio não era o melhor pai do mundo, mas a doença o fez perceber o que estava perdendo. Ele melhorou, tornou-se alguém que se importa com a família. Deu bom exemplo aos meus irmãos, deu apoio a eles. Cuidou da minha mãe tanto quanto ela cuidou dele. Substituiu todas as memórias ruins que nós tínhamos relacionadas a ele por memórias boas.

Mas o câncer veio com força no último mês e o levou. Papai não conseguiu se manter.

Minha atenção foi roubada pela chegada de Carter ao apartamento. Vinha sozinho, tinha ido deixar as gêmeas com Killian e Marina, mas pegou um engarrafamento monstruoso e perdeu o enterro. Enquanto caminhava na minha direção, vi os olhares que o acompanhavam na sala. Sim, a estrela da música estava respirando o mesmo ar que vocês. E sim, ele é meu namorado. Sem perder tempo, ele envolveu meu rosto em suas mãos e deixou

Inversos

167

um beijo na minha boca.

— Sinto tanto por não ter estado aqui. O trânsi...

— Não se preocupe. — Beijei seus lábios também, chamando sua atenção. — Você está aqui agora.

Encostou a testa na minha e nós ficamos um tempo de olhos fechados, sentindo nossas respirações se misturarem. Depois ele se sentou ao meu lado e passou o braço pela minha cintura.

— Como está tudo por aqui? Sua mãe? Seus irmãos? Precisam de alguma coisa?

Respirei fundo, pensando na minha família.

— As amigas da Dani vieram. Leigh estava meio dividida entre ela e o namorado, mas Tomás pediu que ela cuidasse da irmã. Então as duas foram com Celine para o quarto há meia hora. Tyler e meu irmão estão na varanda mexendo em Toby. Minha única preocupação é a minha mãe, que está andando de um lado para o outro dando atenção às pessoas. Não estamos acostumadas com esse tipo de funeral, sabe? Não é assim no Brasil.

Carter me olhou estranho.

— O que você quer dizer com isso? — questionou. — Como pode ser diferente? Vocês não enterram...

— Não, Carter, não estou falando disso — esclareci de primeira. — Essa parte é igual. Não temos essa recepção depois do enterro. Cada um vai para a sua casa. Parece estranho ter que ser gentil com as pessoas, quando estamos sofrendo.

— Você tem razão... — comentou, pensativo. — Acho que a ideia de fazer isso é para mostrar apoio à família que perdeu alguém, mas as pessoas não costumam pensar que às vezes você só quer um tempo a sós para aceitar a perda. — Carter ficou de pé. — Eu vou falar com a sua mãe. Se ela quiser, vou dar um jeito de expulsar as pessoas daqui. Já sei que é o que você quer.

Antes que eu tivesse tempo de dizer algo, ele beijou a ponta do meu nariz e afastou-se. Meu namorado não tinha jeito.

Em cinco minutos, ele afastou minha mãe do casal que conversava com ela e levou-a em direção à cozinha. Voltou sozinho, dez minutos depois. Começou a ir de grupo em grupo conversando e, quando vi, todos os que estavam lá em casa tinham ido embora.

Grata por ter um namorado que sabia exatamente o que eu e minha família precisávamos, reuni todo mundo na sala de casa e nós nos sentamos para assistir Breaking Bad, a série favorita do meu pai.

Uma semana depois...

— Preciso da sua total atenção.

Carter veio do banheiro apenas de toalha. Ela estava enrolada num nó bem abaixo do seu "v" perfeito e eu pisquei para dar atenção a ele, em vez do corpo esculpido.

— Você a tem. Mas se estivesse vestido facilitaria minha vida.

Carter rolou os olhos.

— Bruna, amor. O tarado pervertido sou eu. Respeite os papéis dentro do nosso relacionamento.

Alcancei um travesseiro ao meu lado na cama e joguei na sua direção.

— Fale logo, criatura.

— Conseguimos! Finalmente!

Nada mais precisou ser dito para que eu entendesse do que ele estava falando. Levantei da cama apressada e pulei no seu colo.

— De verdade dessa vez? Sério?

Assim que Carter confirmou, eu o beijei. Logo que Alice Mary Facci foi encontrada, conseguimos a guarda temporária das meninas. Ela foi rápida e direta, assinou o que precisávamos. Ficamos felizes e acreditamos que tudo estaria resolvido antes mesmo do esperado.

Então a mídia a descobriu. Alice virou outra mulher. Chorando, deu entrevistas dizendo o tanto que sentia falta das filhas e como tinha sido coagida pela equipe do Carter a entregar a guarda das meninas. Contou o tanto que queria tê-las novamente, que queria criá-las. Que ele não era um bom pai.

Vi uma mulher completamente sensata, com quem tinha conversado nas primeiras vezes, se tornar uma pessoa falsa, manipuladora e mesquinha. Quase uma sociopata. Aconselhada pelos advogados e amigos, ela abriu um pedido de guarda.

Tivemos muito trabalho para convencê-la a desistir disso. Alice queria que Carter pagasse uma bolada de pensão. Entendemos aí que ela realmente só queria o dinheiro e ele não cedeu. O processo se arrastou pelos últimos meses e, com a doença do meu pai, eu estava no meu limite.

Receber a notícia de que isso tinha sido resolvido era animador. Finalmente eu poderia colocar uma pedra no assunto e seguir em frente com Carter e as meninas.

— O que temos que fazer agora? — perguntei a ele, um tempo depois, quando Carter me contou toda a conversa que tivera no telefone com Camila assim que saiu do banho.

— Camila disse que ela assinou os papéis, finalmente. E que vai resolver tudo. Antes que a nova turnê caia na estrada, nós vamos fazer uma visita no escritório dela e pronto.

Inversos

169

— Ah, Carter... — Suspirei. Um sentimento de contentamento dominava todo meu corpo. — Obrigada por essa notícia maravilhosa depois de dias tão sombrios.

— Sempre que quiser, amor da minha vida. — Ele me beijou e se moveu na cama para ficar com o corpo em cima do meu. — Mas quem tem que agradecer aqui sou eu. — Afastou os fios de cabelo que cobriam meus olhos. — Quando liguei para você naquele dia, desesperado, tinha plena certeza de que não poderia fazer isso. Não dava para eu ser pai. Cuidar das meninas, educá-las, tudo isso. Se não fosse por você, sua paciência e amor por elas, eu realmente não teria conseguido. Aprendi muito com você, Bru. Continuo aprendendo todos os dias.

Passei meus braços pelo seu pescoço.

— Ok, ok. Eu sei disso. Você não vive sem mim. Agora vamos pular essa parte melosa, porque as meninas estão dormindo tranquilas e nós precisamos aproveitar essa chance para fazer o que sabemos de melhor.

Ele franziu as sobrancelhas, confuso.

— O que seria isso? Comer?

Olhei para ele, um sorriso malicioso surgindo nos meus lábios.

— Claro, Carter. Comer. Mas não um alimento em específico.

Rindo, meu namorado negou com a cabeça.

— Minha namorada é uma devassa. — Levantou o quadril e puxou a toalha, ficando completamente nu. — Obrigado, Senhor, pela graça alcançada.

Vigésimo Terceiro

PAPI

Cinco anos depois...

— Papi, onde você *tá?*

— No mercado, So. Daqui a pouco eu passo aí para buscar vocês.

— *Tá*, mas passa logo. Tem alguma coisa errada com a tia Buna. — Dava para ouvir o tom confuso da sua voz.

— O quê? O que tem de errado com ela? — perguntei, um pouco apreensivo. Sophie não soava nervosa, mas nada de bom poderia vir de algo errado com a Bruna.

— Eu não sei, ué. Ela está sentada no chão do banheiro há um tempão. Um tempão mesmo.

Estranho.

— Ela disse alguma coisa? — questionei outra vez, colocando uma garrafa de iogurte no carrinho. Quem diria que Carter Manning um dia obedeceria à namorada e iria fazer as próprias compras?

— Não, papi. Esse é o problema. Ela não fala nada nem responde a gente. A Sam já desistiu de falar com ela e foi ver TV, mas eu ainda *tô* aqui.

— *Tá* bom, filha. Tenta falar com ela. Eu só vou pagar as compras e corro para casa.

— *Tá* bom.

— Be...

— Papi — ela me cortou. — Traz bolinho?

Respirei fundo. Soph estava ficando viciada em bolinho por culpa da Bruna.

— Não, você e a Sam comem isso todos os dias. Faz mal.

— Mas, papi...

— Não, Sophie. A Bruna estraga vocês, mas eu sou seu pai. Já falei que vocês precisam parar de comer essas porcarias.

— Você me odeia! O bolinho é de maçãzinha, poxa! Maçãzinha é fruta. Você nunca compra as coisas que eu peço.

Ela começou a resmungar, com voz de choro. Uma reclamação atrás da outra, na vã tentativa de me fazer comprar o que ela queria. Ultimamente, tinha entrado nessa fase *drama queen* em que tudo é o fim do mundo. E nem adolescente ela é ainda, imagina quando for.

— Soph, o papai vai desligar. Eu te amo. Cuida da tia Bruna enquanto eu não chego.

Desliguei o telefone sem esperar que ela dissesse algo. Corri e peguei maçã mais alguns ingredientes. Poderíamos fazer uma torta de maçã caseira, que era bem mais nutritiva e saborosa do que esses bolinhos industrializados. Já tinha lido sobre eles na internet... Nada bom.

Fiquei pensando na Bruna lá, sentada sem se mover. Não era do feitio dela, que nunca conseguia ficar parada. Apressei ainda mais o passo. A garota do caixa ficou me encarando. Era bonita, possivelmente gostosa, mas isso deixou de importar há anos. O olhar dela era de interesse, mas o que reinava mesmo era a curiosidade. A dúvida em saber se o deus grego à sua frente era o cantor famoso da TV. Pensei em pagar em dinheiro para que não descobrisse, mas não tinha o suficiente na carteira. Peguei o cartão da Bruna e passei. Geralmente sou atencioso com fãs, mas estava com pressa para saber o que acontecia com a minha garota.

O caminho até a casa dela foi bem rápido. Queria ter passado na minha primeiro para deixar as compras, mas demoraria bem mais. Ficou tudo no carro, porque simplesmente corri até o apartamento onde ela se escondia. Eu pagava essa bosta, mas ela se recusava a ir morar comigo. Já tinha ameaçado diversas vezes parar de pagar, assim ela seria obrigada a se mudar, mas ela esfregava na minha cara o contracheque mensal e o saldo bancário com tudo que economizou em oito anos trabalhando comigo. Dava para comprar a minha casa. Como eu faço tudo o que essa mulher me pede, simplesmente colocava o rabinho entre as pernas e pagava o próximo mês. Pelo menos, eu tinha a chave de lá e uma parte do guarda-roupa. E as meninas têm o quartinho delas.

— Papi! — Sam gritou, dando um pulo do sofá assim que entrei pela porta.

— Oi, princesa. — Beijei sua cabeça. — O que houve com a Bruna?

— Não sei, a Soph tá lá com ela. A gente vai dormir aqui hoje?

— Vamos ver, filha. A princípio não, mas deixe-me ver o que está acontecendo com a Bruna. — Ela concordou e voltou a assistir TV. — Soph? — chamei do corredor. Havia apenas um banheiro no apartamento e fui naquela direção. Minha filha saiu de lá, um pouco assustada. — Aconteceu mais alguma coisa?

— Nada, papi. Ela ainda está na mesma posição.

— Vá ficar com a sua irmã na sala, *tá?*

Ela assentiu e foi. Entrei no banheiro e encostei a porta. A cena era realmente atípica. Bruna estava sentada no chão entre o vaso e o boxe, olhando fixamente para a porta. Como eu estava em frente a ela agora, seu olhar era na minha direção. Mesmo assim, estava desfocada, parecia não me ver.

— Pipoca, o que houve? — Admito, ela disse algo. Mas foi baixinho e não consegui entender nada. — Pipoca? — Abaixei-me na frente dela, segurando seus joelhos.

— Eu vou ser mãe, porra! — gritou e jogou alguma coisa na minha direção. Bateu no osso do meu nariz e foi para o chão.

— Quê? — Ela parecia furiosa, os olhos em chamas. Voou para cima de mim e começou a me bater, repetindo que "a culpa era minha". — Que foi, mulher?

Abracei o seu corpo, impedindo seus movimentos. Ela ainda lutava, mas foi perdendo as forças. Encostou a cabeça no meu peito e começou a chorar.

Ah, porra. O que fiz para merecer essa mulher de humor inconstante? Deve ser TPM. E ela me bateria novamente se me ouvisse culpar seu período vulnerável.

Mas ela tinha dito o quê? Que ia ser mãe?

Puxei a cabeça dela mais para perto, sentindo seu corpo tremer pelo choro. Comecei a ouvir os sons que saíam da sua boca e entendi. Ela vai ser mãe, era o que repetia. "Vou ser mãe, vou ser mãe".

— Pipoca, meu amor, diz o que está acontecendo. Fique calma. — Meu olhar se desviou para o chão, o objeto arremessado em mim. Era um teste de gravidez. Eu o apanhei apenas para ver duas listras nele.

Ah, caralho.

— Eu vou ser mãe, Carter. E a culpa é toda sua. — Ela se acalmou o suficiente para recomeçar a chorar. — Descobri faz cinco minutos e a droga do meu humor já está uma verdadeira montanha-russa.

Eu peguei seu rosto entre as mãos e a beijei. Lentamente, saboreando cada movimento. Essa sempre foi a melhor forma de acalmar a minha mulher. Se Ana estivesse aqui e visse a cena, culparia o signo do zodíaco. Eu culpava a genética. Depois de conhecer a mãe dela, dava para ver de quem o (mau) humor vinha. Que ela nunca me ouça dizer isso.

Acariciei suas costas devagar. Toquei seu rosto. Coloquei todo o meu coração em um beijo, como nunca achei que fosse possível. Um beijo envolto de sentimentos puros, amor verdadeiro. Tudo o que eu sentia num beijo antes da Bruna era relacionado à luxúria.

Quando estávamos os dois mais calmos, flutuando, eu me afastei. Um tesão do caralho estava prestes a me atingir, meu corpo pensando em preliminares. Como a meta aqui era acalmá-la para conversarmos, tive que descolar nossos corpos. Segurei no seu rosto, fazendo com que olhasse para mim. Entender essa coisa de gravidez primeiro, transar depois.

— Você está grávida. — Ela assentiu, os olhos manejando de novo.

Inversos

173

— E está nervosa por quê? Teve todos esses anos para treinar com a Sam e a Soph.

— Mas você é o pai delas. Depois que você assumiu a paternidade, eu só te dou apoio.

— Por meses você cuidou muito bem delas, Bruna. E tomou conta dos seus irmãos por anos.

— Isso não conta.

— Por quê?

— Porque eu nunca cuidei de recém-nascido! — repetiu, a voz esganiçada. — Vai sair uma bola de boliche pela minha vagina, Carter!

— É isso que te incomoda?

— Vai doer mais do que tudo!

Eu estava lutando para não rir. A cara de irritação, frustração e raiva que ela fazia era hilária. Bruna não conseguia pensar com clareza pelo simples fato de estar aterrorizada. Eu entendia o sentimento, porque passei por isso quando vi as duas na minha porta. Saber que você vai ser pai – nesse caso, mãe – é algo que mexe com a cabeça de qualquer um. Até muda as reações das pessoas.

— Faz cesárea, meu amor.

Estava pronto para rebater todas as falas de Bruna até que ela se acalmasse novamente e pensasse com clareza.

— Deixa cicatriz — resmungou.

— Eu não me importo. Você se importa?

Ela parou uns dois segundos, em silêncio. Abaixou a cabeça no meu peito e abaixei meu rosto para tocá-la no mesmo momento que ela levantou de novo. Acabou batendo no meu queixo com força. Doeu.

— Por que você está tão tranquilo com isso? Eu deveria ser o lado racional desse relacionamento! — praticamente gritou.

— São os seus hormônios! — justifiquei.

— Não culpe os meus hormônios, seu babaca! — ela explodiu.

Eu não aguentei e gargalhei. Irritada como estava, começou a me bater de novo. Tomei seus lábios outra vez, até que relaxasse. Demorou um pouco, mas ela estava mais calma quando olhou nos meus olhos outra vez. Parecia nervosa e eu só podia imaginar que pensamentos passeavam pela sua cabeça no momento.

Se você está em dúvida sobre o que passava na minha, bom, eu gostaria de entender como fazer para lidar com essa mulher desse jeito por nove longos meses.

De quantos meses será que ela estava? Tomara que três.

— Bruna, você entende que a gravidez mexe com os seus hormônios e que isso pode estar afe...

— Você quer me explicar sobre gravidez, Carter? — Pronto, estava irritada de novo. — É homem e quer saber mais do meu corpo do que eu? *Mansplaining* é o teu c...

— Calma! — pedi. — Não tem nada de *mansplaining*, mulher. É só que você parecia ter se esquecido disso. Esse temperamento de quente e frio não é bom para nós, Pipoca. Você vai precisar se acalmar, sabe?

— É só que... — Ela fez uma pausa e eu fiquei quieto, só esperando, porque não sou bobo. Soltou o ar pelos pulmões antes de falar de novo: — Tem tanta coisa passando na minha cabeça agora... Eu não estou conseguindo achar solução para o que vai acontecer.

É, Bruna não era boa em ficar "sem resposta" para alguma situação. Deixava a mulher *muito* irritada.

— Bom, eu tenho uma sugestão. Posso? — Ela fez que sim e eu continuei: — A gente toma um banho agora e vai aproveitar o restante do dia com as meninas. Vamos fazer uma torta de maçã, comprei os ingredientes. Mais tarde, nós vamos lá para casa, colocamos as meninas para dormir e namoramos um pouco. Amanhã a gente senta, como dois adultos, e lista todas as coisas que estão te afligindo. Conversamos sobre tudo o que o nosso bebê vai precisar.

Ela suspirou e ficou de pé. Tinha um pequeno sorriso nos lábios e seus olhos estavam mais parecidos com os da minha namorada centrada.

— Eu descobri mais uma coisa que fica muito sexy em você. — Ela trancou a porta do banheiro e eu me levantei.

— O quê, Bruna? — perguntei, sorridente. Agora a gente se arruma!

— O Carter responsável. Demorou tanto tempo para ele aparecer que eu fico doida quando você fica assim.

É claro que eu ri. A gente tem tara em cada coisa.

— Vem cá, futura mamãe.

Ela veio e prendeu as pernas ao redor do meu corpo. Eu a coloquei em cima da pia de mármore, puxando sua blusa para cima.

— Deixa o papai cuidar de você agora.

— Sim, papi — disse no meu ouvido, manhosa.

Ah, cara. Papi?

Pronto, estragou o apelido das minhas filhas. Fiz ela me chamar desse jeito várias vezes enquanto nos amávamos no chuveiro. Agora Papi vai ser meu apelido favorito por um motivo totalmente diferente.

Lisa, a babá das meninas, veio no dia seguinte. Tenho duas empregadas que vêm todos os dias pela manhã e dão um jeito na casa e uma babá que fica com a gente o dia inteiro, seja lá ou na rua. Desmarcamos todos os nossos compromissos daquela manhã de segunda-feira e fomos à ginecologista dela. O bom de ir em uma ginecologista é que ninguém acha que

Inversos

175

você está morrendo. Ainda demos a sorte de não esbarrarmos em paparazzi. A médica confirmou o que achávamos depois de um rápido exame de sangue: *grávida*. Perguntou se poderíamos esperar para o ultrassom e concordamos. Durante o procedimento, perguntei se poderíamos saber o sexo do bebê. Foi a primeira coisa que fiz, na verdade. A médica disse que poderíamos ter um palpite, mas nada concreto. Ela viu que estava tudo bem no desenvolvimento, ele tinha onze semanas exatas. A primeira coisa que pensei foi que ainda teríamos mais sete meses pela frente de humor inconstante. A segunda foi onde nós transamos há onze semanas exatas para que o bebê tivesse sido concebido. Eu não lembrava. Transávamos com certa frequência.

Voltamos para casa com a próxima consulta marcada, diversos panfletos e vitaminas. Sentamos para resolver o que Bruna precisava. Ela gostava de ser organizada e criar listas, então eu sabia que era isso que ela precisava agora. Passei a prestar mais atenção depois que começamos a namorar e percebi que ela é até um pouco previsível. Para fazê-la topar alguma coisa e se animar com uma ideia, basta sentar, esperar e deixar que organize tudo na mente. Com um plano bem delimitado, Bruna faz acontecer. Definimos tudo o que faríamos pelos próximos meses, com prazos, datas, cronogramas etc. Ela marcou até a possível data do chá de bebê. Agendamos as datas da turnê que viriam em breve com pausas para consultas, tudo. No decorrer da conversa, acompanhei seu sorriso crescer. Pouco a pouco a ideia de ser mãe do meu filho foi se estabelecendo na mente.

Contamos ao mundo da gravidez três semanas depois. Post no meu Instagram, Instagram dela também. Bruna estava com um daqueles sutiãs de renda que mais parecem um top de academia sexy, deitada na cama. Eu beijava a barriga dela, quase nada aparecendo. Fiz um texto enorme sobre como estava feliz, como estava ansioso pelo que viria. No final, enquanto todos pensavam que eu falava apenas sobre o nosso relacionamento, revelei que estávamos esperando nosso filho: "Ansioso pela sua chegada, bebê. Seja muito bem-vindo à família". Comecei a dar entrevistas duas semanas depois, porque estava bem perto da turnê nova começar e, mesmo não querendo, esse assunto foi o foco.

Invertemos um pouco a ordem das coisas no nosso ônibus. As meninas foram dormir no beliche e colocamos uma cama confortável nos fundos para nós dois. Era pequena, se compararmos à da minha casa, mas melhor do que as que dormimos nas turnês anteriores. Não tínhamos muita privacidade, porque procurávamos ficar sempre disponíveis para as meninas. Teríamos isso, de todo jeito, nos hotéis. Resolvemos pagar pela comodidade e ficar neles sempre que possível, assim Bruna poderia descansar um pouco mais. Quando ela cravou as 18 semanas, que é o equivalente a cinco meses, nós fomos fazer a segunda ultra. O resultado não foi o que eu queria. Todos os sites e panfletos diziam que poderíamos descobrir o sexo do bebê, mas não conseguimos. A médica disse que estava com as pernas fechadas.

Assumo que fiquei bem chateado na época. Bruna insistia em negar que não era um menino a todo custo e eu só queria provar que meu garoto Jamie viria para alegrar a nossa casa.

Por falar em nossa casa, esse é um assunto para debater. Estamos em uma luta ferrenha, porque essa mulher não quer vir morar comigo. Dizia que não precisávamos dividir uma casa para cuidar do nosso filho.

— Ah, garoto do papai. — Passei o nariz pela barriga dela. Era cheirosa, redonda e macia. Todos estavam dormindo no ônibus e nós também estávamos na cama, o dia quase amanhecia. — Abre logo essas pernas para eu provar à sua mãe que você é o meu garoto Jamie.

— Amor, não se iluda, tá? — Ela fazia cafuné em mim. Eu continuava a acariciá-la com o rosto e as mãos. — É menina.

— Claro que não, Bruna. Isso é intuição de pai. Sei que vai vir o meu primeiro molecote.

— Carter, o formato é de barriga de menina. Todos os meus desejos até agora foram por coisas doces. Sentei na colher, em vez de sentar no garfo escondido na almofada. A linha gestacional da minha barriga para no meu umbigo. Que mais provas você quer de que é uma menina?

— Isso é crendice, Pipoca. Eu estou sentindo dentro de mim que é menino.

— Mas o bebê nem está dentro de você!

Era um bom ponto, mas eu podia sentir que estava certo. Não viria menina dessa vez.

— Mas o espermatozoide que saiu de mim era masculino!

— Saiu mais de um espermatozoide, Carter.

— Eram todos masculinos.

Ela começou a rir. Gargalhar, para ser mais exato. A cama era pequena no ônibus, a estrada era uma droga, mas estávamos de tão bom humor com a marca das 20 semanas que nada nos tiraria do sério. Resolvi que era hora de pedir de novo.

— Pipoca... — disse, baixinho, quando a gente já tinha parado de rir. Ela murmurou em resposta e eu beijei a barriga dela de novo. — Vem morar comigo?

Ela fez aquele silêncio profundo de sempre e por apenas um segundo achei que a resposta seria diferente dessa vez.

— Não.

Acabou que nossa briga se deu um mês depois. Estávamos em uma pausa na turnê, felizmente, para que pudéssemos dar uma adiantada na

Inversos

compra das coisinhas do Jamie. Eram apenas três dias antes que tivéssemos que voltar e, sinceramente, não consigo definir porque a gente discutiu naquele dia. Vocês conhecem nosso histórico, sabem que isso é supernormal para nós. Brigamos o tempo todo e, com os hormônios dela em ebulição, isso é ainda mais normal. Acho que tinha algo a ver com eu ter me esquecido de deixar o remédio da Sam. Elas estavam passando alguns dias na fazenda do Seth e da Brenda, que fica um pouco longe da civilização, e eles tiveram trabalho para encontrar o que ela tomava. Precisaram ir até a cidade, depois de ligarem preocupados para nós. Em vez de Seth me ligar, que eu resolveria, ligou para ela. Meu irmão ainda não tinha se acostumado com o fato de que eu era responsável suficiente para resolver as questões das minhas filhas e sempre se dirigia primeiro à Bruna. Foi tudo o que ela mais precisava para explodir comigo.

— É por isso, porra! É por isso que eu não venho morar com você! — gritando, ela deu as costas e saiu de casa. Com aquela bela barriga de seis meses.

Não adiantava segui-la. A gente só continuaria a briga e, se visse meu carro, correria feito doida para me despistar. Então só fiquei e esperei.

E enviei uma mensagem pedindo para que me avisasse quando estivesse em casa.

Ela respondeu com um "cheguei" seco. Era suficiente para mim, naquele momento, saber que ela estava segura. Sentei na sala de casa com o violão na mão, tentando fechar a melodia de uma música que estava trabalhando. Ela já estava bem encaminhada, felizmente, mas tudo o que eu conseguia pensar era no fato de que teria que continuar me dividindo entre duas casas pelo resto da minha vida, porque a mãe do meu filho não queria se mudar para cá. O pior era saber que ela já tinha feito isso antes, quando as meninas apareceram na minha porta. Por que não dava para facilitar agora?

Sem contar que amanhã nós teríamos que fazer compras no shopping juntos o dia inteiro. Ainda não fazíamos ideia do sexo do bebê, porque ele não cooperava, mas compraríamos as coisas de cores neutras. De todo jeito, minhas filhas usam azul e meu filho vai usar rosa, se quiser. Cor não define nada. Estava quase dormindo no sofá quando meu celular tocou. Era Bruna.

— Mô, vem aqui. — Soava manhosa, carente. Era um lado dela que eu poucas vezes tinha visto antes que engravidasse. — Desculpa. Não precisava ter gritado com você.

— Eu deveria ter sido mais atento, meu amor, desculpa também.

— Eu desculpo. Agora vem para cá, a cama está vazia sem você.

— Pipoca, são três da manhã.

— Eu sei, mas não consigo dormir. Por favor, mozi.

"Mozi'" era alguma coisa em português que eu ainda não tinha entendido o que era e nem ela tinha explicado. *"Mozi é você, mozi"*. Só me chamava assim quando estava muito carente, quando seus hormônios dominavam todas as suas ações. Se não fosse um xingamento, por mim, estava tudo bem.

— Eu já vou, amor. Agora tente dormir, *tá?*

— Não, vem logo. Eu vou ficar te esperando.

E assim eu fui. Saí três da manhã de casa para me reconciliar com a minha namorada grávida, a quinze minutos de distância. Como eu queria morar debaixo do mesmo teto dela!

No caminho, uma ideia se formou na minha cabeça.

— Bru... — chamei, quando ela já estava totalmente aconchegada ao meu corpo, uma hora depois. Ainda rolou o sexo de reconciliação. — Eu pensei em uma coisa.

— O quê? — Sua voz era a de quem dormiria a qualquer momento. Apressei-me.

— Vamos nos mudar. Eu vou achar uma cobertura grande para morar com as meninas, um condomínio onde nós tenhamos privacidade e algumas áreas de lazer. No mesmo prédio, um apartamento um pouco menor para você. Assim a gente fica bem perto um do outro. Não quero ter que me dividir entre dois endereços pelo resto da vida e respeito que queira desse jeito. Concorda se for assim?

Ela negou com a cabeça. Inferno, mulher. Me ajuda!

— Eu vou me mudar para a sua casa. — Quê?! — Você está certo, vai ser melhor se a gente morar junto. E a gente já fez isso antes.

Eu nem discuti. Amava a minha casa e, se ela tinha aceitado se mudar, eu só pediria um caminhão da M Move para o mais rápido possível, antes que mudasse de ideia. No dia seguinte, começamos a planejar sua mudança.

Os meses se passaram. Na marca das 34 semanas – oito meses e meio –, nós fizemos o último ultrassom. O resultado foi um choque: menina. Eu teria mais uma menina.

É claro que fiquei feliz, mas não vou mentir. Queria um moleque. Já tenho muita mulher nessa vida, o que custava vir um garotão? Para piorar minha situação, a carreira de compositoras das gêmeas começou. Aqui vai a bela canção que elas escreveram para o momento do nascimento:

— Vai nascer! Vai nascer! Vai nascer! A irmãzinha vai nascer!

Era isso. Elas cantavam no banco de trás do carro quando íamos para maternidade, uma nos pés e a outra na cabeça da Bruna, segurando suas mãos e me irritando com a canção que compuseram.

— Vai nascer! Vai nascer! Vai nascer! A irmãzinha vai nascer!

---

7   Derivado de "amor", geralmente empregado entre casais.

Inversos   179

No fim, Bruna não escolheu um parto tradicional. Ela quis o tal do parto humanizado em que os bebês nascem em piscinas, que está em alta com as grávidas. Ela disse que o nome é parto russo. Encontramos uma clínica que atendesse na Califórnia e ela se apaixonou logo que conheceu. Minha responsabilidade toda era estar ao lado dela, dando apoio psicológico, enquanto a médica guiaria. Estive apavorado desde que ela decidiu fazer aquilo. Não dava para ser numa sala de parto normal, como eu sempre via na televisão? Tinha que ser dentro da piscina? E se a bebê se afogasse?

Minhas filhas ficaram sob os cuidados do Joey. Ele era novo, mas muito esperto. Jayden estava trabalhando e Camila fora da cidade. Joey estava lá em casa, ajudando. Nós o levamos e elas prometeram ficar quietas enquanto nossos amigos não chegavam. Quando chegou a hora da nossa filha nascer, a médica colocou a Bruna na posição correta e eu fiquei ao seu lado, ajudando-a como pude. Beijava seu rosto e conversava com ela, pedia para se acalmar, que tudo ia ficar bem. Foi uma experiência totalmente diferente do que eu estava acostumado e não vou mentir, chorei algumas lágrimas. Com 3,5kg, 47 cm, Jamie Gimenez Manning veio ao mundo. Gimenez é o nome do meio da Bruna e ela disse que é supercomum o bebê receber o nome da mãe, em seguida o do pai, no Brasil. Era uma forma de carregar os nomes dos dois como herança e eu achei bonito, então concordei. Depois de tudo o que passamos, nossos amigos vieram nos visitar. Estavam apenas a banda e Jayden, mas foi perfeito. Quando todos foram embora, minhas filhas deitaram ao lado da Bruna para verem a irmã mais de perto. Eu tirei uma foto sem que elas vissem e pensei em postar, mas guardei para mim. Aquele momento era só meu, eu era egoísta demais para compartilhar. Quem diria que Carter Manning seria pai de novo? Quem diria que ele ficaria muito feliz em ter uma namorada, olhar apenas para uma mulher? Ao lado das quatro mulheres da minha vida, eu sabia que era outro homem.

— Ei, vem segurar um pouquinho a sua filha — Bruna chamou.

Fui até elas. O lado com mais espaço era o da Soph e eu me deitei ali, mas não peguei a bebê do colo. Apenas passei os braços por elas, minhas mulheres, e selei os lábios da mamãe do ano.

— Como você está? — perguntei, fazendo carinho nela.

— Feliz. E você? — Sorriu, doce.

— Feliz *pra* caralho. — Bruna arregalou os olhos e as meninas deram risadinhas. Só então eu me dei conta do que tinha feito. — Desculpem, meninas. Papai está feliz e acaba falando o que não deve.

— Ela não é linda, Papi?

— É, Soph. Puxou às duas irmãs.

Elas continuaram a falar, mas eu me desliguei um pouco. Olhava para o rosto da minha filha, tentando decorá-lo. Olhava para o rosto da minha mulher, linda e plena como se não tivesse acabado de colocar "uma bola de boliche" para fora pela vagina.

E eu sabia que, no futuro, teria muito trabalho por conta disso. Teria muito trabalho para afastar os embustes que tentassem qualquer coisa com as minhas garotinhas. Eu pagaria por cada um dos meus pecados, mas não pensei nisso na hora. Só pensei nesse sentimento único que pulsava dentro do meu peito. Esse amor pela minha nova família, que eu não esperava ter de jeito nenhum, mas que era a coisa mais importante da minha vida agora.

E eu não trocaria por nada.

Playlist

- Not That Kinda Girl - Fifth Harmony feat Missy Elliott
- Uptown Funk - Mark Ronson e Bruno Mars
- Um Anjo do Céu - Maskavo
- Earned it - The Weeknd
- Moonlight - Ariana Grande
- Stone Cold - Demi Lovato
- Troublemaker - Olly Murs feat Flo Rida
- No Promises - Shawn Mendes
- She's Out of My Life - Michael Jackson
- Shouldn't Come Back - Demi Lovato
- For the Love of a Daughter - Demi Lovato
- Piece by Piece - Kelly Clarkson
- Touch - Little Mix
- Oops - Litte Mix
- Body Moves - DNCE
- Starving - Hailee Steinfeld, Grey e Zedd
- Wanted - Hunter Hayes
- You Are In Love - Taylor Swift
- Que Sorte a Nossa - Matheus & Kauan

Agradecimentos

Uau! Que jornada foi escrever essa série!

Começou de 2014 para 2015, quando Clichê era só uma fanfic. Sou muito grata por ter tido leitoras que acompanharam essa história. Por ter tido amigas que me incentivaram a transformar em livro. Por ter todo mundo que apoiou o projeto da primeira vez e permitiu que eu transformasse meu sonho de ser escritora em realidade. Tenho que agradecer também ao Carter, o personagem, por insistir até que eu contasse a história dele. Cada uma das pessoas que leu e resenhou os livros até aqui.

Minha família, que me apoiou desde o momento em que eu disse "vou publicar meu livro". Minhas amigas, que foram aos eventos de lançamento, que falam das minhas histórias para outras pessoas.

Por último, o meu muito obrigada é para a The Gift Box, uma editora que me abraça, me apoia e cuida das minhas obras com todo o carinho do mundo. Um muito obrigada especial à Martinha, que foi brilhante na revisão de Clichê e Inversos.

Mas também agradeço muito a vocês, cada uma de vocês, que se apaixonou pelo Killian e pelo Carter, que se inspirou na Nina e na Bruna, e que se derreteu por Dori, Ally, Sam e Soph. Essa série me deu a oportunidade de seguir algo que sempre foi um sonho, transformar em minha realidade. Obrigada! Obrigada, obrigada, obrigada! Que venham os próximos!

A The Gift Box é uma editora brasileira, com publicações de autores nacionais e estrangeiros, que surgiu no mercado em janeiro de 2018. Nossos livros estão sempre entre os mais vendidos da Amazon e já receberam diversos destaques em blogs literários e na própria Amazon.

Somos uma empresa jovem, cheia de energia e paixão pela literatura de romance e queremos incentivar cada vez mais a leitura e o crescimento de nossos autores e parceiros.

Acompanhe a The Gift Box nas redes sociais para ficar por dentro de todas as novidades.

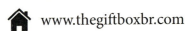 www.thegiftboxbr.com

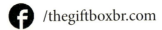 /thegiftboxbr.com

 @thegiftboxbr

 @thegiftboxbr

 bit.ly/TheGiftBoxEditora_Skoob

Impressão e acabamento